DAS FRÄULEIN KÜNSTLERIN

VIOLA KATEMANN

Originalausgabe

Covergestaltung: Michael Heinz

Illustration Cover: Franziska Moltenbrey

Lektorat und Satz: Claudia Pietschmann

Herstellung und Verlag: BoD- Books on Demand, Norderstedt

Adresse: Viola Katemann, Gerteisenstraße 41, 70839 Gerlingen

Printed in Germany

ISBN 978-3-7519-5518-8

PROLOG

Graz, 4. Januar 1916

Scotch. Wenn ich einen letzten Wunsch hätte, bevor ich sterbe, würde ich mir jetzt einen genehmigen. Einen doppelten. Doch fürs Sterben ist es zu früh. Ich bin hier, um Abschied zu nehmen.

Ich stehe auf dem Friedhof St. Leonhard und lausche. Es ist kurz vor zehn. Eine gespenstische Ruhe liegt über den Gräbern des Grazer Friedhofs, die Toten ruhen. Als die Glocke der Kirche an diesem Januarmorgen ihren gewohnten monotonen, dunklen Klang schlägt, zucke ich zusammen. Von weiter weg nehme ich nun das Trappeln der Pferde, die die Kutschen übers Kopfsteinpflaster ziehen, wahr. Leise und gedämpft.

Außer mir ist heute keine Menschenseele zwischen den engen Reihen der Gräber unterwegs, nicht ein Mütterchen, das sich an diesem Morgen sehen lässt, um ein Grab zu richten. Kein Wunder. Alles ist in Kälte erstarrt. Die Nacht hat weißen Raureif wie eine Decke über alles gelegt. Die dichten grauen Wolken hängen tief und dunkel über dem Friedhof.

Mir ist kalt. Ich schlinge meinen grauen Wollmantel enger um mich und schlage den pelzbesetzten Kragen höher. Die Kälte kriecht von meinen Zehen langsam die Beine empor, dann den Rücken hinauf übers Gesicht bis in meine Haarspitzen. Ich habe das Gefühl, dass selbst meine Wimpern starr vor Kälte sind.

Doch es ist nicht die Kälte, die mir einen Schauer durch den Körper jagt, es ist die Ruhe, die dieser Ort ausstrahlt. Sie geht mir bis ins Mark. Ich schließe die Augen. Zwei Nächte habe ich kaum geschlafen. Meine Hände sind vom vielen Arbeiten ausgetrocknet und rau vom Gips, mein Haar unfrisiert. Nicht einmal ein frisches Kleid habe ich mir heute Morgen noch überziehen können.

Gleich wird der Beerdigungszug hier sein und den Sarg in die kleine Kapelle mit ihren dunkel getönten Fenstern bringen. Es ist düster in unserer Familiengruft, und ich kann nur verschwommen erkennen, dass die Grabplatte im Boden schon geöffnet ist. Ein nasskalter, muffiger Geruch steigt mir in die Nase. Selbst die zarten Rosenblätter, die sonst so hübsch an dem kleinen Gemäuer aus Sandstein emporranken, sehen jetzt aus wie in der Bewegung erstarrte Eisgebilde. Nicht eine Spur Lebendiges ist hier zu erkennen.

Ich blicke hinauf zur Inschrift. »Familie von Axster« steht in großen, goldenen Lettern über der Tür. Werde auch ich eines Tages hier zur letzten Ruhe gebettet werden? Ich, Maria von Axster, besser bekannt als Mizzi, Nesthäkchen der Familie, schwarzes Schaf, Künstlerin?

Ich höre jemanden laut fluchen. Neugierig blicke ich mich um. Sehen kann ich niemanden. Doch dann tauchen hinter den Grabsteinen rechts von mir zwei Männer auf. Der eine groß und hager, der andere dick und untersetzt. Sie ziehen schnaufend einen Handwagen hinter sich her, der auf dem unebenen, gefrorenen Boden immer wieder stecken zu bleiben droht.

»Nie mehr saufen! Jessas Maria. Ich hab´ einen Schädel, breit wie ein Elefant«, jammert einer der Träger.

»Hör mir auf mit deinem Gejammer. Dieses Riesenteil kostet mich meine letzte Kraft«, erwidert der andere.

Die Träger, die ich heute Morgen engagiert habe, kommen schnaufend und laut fluchend auf mich zu. Bei jedem ihrer Schritte zucke ich zusammen und hoffe, dass der Wagen nicht umkippt. Auf ihm steht aufrecht und hoch mein Abschiedsgeschenk für Vater, mit Tauen festgezurrt und geschützt durch eine weiße Stoffplane.

»Hier herüber, die Herren«, rufe ich.

Der eine Träger schenkt mir einen Blick, als würde er mir gleich an die Gurgel gehen. Ich deute auf den Eingang der Gruft. Gerade will er etwas erwidern, da stutzt er. Wir hören Schritte über den Kiesweg kommen und leises Gemurmel. Jetzt ist auch meine Neugier geweckt. Wie abgesprochen beugen wir uns gleichzeitig zur Seite, um an der Gruft vorbeizuschauen. Ich sehe einen langen Tross von rund sechzig Leuten durch die engen Friedhofswege in unsere Richtung laufen. Wie eine Raupe schleppt er sich langsam, aber zielstrebig den Pfad entlang. Sie sind nur noch wenige Meter von uns entfernt, gleich werden sie um die Ecke biegen.

Klar, dass viele Victor Heinrich Ignatz Edler von Axster, Königlich-Kaiserlicher Hauptmann im Regiment »König der Belgier«, die letzte Ehre erweisen wollen. Du warst eben ein angesehener Mann, Vater.

Vier seiner engsten Militärkameraden tragen gemeinsam seinen Sarg an der Spitze des Zuges. Da der Boden glatt ist, müssen sie aufpassen, dass sie nicht ausrutschen. Ich beuge mich zurück und räuspere mich laut, damit meine Träger sich wieder auf die Arbeit konzentrieren. In diesem Augenblick kommt der Priester um die Ecke, gefolgt von den Sargträgern, die für die Kurve etwas weiter ausholen müssen. Gleich hinter ihnen läuft meine Mutter Thekla, gestützt von meiner ältesten Schwester Gisela. Meine Schwester Carola – im siebten Monat schwanger - und ihr Mann Julius folgen ihnen. Ich kann sehen, dass Carola das Gehen schwerfällt. Sie hält sich den Bauch, als würde sie das Gewicht nach unten ziehen. Gerne würde ich auf sie zulaufen, sie stützen, doch ich habe noch etwas zu erledigen. Ich wende mich wieder den Männern zu, die nun ächzend und schnaufend das riesige Etwas von ihrem Handwagen abladen.

»Obacht, bitte«, sage ich energisch.

Die Männer fluchen lautstark. Dann ziehen sie die Plane herunter. Eine Skulptur kommt zum Vorschein. Ich lächele. Es ist ein Engel, mein Engel, doch kein gewöhnlicher. Dieser hier hat nur einen Flügel. Er ist aus Gips gefertigt, weiß und leuchtend, auf nur einem Fuß stehend, als wollte er gerade im Lauf abheben und käme nicht vom Boden los. Er ragt gute zwei Meter hoch in den Himmel.

»Ein Engel? Und was für eine Bohnenstange!«

»Genau wie sie«, sagt der andere lachend und zeigt mit dem Finger auf mich.

Ich seufze. Ja, ich weiß. Bohnenstange, Giraffe, langer Meter. Ich kenne alle Veralberungen, denn ich bin groß, riesig für eine Frau, dazu sehr schmal, auf langen, schlanken Beinen. Die allerdings haben schon so manchen Mann verzückt.

Langes Elend soll Vater mich getauft haben, als er mich kurz nach der Geburt am 25. März 1884 zum ersten Mal in Augenschein nahm. Ich bin das jüngste von vier Kindern. Und trotzdem das größte. Schon mit acht überragte ich meine sechs Jahre ältere Schwester Carola um zwei Köpfe und reichte meiner damals achtzehnjährigen Schwester Gisela bis zur Nasenspitze.

Vom Vater habe ich die dunkelbraunen, gelockten Haare, die ich mir zu einem Bob habe schneiden lassen. Ich mag, wie sie mein Gesicht umrahmen und einen scharfen Kontrast zu meinen hellblauen Augen bilden. Die habe ich von Mutter geerbt. Ein Blau, wie man es nur in Gebirgsseen findet, hat Carola oft gesagt. Hell und klar, weit und unergründlich.

»Was fällt dir ein?«, höre ich plötzlich Gisela kreischen.

Sie hat sich aus dem Zug gelöst und rennt an den Sargträgern vorbei geradewegs auf mich zu. Ihre Augen funkeln zornig. Sie baut sich direkt vor mir auf und stemmt ihre Hände in die Hüften. Ich weiche einen Schritt zurück. Trotz des großen schwarzen Hutes auf dem Kopf kann ich die Zornesfalten in ihrem Gesicht erkennen.

»Wie kannst du es wagen?«, schimpft sie.

Ich bemerke, wie die anderen Gäste, die bisher

hinter der Familie gelaufen sind, sich aus dem Zug lösen, die Sargträger, die nun stoppen, überholen und schnell näher kommen. Viele recken neugierig die Köpfe und bilden schnell einen Halbkreis. Ich komme mir vor wie in einem Boxring, als warteten wir beide auf das Erklingen des Gongs.

»Selbst im Tod kannst du es nicht lassen, Vater zu provozieren.« Giselas Lippen beben vor Empörung bei jedem Wort.

»Hast du mich vermisst?«, frage ich bissig, obwohl ich weiß, dass mein Fernbleiben vom Trauergottesdienst für Gisela eine Todsünde ist.

Sie sieht aus, als wollte sie mir jeden Augenblick ins Gesicht springen. »Entferne augenblicklich das abscheuliche Monstrum von diesem heiligen Ort«, zischt Gisela und kommt noch einen Schritt näher auf mich zu, sodass ihre Stirn und mein Kinn nur noch wenige Zentimeter voneinander entfernt sind. Doch ich weiche nicht zurück.

»Nein.« Ich atme tief ein. »Es ist mein letztes Geschenk an Vater. Ich habe lange daran gearbeitet. Und ich werde es ihm heute mit in die Gruft geben.«

»Dass ich nicht lache«, ruft Gisela höhnisch. »Du hast Vater doch nicht geliebt. Warum solltest du ihm plötzlich etwas schenken wollen?«

»Hört auf!« Carola drängt sich mit ihrem dicken Bauch zwischen uns. »Dass ihr euch nicht schämt, hier auf dem Friedhof zu streiten.«

Ich greife nach ihrer Hand. »Ist mein Engel nicht schön? Sag mir, ist es ein Vergehen, dass ich meinem Vater auf seinem letzten Weg noch etwas mitgeben will?« Jetzt blicke ich Gisela direkt ins Gesicht. »Auch ich habe das Recht, mich von ihm zu verabschieden. Auf meine Art.«

»Verschwinde! Du beschmutzt Vaters Grab«, brüllt sie.

Sie versetzt mir einen Stoß gegen die Schulter. Carola starrt Gisela fassungslos an.

»Schluss jetzt«, ertönt plötzlich eine hohe, fispelnde Stimme.

Es ist die von Mutter. Erstaunt drehen wir uns zu ihr um. So lange, wie ich zurückdenken kann, habe ich sie noch nie ihre Stimme erheben hören. Ihre Augen richten sich auf uns drei. »Die Skulptur kommt in die Gruft, wenn sie für Vater ist«, sagt sie knapp und hüstelt. Ihre gewohnte Lethargie scheint wie weggeblasen.

»Mutter!«, sagt Gisela entrüstet.

Mutter macht eine Handbewegung, als wollte sie eine Fliege vertreiben. »Kein Wort mehr, Gisela. Sie kommt nicht vorne zum Sarg, sondern wird gleich im Eingang in eine Ecke gestellt. Dort stört sie nicht.«

Gisela schaut verdutzt. Ich muss lächeln. Ich kann mein Glück kaum fassen. Mutter deutet den anderen Gästen an, dass sie zurücktreten sollen. Schnell gebe ich den Männern ein Zeichen, die Skulptur in die Gruft zu bringen. Missmutig weicht auch Gisela einen Schritt nach hinten, um die Männer durchzulassen.

Ich sehe zu, wie nun auch der Sarg in die Gruft gebracht und in das geöffnete Grab hinabgelassen wird. Er ist schwer, deshalb geht es nur langsam. Der engste Kreis unserer Familie hat sich um das Grab im Boden versammelt, die anderen Gäste warten vor der Gruft. Der Priester beeilt sich, noch ein paar tröstende Worte zu sagen, denn die Gruft gleicht einem Eispalast. Ich kann sehen, wie ihm kleine weiße Rauchwolken beim Reden aus dem Mund entweichen.

Ich blicke mich nach meinem Engel um. Er steht in einer Ecke im Eingang. Hat er das verdient? Ich seufze. Ich werde ihn nie wiedersehen.

Draußen stellen wir uns auf, um das Beileid der anwesenden Trauergäste entgegenzunehmen. Erst Mutter, dann Gisela, Carola und ich. Die vier Frauen der von Axsters. Ich schaue zu, wie die Pforte der Gruft verschlossen wird. Leb wohl.

Plötzlich spüre ich eine unglaubliche Müdigkeit in mir aufsteigen. Ich schließe die Augen. Als ich sie wieder öffne, steht ein kleiner, untersetzter Mann mit Glatze in einem dunkelblauen Mantel vor mir. Ich zucke zusammen.

»Entschuldigen Sie, dass ich Sie anspreche, gnädige Frau. Ich wollte Sie nicht erschrecken. Noch dazu an einem so traurigen Tag«, sagt er und verbeugt sich knapp. Er sieht abgehetzt aus. Sein Atem geht schnell, doch er lächelt. »Aber ich habe von Weitem Ihre wunderschöne Skulptur gesehen und – ich muss sie einfach haben! Verzeihen Sie, ich habe mich noch nicht vorgestellt. August Paul von Rittersberg, Kurator.« Er lächelt. »Wollen Sie den Engel nicht bei mir ausstellen, gnädige Frau?« Dann hält er inne. »Sie sind doch die Erschafferin dieses Kunstwerks?«

Ich nicke. Sein starkes Parfüm dringt in meine Nase, ein strenger Geruch von Moschus und einer unangenehmen, schweren Süße. Mir wird übel. Ich bekomme kaum

Luft. Gerade will ich etwas erwidern, als mir Gisela zuvorkommt.

»Haben Sie nicht gesehen, dass diese«, sie zögert, »Figur in die Gruft unserer Familie getragen wurde? Sie ist eine Grabbeigabe. Also gehen Sie bitte.«

Der Kurator blickt Gisela irritiert an. »Verzeihen Sie, aber ich sprach mit dieser Dame. Oder ist die Statue etwa von Ihnen?« Seine Stimme hat einen leicht provozierenden Unterton bekommen.

Gisela schaut ihn empört an. Die umstehenden Gäste rücken wieder etwas näher, fasziniert von diesem ungewöhnlichen Spektakel. Kein Mensch sagt ein Wort.

Von Rittersberg wendet sich erneut mir zu. »Darf ich Sie in den nächsten Tagen kontaktieren, gnädige Frau? Ich würde mich wirklich freuen, wenn ich Ihren Engel ausstellen dürfte.«

Er blickt mich erwartungsvoll an.

»Der Engel ist für unseren Vater«, bricht es schrill aus Gisela hervor. »Sie platzen hier in eine Familienfeier, eine Beerdigung, und wollen Geschäfte machen? Dass Sie sich nicht schämen!«

Von Rittersberg will gerade etwas erwidern, als Gisela ihre Hand hebt und ihm gebietet, still zu sein.

»Der Engel bleibt, wo er ist!«, sagt sie knapp.

Ich starre sie an. Dann passiert es. Ein Lachen bricht aus mir hervor und steigt aus den Tiefen meiner Brust empor. Wie Lava aus einem Vulkan sprudelt es aus mir, und ich kann es nicht stoppen. Ich muss so laut lachen, dass mir Tränen in die Augen schießen.

Carola nimmt mich sanft am Arm und führt mich Richtung Ausgang. Ich muss immer noch lachen. Mein ganzer Körper bebt. Als wir vor dem Tor stehen, hält sie an und schüttelt mich.

»Wie kannst du nur lachen an so einem Tag?« Sie hat Falten auf der Stirn und schaut mich verständnislos an.

Ich vermag mich kaum zu beruhigen. Mit den Fingern wische ich mir die Tränen vom Gesicht. »Weil es lustig ist, Schwesterherz. Ich hätte nicht geglaubt, dass Gisela unserer Familie mal so einen Dienst erweisen würde. Tja, sie ist einfach hilfsbereit, unsere große Schwester.« Ich mache eine kurze Pause. »Einfach ein Engel!«

Wieder muss ich losprusten. Ich kann mich nicht beherrschen. Nur langsam ebbt das Lachen ab, und ich versuche mich zu sammeln.

»Und Vater bekommt zum Abschied das, was er verdient. Einen Engel, der über ihn wacht.«

KAPITEL EINS

Graz im April 1889

Bis in den Himmel, mit den Zehenspitzen die Wolken berühren. Immer wenn die Schaukel ausholte, um mit langem Schwung wieder nach vorne zu schnellen, den Wolken entgegen, quietschte ich wie verrückt. Es kribbelte mir in Stirn und Nase, mein Rock bauschte sich auf und ich hatte das Gefühl abzuheben. Es war wunderbar, so durch die Luft zu wirbeln.

Bis ich eines Tages losließ und sprang. Ich war fünf und wollte testen, wie es ist zu fliegen. Mutter und Carola schrien. Es waren sicher drei Meter bis zum Boden. Noch beim Aufprall entfuhr mir kein Mucks. Doch dann stieß ein brennender Schmerz in meine Beine. Ich jaulte auf. Tränen liefen mir übers Gesicht. Vater kam angelaufen und hob mich hoch. Meine Beine schmerzten. Er legte mich vorsichtig auf eine Bank und trat einen Schritt zurück. Dieses ist meine einzige Erinnerung an eine zärtliche Berührung von ihm. Nach ein paar Minuten, in denen Mutter sanft auf mich einredete, spürte ich nichts mehr, und ich trottete etwas ungelenk wieder los zur Schaukel.

Ich liebte unsere sonntäglichen Ausflüge in den Grazer Stadtpark, wenn ich mit meinen Schwestern auf der grünen Wiese Fangen spielen durfte. Carola und ich knüpften dann Blumenkränze und setzten sie uns in die Haare. Viele Kinder waren mit ihren Eltern und Kindermädchen unterwegs. Manchmal gesellte sich ein Mädchen oder Junge zu uns und spielte mit uns Ringelreihn. Gisela wollte meistens nicht mitmachen. Fürs Spielen sei sie zu alt, sagte sie dann schnippisch und setzte sich auf die Bank neben Vater und Mutter, denen sie aus einem Buch Gedichte vorlas. Ich schwor mir, mit fünfzehn Jahren immer noch herumzutoben. Überhaupt ein Leben lang. Erwachsene schienen mir keinen Spaß zu haben.

Mindestens genauso wie das Herumtollen liebte ich aber unser Kindermädchen Maria. Nicht nur weil sie so hieß wie ich, sondern weil sie immer gut gelaunt war. Wenn sie daheim durch unsere Räume lief mit ihrem wiegenden Gang, summte sie meistens ein ungarisches Lied aus ihrer Heimat. Und wenn ich mir versehentlich einen Kakao übers Kleid gegossen hatte, lächelte sie nur und wuschelte durch meine widerspenstigen Locken.

»Mizzi, du bist ein kleinerrrr Wildfang«, sagte sie dann und ließ ihr R lange rollen. Danach lachte sie ihr lautes, ungezähmtes Lachen. Es klang für mich wunderschön. Es schien ganz tief aus ihrem Bauch zu kommen und gluckerte leicht und dunkel empor.

Meine Mutter hörte ich nie lachen. Sie zog sich oft zurück in ihr Turmzimmer. Dann kämmte sie sich gedankenverloren ihr langes blondes Haar vor dem Spiegel oder saß einfach nur stundenlang in ihrem Zimmer und schaute aus dem Fenster. Sie sah aus wie eine Prinzessin. Wenn Carola und ich ihr etwas zeigen, erzählen oder vorsingen wollten, schien ihr Blick durch uns hindurchzuwandern. Manchmal lächelte sie auch. Doch nicht über uns. Sie schien in einer anderen Welt zu sein.

Im Winter konnte man auf dem kleinen Ententeich und dem Wassergraben rund um den Burggarten Schlittschuh laufen, doch im Sommer erschien mir der große Stadtpark mit seinem Springbrunnen und den vielen knorrigen Bäumen noch verführerischer.

»Können wir Engelein flieg spielen? Bitte, bitte, bitte«, bettelte ich oft. Vater schritt stets ein paar Meter vor uns und schaute stur geradeaus. Mutter seufzte dann und schüttelte fast immer den Kopf.

»Ich bin etwas schwach heute. Sicher können Maria und Gisela dich ein wenig durch die Luft wirbeln, mein Liebling.«

»Du bist viel zu groß und zu schwer, du Kalb«, raunzte mich meine Schwester Gisela nur knapp an.

Dann rannte sie los, um Vater einzuholen. Tränen stiegen in mir hoch.

»Es gibt so viele stumme Denker, doch häufiger sind dumme Stänker.«

Unbemerkt hatte sich Carola neben mich gesellt. Ich kicherte. Sie kannte immer so lustige Reime. Sie nahm mich an die Hand.

»Der Kurti ließ ein Stinkerl wehn, drum muss er jetzt im Winkerl stehn!«, reimte sie weiter.

Maria lachte so laut auf, dass Gisela herumfuhr und uns strafend ansah. Lachen habe ich sie nur selten gesehen. Damals versuchte ich noch, Frieden mit ihr zu schließen. Ich verstand nicht, warum Gisela mich nicht mochte.

»Mach dir nichts draus. Sie hätte Vater und Mutter eben gerne für sich allein und ist nur neidisch, weil wir uns so gut verstehen«, erklärte mir Carola.

Doch sie hätte sich keine Sorgen machen müssen. Ich war sicher, dass Vater mich nicht leiden konnte. Wäre ich ein Junge geworden, Vater hätte mich vergöttert. Hochgewachsen, schlank, aufrecht, ein fester Wille. Als Mädchen aber, noch dazu das dritte in diesem Weiberhaus, hatte ich von allem zu viel. Ich war zu groß, zu dürr, ein Sturkopf, der sich nichts sagen ließ. Ein Egoist, der nur seine eigenen Wünsche kannte und machte, was er wollte. Nachdem unser ältester Bruder Richard mit sechs Jahren an Keuchhusten gestorben war, wünschte er sich nichts sehnlicher als einen Sohn. Einen strammen Jungen, der ihm nacheiferte und später auch Hauptmann in Graz sein würde.

Ich eiferte ihm nicht nach, ich machte ihn rasend. Ich weiß nicht, was es war, doch ich bebte vor Neugier, Aufregung und Entdeckergeist. Alles, was Vater mir verbot, übte einen unfassbaren Reiz auf mich aus. Ich musste es ausprobieren, schmecken, fühlen, anschauen. Dass Vater mich dafür oft lautstark ausschimpfte, kümmerte mich nicht. Doch Gisela machte es fuchsteufelswild.

»Immer musst du dich in den Vordergrund drängen mit deinen Dummheiten«, schalt sie mich.

Als ich eines Tages meine Schwester Carola dazu überredete, dass wir einmal Vaters goldfarbenen Likör kosteten, erwischte uns Gisela im Arbeitszimmer. Vor Schreck fiel mir die Flasche aus der Hand und der gesamte Inhalt entleerte sich auf den Boden. Ich schaute wie erstarrt der Flasche hinterher.

Gisela grinste und rannte sofort los, um Vater davon zu unterrichten. Damals war ich acht und meine Schonzeit als Nesthäkchen vorbei. Vater wies mich an, mich über den Schreibtisch zu beugen. Leise und unter Tränen zählte ich die Gürtelhiebe mit, die auf meinen Po niedergingen. Gisela hatte sich hinter dem Türrahmen versteckt und sah dem Spektakel zu. Es war eines der wenigen Male, bei dem ich sie lächeln sah.

Danach wiederholte sich dieses Spielchen immer und immer wieder. Als ich verstand, dass ich Vater niemals für mich gewinnen könnte, kehrte ich den Spieß um. Ich reizte ihn, provozierte, forderte ihn heraus. Ich tat alles, um ihn zu ärgern. Er reagierte mit dem Gürtel. Doch ich lernte, meine Tränen zu unterdrücken und mich zu beherrschen. Sosehr er mich auch schlug, keine Träne rann mehr über mein Gesicht. Gisela linste oft durch den Türschlitz. Es bereitete ihr eine diebische Freude, mich leiden zu sehen. Mich, das böse Kind. Sie dagegen war die Gute, die er lieben und auf die er stolz sein konnte.

Dass ich bei den Schlägen nicht mehr weinte, ärgerte sie. Das sah ich. Und Vater reizte es umso mehr und er schlug fester zu. Ich legte mir eine Maske zu. Keiner sollte mir meine Gefühle ansehen.

Geweint habe ich nur nachts, heimlich unter meiner Bettdecke. Nur Carola, mit der ich mir ein Zimmer teilte, hörte es. Dann kroch sie wortlos zu mir ins Bett und streichelte über meinen Kopf, bis meine Tränen versiegt waren.

Als Gisela volljährig wurde, gab ihr unser Hauslehrer, Herr Meierhofen, zusätzliche Einzelstunden in Romanistik. Gisela wollte ebenfalls Lehrerin werden und später in anderen adligen Familien Französisch unterrichten.

Ich wusste, dass ihr die Naturwissenschaften eigentlich mehr gefielen, doch Vater war überzeugt davon, dass Französisch die kommende Weltsprache sein würde. Auch in unserem schönen Österreich. Also studierte Gisela daheim Französisch. Da Herr Meierhofen meinte, dass sie auch Praxisunterricht bräuchte, um später eine gute Lehrerin zu werden, vereinbarte er mit einem Waisenhaus im Westen der Stadt, dass Gisela dort für ein paar Unterrichtsstunden vorbeikommen konnte. Geld verdiente sie daran nicht, aber immerhin war sie nicht mehr so oft zu Hause.

Den Westen von Graz kannte ich nicht gut. Nur wenn wir mit unserer Kutsche ab und zu zum Bahnhof fuhren, sah ich die heruntergekommenen kleinen Häuser ringsum und die vielen Menschen auf der Straße. Es erschien mir dann wie eine andere Welt. Hier lebten vorwiegend Handwerker, Arbeiter, Eisenbahner und die Armen, die kein Einkommen hatten.

Mit dem Bau der Eisenbahn hatte sich Graz verändert, hatte mir Maria erzählt. Da, wo früher noch Flusslandschaften gewesen waren, wurden nun Fabriken errichtet und zahlreiche Wohnhäuser. Viele Menschen waren in unsere Stadt gezogen und suchten nach Arbeit und einem Platz zum Wohnen. Es gab mehr Handel, mehr Gasthöfe, aber auch mehr Diebstahl, wetterte Maria manchmal, wenn sie von den Bauern zurückkam, wo sie Eier und Milch kaufte. Nur unser Viertel veränderte sich nicht. Wir kannten die meisten Familien, die hier wie wir ein schmuckes Haus bewohnten und jeden Sonntag in die Kirche gingen. Man grüßte sich. Fremde wurden nicht gerne gesehen. Doch wir kamen mit den neuen Grazer Bürgern auch kaum in Kontakt. Nur Gisela besuchte zu Praxiszwecken nun ab und zu das Waisenhaus im Westen, wo sie den Kindern kostenlos Unterricht erteilte.

»Natürlich kein Französisch«, erzählte sie hochnäsig. »Die meisten können ja noch nicht einmal ihren Namen schreiben! Aber ich lehre sie Rechnen und Lesen, so gut ich kann.«

Eines Abends sah ich, dass sie nicht mit einer Kutsche nach Hause kam, sondern ein junger Mann sie auf einem Fahrrad brachte. Gisela saß seitlich auf seinem Gepäckträger und lachte, als sie absprang. Ja, wirklich, sie lachte! Dann huschte sie schnell durch den Hintereingang ins Haus. Mit meinen elf Jahren machte ich mir keine Gedanken darüber. Aber das Fahrrad interessierte mich brennend. Ich kannte nur wenige, die so ein neumodisches Gefährt besaßen. Frauen sah man mit ihren langen Röcken fast nie darauf sitzen. Ab diesem Abend jedoch kam Gisela nun regelmäßig mit dem jungen Mann auf dem Fahrrad nach Hause. Immer hielten sie vor der Hintertür. Jedes Mal fieberte ich dem Moment entgegen, in dem ich das Fahrrad in Augenschein nehmen konnte. Es war pechschwarz und brauchte tatsächlich nur zwei Räder, um sich zu bewegen. Ich war fasziniert von dem Gefährt.

Als Vater eines Abends beim Essen fragte, wie der Tag bei Gisela gelaufen sei, platzte es nur so aus mir heraus.

»Wie ist das Fahrradfahren? Macht es Spaß? Ich würde es so gerne auch mal probieren. Ob mich dein Freund auch einmal mitnehmen könnte?«

Gisela wurde aschfahl, Vaters Gesicht dagegen puterrot. Er schickte uns alle aus dem Zimmer. Nur Gisela musste bleiben. Eine halbe Stunde später kam sie weinend aus dem Esszimmer gelaufen und rannte hoch in ihr Zimmer. Ab diesem Tag ging sie nie wieder in eines der Kinderheime. Vielleicht war es dieser Augenblick, der eine Freundschaft zwischen uns auf alle Zeit unmöglich machte. Gisela sprach nie mit mir über diesen Vorfall, doch wenn ich sie anschaute, sah ich den Hass in ihren Augen. Er ist bis heute geblieben.

Als ich schließlich zu alt für Schläge war, drohte mir Vater:

»Ich werde dich früh verheiraten. Oder du gehst ins Kloster!«

Er wusste, dass mir unsere Kirchgänge verhasst waren. Jeden Sonntag gingen wir gemeinsam in die

Herz-Jesu-Kirche. Hier traf sich alles, was Rang und Namen hatte, das gesamte Bildungsbürgertum. Hier tauschte man sich in den Kirchenbänken aus, was es Neues gab, wer ein Kind bekommen hatte oder verschieden war, was ein Nachbar Unmögliches gesehen hatte. Es war einer der wichtigsten Tage der Woche, um sich über alles, was in Graz passierte, auf den neuesten Stand zu bringen.

Wir Kinder langweilten uns dagegen zu Tode. Einmal, als wir die Ersten in der Kirche waren und Mutter und Vater im Eingang den Priester begrüßten, schlichen Carola und ich schnell hinauf auf die Kanzel und verteilten Knallerbsen, die wir auf dem Weg zur Kirche gefunden hatten. Der Aufgang zur Kanzel lag hinter einer Säule, sodass wir ungesehen rauf- und wieder heruntersteigen konnten. Unser Herz schlug uns bis zum Hals, als der Priester während des Gottesdienstes endlich die Treppen hochstieg. Es knallte wunderbar, und wir hatten Schwierigkeiten, unser Lachen zu unterdrücken. Vater sah uns nach dem Gottesdienst prüfend an, doch da er keine Beweise hatte, entgingen wir ausnahmsweise der Strafe.

Ein Kloster hätte mich vor Langeweile umgebracht. So viel steht fest. Und was sollte ich mit einem Mann?

Kurz nach meinem achtzehnten Geburtstag nahm uns Mutter mit in eine Ausstellung. Sie galt als revolutionär, weil nur junge, unbekannte Maler dort ihre Bilder zeigten. Ein Freund von Vater hatte ihn überredet, seine Damen dort einmal hinzuschicken. Die Mädchen müssten schließlich ihren Horizont erweitern. Vater, der sich überhaupt nicht für Kunst interessierte, hatte schließlich eingewilligt, und so stand ich an einem warmen Maitag 1902 in einem kleinen Raum des Landhaushofs in der Herrengasse und bestaunte die ungewöhnlichen Bilder. Auch ich hatte vor Kurzem die Malerei für mich entdeckt. Unser Hauslehrer hatte mir eine Staffelei mitgebracht, auf der ich nun fast täglich malte. Ich war ganz in die Werke versunken, als mich plötzlich ein junger Mann ansprach.

»Gefällt es Ihnen?«, fragte er und lächelte mich an.

Er war groß, schlank mit blondem, leicht gewelltem Haar. Sein Lächeln verzauberte mich auf Anhieb. Er war sicher fünf bis sieben Jahre älter als ich, doch ich verliebte mich auf der Stelle in ihn. Ich brachte keinen Ton heraus.

»Hat es Ihnen die Sprache verschlagen? Nun, ich werte das mal als Kompliment«, sagte er schmunzelnd und streckte mir seine Hand entgegen.

»Hans. Und wie heißt du?«

Dass er mich plötzlich duzte, gefiel mir.

»Mizzi«, sagte ich leise und lächelte.

Mein Gesicht wurde heiß. Er zeigte mir noch weitere Bilder von sich, doch ich hatte nur Augen für ihn.

Ab diesem Moment trafen wir uns öfter. Es war nicht leicht, Mutter davon zu überzeugen, mich immer wieder aus Studiengründen in die Ausstellung gehen zu lassen oder mir zu erlauben, mit Carola längere Spaziergänge zu unternehmen. Immer schickte sie Maria mit. Carola und Maria waren die Einzigen, denen ich von Hans erzählte. Ich schwärmte von ihm in den höchsten Tönen. Auch Carola war von ihm und seinem charmanten Wesen hingerissen.

Nur Maria war skeptisch. »Hüte dich vorrr den charmanten Männerrrrn. Sie versprechen dir das Blaue vom Himmel.« Doch ich glaubte ihr kein Wort. Hans war nicht so. Den ganzen Sommer über bewegte ich mich wie durch eine rosarote Wolke. Ich bewunderte Hans, klebte an seinen Lippen und bestaunte seine Werke.

Auch trieb es mich an zu arbeiten, und so malte ich ohne Unterlass. Als er mir eines Abends zum Abschied einen sanften Handkuss gab und mir tief in die Augen sah, schwebte ich mindestens einen Zentimeter über dem Boden.

»Du hast mir mein Herz gestohlen, kleine Mizzi«, raunte er in mein Ohr.

Mir wurde so heiß, dass ich dachte, meine Ohren würden Feuer fangen. Alles in mir strebte ihm entgegen. Ich wollte ihn berühren, in den Arm nehmen, küssen ... Doch Maria ging dazwischen und zog mich nach Hause.

Eines Tages wurde Hans auf einem unserer Spaziergänge sehr ernst. Er nahm mich bei der Hand und ich zuckte zusammen. Ein wohliger Schauer durchfuhr meinen Körper.

»Ich werde Graz verlassen und nach Wien gehen.«

Ich erstarrte. Mir war, als hätte er mir seine Faust mitten in die Magenkuhle gerammt.

»Was? Warum das denn?«

Er drückte meine Hand fester.

»Ich muss weiterkommen. In Wien, da weht ein ganz neuer Wind. Künstler haben sich zusammengeschlossen, um Neues auszuprobieren, neue ästhetische, modernere Ausdrucksformen zu finden. Sie nennen ihre Vereinigung Wiener Secession. Sie haben sich gelöst von all den Grenzen und Regeln der Malerei. Es ist fantastisch!«

Er geriet ins Schwärmen. Er ließ meine Hand los und malte beim Reden große Gesten in die Luft.

»Ich muss dahin! Ich will dort malen, auch mich ausprobieren. Es eröffnet so viele neue Möglichkeiten.«

Als er mir schließlich in die Augen blickte, sah er meine Tränen.

»Aber Mizzi, wein´ doch nicht, komm mit mir.«

Ich riss mich von ihm los und lief schluchzend nach Hause. Ich war am Boden zerstört. Ich weinte nächtelang. Mitgehen – wie denn? Mein Vater würde das nie erlauben. Ich war noch nicht mal volljährig. Selbst meine Schwester Carola konnte mich nicht trösten. Als mein Hauslehrer sah, wie betrübt ich war, brachte er mir einen Klumpen Ton und eine Töpferscheibe mit.

»Arbeit hilft gegen Kummer. Erschaffe etwas mit deinen eigenen Händen«, sagte er und zeigte mir, wie ich mit den Sachen umzugehen hatte.

Tagelang formte und knetete ich. Und tatsächlich ging es mir besser. Ich musste weniger an Hans denken. Und trotzdem wusste ich, dass er seine Koffer gepackt hatte und morgen oder übermorgen weg sein würde. Für immer. Er hatte mir einen Brief geschrieben und mich noch mal gebeten, mit ihm zu kommen. Ich verwahrte den Brief heimlich unter meiner Matratze. Jedes Mal wenn ich ihn wieder las, kamen mir die Tränen. Am Morgen seines Abreisetages saß ich an meiner Tonscheibe und arbeitete. Ich wusste nicht, was ich entwerfen sollte. Ich knetete und formte, drehte und zog.

Als ich mir meine Figur genauer ansah, erkannte ich eine Art Engel. Er gefiel mir. Er war etwa zwanzig Zentimeter hoch und sein Gesicht hatte keine Augen. Insgesamt war er noch etwas unförmig, doch seine Konturen waren zu erkennen. Er hatte sich irgendwie selbstständig aus meinen Händen entwickelt. Nicht ich hatte ihn erschaffen, sondern er sich selbst. Er sah aus, als wollte er jeden Augenblick losfliegen. Er lief, hing aber noch mit einem Fuß am Boden, gleich würde er abheben. Doch er konnte nicht. Er hatte nur einen Flügel. Einen Flügel, mit dem er niemals würde fliegen können. Genau wie ich.

Plötzlich schwang die Tür auf und Vater stand im Rahmen. Ich zuckte zusammen.

»Was machst du hier? Warum lernst du kein Französisch?«

Ich brachte keinen Ton heraus. Dann sah er auf meinen Engel und sein Blick verfinsterte sich. Schnell trat er ans Pult, packte den Engel und feuerte ihn gegen die Wand, sodass der Ton auf den Boden klatschte. Ich war wie erstarrt und blickte entsetzt auf die Masse am Boden.

»So ein teuflischer Mist kommt mir nicht ins Haus«, brüllte er.

Wut stieg in mir hoch. Unbändige Wut.

»Der einzige Teufel in diesem Haus bist du!«

Vater gab mir eine schallende Ohrfeige. Dann verließ er das Zimmer.

»Du hast Hausarrest.«

Gisela linste zur Tür herein. Als sie den Ton sah und

meine geschwollene Wange, lachte sie. Dann drehte sie auf dem Absatz um und verschwand.

In diesem Moment fasste ich einen Entschluss: Ich würde mit Hans nach Wien gehen. Noch in dieser Nacht.

KAPITEL ZWEI

Wien, Oktober 1902

Meine Freiheit war einundzwanzig Quadratmeter groß. Einundzwanzig Quadratmeter, die nur uns gehörten, Hans und mir. Hans hatte dieses Zimmer für uns in der Webgasse in Wiens sechstem Bezirk Mariahilf gefunden. Der Vermieter hatte Gott sei Dank nichts zu unserem Verhältnis wissen wollen, auch keine Hochzeitspapiere verlangt. Ihm reichten zwei Monatsmieten im Voraus, die Hans mit seinem Ersparten gerade noch begleichen konnte.

Wir wohnten zusammen mit zwei weiteren jungen Künstlern im dritten Stock und teilten uns Bad und Atelier. Jeder besaß ein Zimmer, nur Hans und ich teilten uns eines.

Die Wohnung war nicht weit vom Karlsplatz entfernt, und da auf der Mariahilfer Straße seit Kurzem eine elektrische Straßenbahn verkehrte, brauchten wir noch nicht einmal eine Kutsche zum Fahren. Wir lebten mitten im Geschehen. Ein herrliches Gefühl.

Die Wohnung war zwar alt, dafür war die Miete erschwinglich. Der große Atelierraum war dabei alles für uns, ein Refugium, ein Ort der Zusammenkunft, eine Experimentierstube. Hier trafen wir uns zum Malen, Essen, Reden. Meine Töpferscheibe hatte ich in Graz zurücklassen müssen, dafür entdeckte ich meine Leidenschaft für die Malerei. Täglich füllte ich Leinwände und experimentierte mit Farben und Formen. Nacht für Nacht saßen wir zusammen, debattierten über die richtige Farbauswahl, irrwitzige Ideen der modernen Künstler, interpretierten Bilder von Gustav Klimt oder Max Kurzweil oder lästerten über Kollegen. An manchen Abenden kamen auch befreundete Künstler zu uns. Dann rauchten wir wie die Schlote und tranken Wein. Ja, ich rauchte! Obwohl mich die erste Zigarette zum Husten brachte und mir speiübel wurde. Doch ich wollte mit dabei sein, alles in mich aufsaugen, fühlen, schmecken. Ich war elektrisiert von diesem Leben, unserem Leben in der Freiheit. Endlich war ich frei. Frei von meinem Vater, frei von allen Konventionen. Ich war zusammen mit Hans, den ich über alles liebte; und er mich. Ich konnte malen und durfte einfach nur sein. Ich war glücklich.

»Wir brauchen Geld«, sagte Hans eines Tages, als wir aneinandergekuschelt im Bett lagen. »Die paar Bilder, die ich verkaufe, reichen gerade für die Miete.«

Ich schluckte. Ich hatte bei unserer Flucht nach

Wien all mein Erspartes mitgenommen und Carola hatte mir noch ihren Sparstrumpf aufgezwungen. Sie war die Einzige, die mir fehlte. Doch ich schrieb ihr jede Woche einen Brief. Dass ich sie allerdings um Geld anbettelte, kam nicht infrage.

»Ich weiß nicht, ob sich meine Bilder verkaufen lassen«, sagte ich schüchtern.

Was sollte ich tun? Putzen, kellnern, mich als Kindermädchen anbieten? Ich schauderte. Mit Kindern hatte ich nichts im Sinn.

»Unter deinem Namen nicht.«

Hans riss mich aus meinen Gedanken.

»Aber unter meinem.«

Ich konnte nicht fassen, was er gerade gesagt hatte.

»Aber es sind doch meine Bilder«, stammelte ich.

»Frauen sind keine Künstler. Als Frau wirst du deine Bilder niemals verkaufen können.«

Ich schaute ihn entsetzt an. Was war geschehen? War ich nicht eine von ihnen? Diskutierte ich nicht mit, malte ebenso Bilder, war Nacht für Nacht dabei? Ich fühlte mich plötzlich ausgeschlossen. Wut kochte in mir hoch. Ich löste mich aus seinen Armen.

»Ich bin aber Künstlerin«, sagte ich mit fester Stimme.

»Ich weiß doch, Mizzi-Maus. Das ist ja auch nicht meine Meinung«, versuchte Hans mich zu beschwichtigen. Er schmunzelte, was mich noch ärgerlicher machte. »Du willst doch, dass wir weiterhin hier zusammenwohnen können, oder?«, sagte er sanft. »Wir brauchen Geld. Gut, wenn du deine Bilder nicht verkaufen willst, ist das in Ordnung. Aber dann müssen wir irgendwo anders Geld herkriegen. Meinst du, du kannst deinem Vater schreiben und ihn um Unterstützung bitten?«

Ich schaute ihn entgeistert an. Wie konnte er nur so naiv sein? Glaubte er wirklich, mein Vater würde mir noch einen Heller geben, nachdem ich Hals über Kopf in der Nacht von zu Hause abgehauen war?

Hans sah mein Gesicht. »Dann sag du mir, wie es weitergehen soll, Mizzi! Wir haben kein Geld mehr. Du trägst nichts zu unserem Leben bei. Und meine Einkünfte reichen nicht, um uns über Wasser zu halten.« Hans schaute verärgert. Er holte tief Luft. »Ich kann deine Bilder unter meinem Namen zum Verkauf anbieten. Sie sind gut, aber niemand kennt dich in der Kunstszene. Ich habe mir zumindest einen Namen gemacht, wenn auch keinen großen. Aber so können wir von dem leben, was wir erschaffen. Du und ich. Wir gehören doch zusammen. Warum nicht gemeinsam für unseren Lebensunterhalt sorgen? Gleichberechtigt.«

»Gleichberechtigt unter deinem Namen«, knurrte ich.

Hans wandte sich genervt ab. Doch ich wusste, dass ich nichts dagegen würde sagen können, wenn ich so weiterleben wollte.

»Gut. Probiere es aus und biete meine Bilder unter deinem Namen zum Verkauf an. Wenn es klappt, schön. Wenn nicht, kann ich es vielleicht unter einem männlichen Pseudonym tun«, sagte ich leise.

Er nickte stumm. Ich wusste, dass ein ganz und gar unbekannter Künstler sich schwertun würde in der Kunstszene. Und wenn ich mich als Mann verkleidete? Ich seufzte traurig. Hans nahm mich in den Arm.

»So machen wir es.«

Ich schmiegte mich an ihn. In dieser Nacht liebten wir uns. Doch unsere Berührungen waren nicht leidenschaftlich wie sonst. Sie waren grob und schmerzten mich fast. Ich kämpfte gegen den kleinen Stachel in meiner Brust an und versuchte, gegen meine Trauer und, ja, auch gegen meinen Neid anzukämpfen.

In den nächsten Wochen bot Hans meine Bilder in Galerien in Mariahilf und diversen kleineren Ausstellungen an. Mariahilf war ein quirliger Stadtteil. Auf der Mariahilfer Straße tummelten sich Studenten, Handwerker, Unternehmer, Reiche, Arme, Künstler. Und eben auch Galeristen. Die Ausbeute war nicht riesig, aber immerhin verkauften sich einige meiner Gemälde und wir konnten gut davon leben. Hans erzählte niemandem von dem Pakt, den wir geschlossen hatten. Auch unseren Mitbewohnern und Freunden sagten wir nichts. Wenn sie dann abends bei Wein und Zigaretten Hans für seine Bildmotive stichelten oder ihm anerkennend auf die Schulter schlugen, versuchte ich meine Gefühle im Zaum zu halten. Ich zog mich zurück. Hans verlor kein Wort mehr darüber und leerte das Geld nur stumm in unsere gemeinsame Kasse.

Es kam nun immer häufiger vor, dass unsere Mitbewohner junge Damen mit nach Hause brachten. Ihre »Musen«, wie sie sagten. Meistens gaben sie sich keine große Mühe, ihre Liebschaften vor mir zu verstecken. Hans und ich machten uns oft über sie lustig, die Rot- und Schwarzhaarigen, Blonden und Brünetten. Vor allem eine Rothaarige – Elisabeth – bot uns immer wieder Grund zum Spott. Sie war groß gewachsen, schlank, mit makelloser weißer Haut, einer schmalen Nase und feinen Gesichtszügen. Eines ihrer hervorstechenden Merkmale aber war ihr riesiger Mund, der immer knallrot geschminkt war und von der Form her stark an einen Entenschnabel erinnerte, weil ihre Vorderzähne vorragten und die Oberlippe nach vorne stülpten. Wenn sie lachte, klang es wie lautes Schnattern. Hans und ich nannten sie deshalb heimlich nur »Entlein«.

Sie stakste wie ein Storch in viel zu hohen Stöckelschuhen durch unser Atelier und ihre Stimme war laut und schrill.

»Peter, such meinen Mantel, mir ist kalt«, kommandierte sie gern unseren Mitbewohner herum.

»Peter, warum sind deine Zigaretten alle? Ich brauche den Rauch zum Nachdenken.«

Und Peter rannte los, um neue zu besorgen. Hans und ich grinsten uns dann vielsagend an. Worüber wollte das dumme Huhn nachdenken?

»Peter, warum malst du nicht mal hübsche Sachen? Eine Landschaft oder so?«

Bei unseren abendlichen Treffen waren sie und Peter gar nicht mehr dabei. Vermutlich hatten sie zu viel zum Nachdenken oder Peter malte für sie Landschaften. Doch Peter schien die Lust an Entlein nicht zu verlieren. Elisabeth kam nun fast dreimal die Woche zu uns. Man hörte sie schon von Weitem im Hausflur reden. Schlimmer aber waren die Laute, wenn Peter und sie auf sein Zimmer gingen. In kurzen, knappen Quiektönen arbeitete sie sich beim Liebesakt dem Höhepunkt entgegen, der sich dann in einem lauten Ächzen und Grunzen entlud. Manchmal schrie sie auch schrill und hell. Nein, gewöhnen konnte ich mich nicht an sie.

Wie selbstverständlich aß und trank sie von unseren Sachen, breitete ihre Utensilien im Bad aus, drückte sich aber nur zu gern vor unserem gemeinsamen Hausputz. Dann klimperte sie kokett mit ihren Augen und verließ mit elegantem Hüftschwung das Zimmer. Das machte mich wütend, doch Hans hielt mich zurück.

»Das ist Peters Sache. Misch dich da nicht ein.«

Es war nun schon ein gutes Jahr her, dass wir nach Wien geflüchtet waren. Ich malte oft im Atelier, versteckte aber immer meine Bilder vor unseren Freunden, damit Hans sie unter seinem Namen verkaufen konnte. Es lief gut. Ich war zufrieden. An sonnigen Tagen stürzte ich mich ins Gedränge der Mariahilfer Straße und atmete die Großstadtluft in tiefen Zügen ein. Wien erschien mir bunt und voller Leben. Die Menschen flanierten über die Boulevards, Pferdegetrappel und das laute Bimmeln der vorbeifahrenden Straßenbahnen begleiteten sie. Auch Fahrräder waren immer häufiger zu sehen.

Manchmal fuhr ich mit der Straßenbahn Richtung Karlsplatz, um am Gebäude der Wiener Secession auszusteigen. Seine markante Architektur mit der goldenen, aus Blätterranken gewirkten Kugel auf dem Dach zog mich magisch an.

»Der Zeit ihre Kunst, der Kunst ihre Freiheit«, stand dort in goldenen Lettern geschrieben.

»Der Kunst ihre Freiheit.«

Jedes Mal machte mein Herz einen Sprung. Wann würde ich endlich frei sein und meine Kunst unter meinem eigenen Namen zeigen können? Ein wahnwitziger Gedanke. Immerhin durfte ich in Freiheit leben –

weit von meiner Familie entfernt. Dafür war ich dankbar.

———

An einem regnerischen Donnerstag kam Hans fröhlich pfeifend, aber klitschnass in unser Zimmer gelaufen.

»Du wirst nicht glauben, was heute passiert ist! Ich habe Christian Griepenkerl getroffen.«

Er machte eine Pause und schaute mich erwartungsvoll an. Doch als er in mein fragendes Gesicht blickte, nahm er schnell den Faden wieder auf.

»Christian Griepenkerl, er ist Professor der Malerei, genauer gesagt der Historienmalerei an der Akademie der bildenden Künste, und er hat mir erzählt, dass er gemeinsam mit dem Lehrstuhl für Malerei eine Ausstellung plant. Ich habe ihm meine Bilder gezeigt und ihm gesagt, wie lange ich mich schon um ein Stipendium und die Aufnahme in die Akademie bemühe. Er war sehr angetan und sagte, dass auch unbekannte, junge Künstler in der Ausstellung einen Raum bekommen sollen.«

Hans machte eine bedeutungsvolle Pause.

»Und ich darf ausstellen! Vier meiner Bilder werden gezeigt.«

Ich brauchte einen Moment, bevor ich etwas sagen konnte.

»Ich wusste gar nicht, dass du dich für die Akademie bewirbst. Hast du nicht immer betont, sie sei dir zu konventionell und spießig? Und überhaupt, hast du dich mit deinen oder meinen Bildern beworben?«

Mein Ton klang spitzer, als ich wollte.

»Mizzi, hast du nicht gehört, was ich gerade gesagt habe? Ich darf MEINE Bilder dort ausstellen! Das ist eine unglaubliche Ehre.«

Er war ganz aufgeregt und strahlte von einem Ohr zum anderen. Selbst meine spitze Nachfrage ließ er unkommentiert. Ich schämte mich ein bisschen und lächelte.

»Natürlich, entschuldige. Das ist einfach wundervoll«, antwortete ich.

Doch ich konnte mich nicht richtig freuen. Etwas nagte in mir. War ich neidisch auf Hans? Ja und nein. Ich gönnte ihm seinen Erfolg und freute mich, dass er weiterkam. Doch was war mit mir? Warum konnte ich nicht als Künstlerin meine Bilder präsentieren? Warum studierten keine Frauen an der Akademie der bildenden Künste? Warum, warum? Die Fragen gingen mir nicht mehr aus dem Kopf.

Wenn Hans sich mir zuwandte, zog ich mich zurück. Ich brauchte etwas Abstand. Doch ich half Hans, die Ausstellung vorzubereiten. Wir brachten vier seiner Bilder in die Räume der Akademie und überlegten uns, wie sie am besten neben den anderen Bildern zur Geltung kommen konnten. Am frühen Vorabend der Ausstellung ging ich noch einmal hin, um zu sehen, ob alles gut angeordnet war. Eigentlich wollte ich einfach nur in diesen herrschaftlichen Räumen mit den langen Fluren, hohen Decken und Rundbögen sein. Mich berauschte dieser Ort. Er versprühte so viel Wissen, Macht und Leidenschaft, er roch nach Farbe, Schweiß und Arbeit. Ich wollte ebenfalls hierher. Studieren, mit dabei sein, auch als Frau.

Als ich in die Ecke kam, wo Hans' Bilder hingen, erstarrte ich. Er hatte kurzerhand eines seiner Bilder gegen eines von meinen ausgetauscht. Ich konnte es nicht fassen. Ich schaute auf mein Bild und ein spitzer Schrei entfuhr mir.

»So aufgewühlt, Gnädigste?«

Ich fuhr herum. Christian Griepenkerl stand plötzlich vor mir und sah mich fragend an. Ich hatte ihn schon zuvor einige Male beim Aufbau der Ausstellung gesehen, aber nie mit ihm gesprochen. Er musterte mich eindringlich. Tränen der Wut stiegen in mir hoch, doch ich schluckte sie herunter und schaute zu Boden. Keiner sagte ein Wort. Wir wandten uns beide wieder meinem Bild zu.

»Nun, dieses Bild hat mich auch bewegt. Und mir ein paar Fragen aufgegeben«, sagte Griepenkerl.

Er machte eine Pause.

»Im Vergleich zu den anderen drei Bildern dieses Künstlers ist es überraschend anders. Obwohl das Motiv ähnlich ist und dem gleichen Thema angehört, ist die Pinselführung doch ganz und gar unterschiedlich. Viel weicher, viel ...«

Wieder eine Pause.

»Weiblicher.«

Er blickte mich von der Seite an. Doch ich starrte weiter geradeaus. Mein Herz fing an wie wild zu pochen.

»Ein wirklich interessantes Bild eines ungewöhnlichen Künstlers. Oder soll ich sagen einer ungewöhnlichen Künstlerin?«

Jetzt wandte ich mich ihm zu. Ich schluckte trocken.

»Im Gegensatz zu den Kollegen meines Fachbereichs bin ich nicht sicher, ob Frauen das Zeug haben zu studieren. Malen kann man nicht erlernen, das ist Talent. Ob Frauen das haben? Ich weiß es nicht. Doch es ist nicht ausgeschlossen. Dennoch ...« Er machte eine Pause. »Dennoch wird es noch ein weiter Weg sein, bis wir auch Werke von Künstlerinnen sehen werden.«

Er schickte sich an zum Gehen, drehte sich aber noch einmal kurz um.

»Doch es lohnt sich, dafür zu kämpfen. Wer Talent hat, wird sich durchsetzen«, sagte er leise mit einem Schmunzeln, verbeugte sich und schritt davon.

Ich blieb allein zurück. Ich konnte mich kaum bewegen, so gebannt und ergriffen war ich von seinen Worten. Eine große Freude machte sich in mir breit. Ich war erkannt worden. Als Künstlerin. Griepenkerl hatte es gesehen. Ich hatte eine Chance. Ich musste nur darum kämpfen.

Wie auf Wolken lief ich nach Hause. Eigentlich hatte ich Grund genug, auf Hans wütend zu sein. Doch ich war glücklich, unglaublich glücklich. Ich würde eines Tages eine Künstlerin sein und meine Bilder auch ausstellen. Neben Hans´ Bildern. Davon war ich nun überzeugt.

Als ich die Wohnungstür öffnete, war niemand zu sehen. Enttäuscht schloss ich die Tür. Wo war Hans? Der Flur war leer und dunkel, auch das Atelier lag im Dämmerlicht. Ich hörte nur gedämpfte, ächzende Töne, vermutlich von draußen vom Hof. Ich machte das Fenster zu und ging schnellen Schrittes zu unserem Zimmer. Vielleicht war Hans dort? Schließlich war es schon spät. Aus unserem Zimmer kamen quiekende, fast grunzende Laute. Ich riss die Tür auf und erstarrte.

Hans lag nackt im Bett und auf ihm saß Elisabeth. Ihr lustvoller, schriller Schrei ging mir durch Mark und Bein.

KAPITEL DREI

Wien, Februar 1904

Wo war ich? Wie ein angeschossenes Tier irrte ich durch die Straßen von Wien. Planlos. Hilflos. Es tat so weh, die Eingeweide zogen sich mir zusammen. Ich konnte den Gedanken nicht zulassen. Wollte ihn nicht zulassen. Hans und Elisabeth. Elisabeth und Hans. Tränen rannen mir übers Gesicht. Wohin sollte ich gehen? Was hatte das Leben noch für einen Sinn? Wien ohne Hans? Wien mit Hans? Nein, Letzteres hatte er bereits aufgegeben. Ich solle mich nicht so zermürben, hatte er gesagt. Unsere Zeit sei doch wunderschön gewesen. Gewesen – Vergangenheit. Für ihn war alles klar. Wie hatte ich das Flirten übersehen können? Die Annäherung der beiden?

Elisabeths Trennung von Peter hatte ich nur im Vorübergehen registriert. Die Ausstellung war doch so wichtig gewesen. Unser Projekt. Nein, Hans´ Projekt. Ich dumme Gans.

Hans hatte sich an dem Abend, an dem ich ihn erwischt hatte, ins Atelier zum Schlafen zurückgezogen. Dort wohnte er nun schon seit sieben Tagen.

Die Ausstellung hatte ihm neuen Auftrieb gegeben. Pfeifend war er anschließend heimgekommen, während ich auf dem Bett kauerte, den Kopf in meinem Schoß vergraben. Er hatte mich nicht gebeten, zur Vernissage mitzukommen. Er setzte sich neben mich und streichelte über meinen Rücken. Doch seine Berührungen waren fahrig, sein Blick schon weit weg. Der Zukunft zugewandt. Einer Zukunft ohne mich. Er redete und redete. Ich wollte meine Koffer packen und gehen. Doch wohin? In den darauffolgenden Tagen versuchten wir, so gut es ging, uns aus dem Weg zu gehen. Da ich nicht mehr malte, mied ich das Atelier und sah Hans immer seltener.

Doch als ich ihn heute Morgen im Atelier antraf, fragte er mich, ob ich denn schon eine neue Bleibe gefunden habe. Seine Frage traf mich wie ein Faustschlag ins Gesicht. Und so war ich einfach losgelaufen und irrte durch Wiens Straßengewirr ohne Plan und Ziel. Wohin sollte ich gehen? Bei der Vorstellung, Wien zu verlassen und in mein Elternhaus zurückzumüssen, erschauderte ich. Doch meine Zukunftsaussichten waren hoffnungslos. Ich schluchzte.

»Mensch, pass doch auf, wo du hinläufst«, murrte mich ein Bettler an.

Ich hatte ihn ganz übersehen, war fast in ihn reingelaufen. Er scheuchte mich weg. Ich blickte auf und hatte das Gefühl, dass mich alle anstarrten. Wieder einmal fühlte ich mich zu groß. Schnell senkte ich den Kopf und drehte mich weg.

»Obacht, junge Dame.«

Ich war schon wieder gegen jemanden gerempelt und blickte auf. Der Mann vor mir war groß, schlank und stattlich gekleidet in einen dunkelblauen Überrock mit einem Zylinder auf dem Kopf. Sein Mund mit dem schwarzen Schnauzer verzog sich zu einem milden Lächeln. Er war bestimmt fünfzehn Jahre älter als ich. Seine braunen Augen strahlten Sanftmut aus und Mitleid. Ich konnte nicht anders, sank an seine Brust und ließ meinen Tränen freien Lauf. Er wich nicht zurück, stattdessen legte er sanft seinen Arm um mich. Seine Berührung beruhigte mich.

»Alles wird wieder gut«, flüsterte er immer wieder.

Ich wollte ihm gerne glauben. Als meine Tränen versiegt waren, zog er ein Taschentuch aus seinem Mantel und gab es mir.

Er nahm meinen Arm und führte mich vorsichtig zu einem Kaffeehaus an der Ecke. Wir mussten irgendwo in der Nähe des Karlsplatzes sein.

Ich müsse etwas trinken, meinte er. Ich ließ es geschehen. Er bestellte einen Fiaker, einen schwarzen Kaffee mit einem Schuss Rum. Die Kellnerin schaute etwas missbilligend, doch er sagte, dies sei ein Notfall.

»Wie heißen Sie?«

»Mizzi«, sagte ich kurz.

Er lächelte.

»Nein, Maria von Axster.«

Auch er stellte sich vor: Graf Paul von Uhlár. Er kam aus Ungarn und konnte das R fast so schön rollen wie Maria. Ich mochte ihn. Nach dem zweiten Fiaker ging es mir schon besser. Nach dem dritten hatte ich Hans schon fast vergessen. Bis zum späten Abend blieben wir im Café sitzen und unterhielten uns. Paul war ein angenehmer Gesprächspartner – höflich, charmant, zurückhaltend. Er war noch nicht lange in Wien und hatte gerade ein Haus mit Blick auf den Botanischen Garten und das Schloss Belvedere bezogen. Er war genauso begeistert von der Wiener Kunstszene wie ich. Wir diskutierten über Bilder, Künstler, neue Ideen, und ich verriet ihm die eine oder andere Geschichte über Künstler, die ich kannte. Paul lachte viel. Als das Lokal schloss, ließ er eine Kutsche für mich kommen. Wir verabredeten uns für den nächsten Tag. Die ganze nächste Woche lang trafen wir uns täglich, oft im Prater, den ich wunderschön fand, aber auch im Park vom Schloss Belvedere. Im Botanischen Garten zeigte mir Paul die Kräuter und medizinischen Pflanzen und ich staunte über seine botanischen Kenntnisse. Hans ging ich aus dem Weg.

Eines Tages lud mich Paul auf einen Kaffee in sein Stadthaus in der Jaquingasse ein, ein wunderschönes weißes, zweigeschossiges Anwesen mit kleinem Balkon. Es war hell mit hübschen, pastellfarbenen Tapeten und wenigen geschmackvollen Möbeln. Allerdings fehlte etwas, alles erschien mir sehr rational und unpersönlich.

Paul zeigte mir seine Bilder, die er im Laufe der Jahre Sammlern abgekauft hatte. Doch seine Zugehfrau ließ uns keinen Moment aus den Augen. »Minna ist ein Drache, aber ein sehr mütterlicher«, flüsterte er und ich musste lachen.

In der nächsten Woche ging ich erneut zu ihm zum Tee. Ich setzte mich auf sein Sofa. Paul war ungewöhnlich still. Plötzlich fiel er vor mir auf die Knie. Er hatte hektische rote Flecken am Hals und eine Schweißperle lief ihm an der Schläfe hinunter. Er suchte nach Worten. Ich legte ihm meine Hand auf die Wange:

»Ja, ich will«, sagte ich knapp und lächelte. Ein wohliges Gefühl voll Liebe und Wärme durchströmte mich.

Paul stutzte, dann beugte er sich vor. Seine feste Umarmung tat mir gut. Und so packte ich meine Koffer und zog noch vor der Hochzeit zu ihm, auch wenn Minna uns mit ihren Blicken zu verstehen gab, wie sehr sie dies missbilligte.

»Du willst heiraten?«

Carola schaute amüsiert. Nachdenklich blickte ich Vater und Paul hinterher, die vor uns im Stadtpark dahinschritten. Ich hatte Vaters abweisenden Gesichtsausdruck gesehen, als Paul und ich vor seiner Tür gestanden hatten. Wir hatten uns nun über zwei Jahre nicht mehr gesehen. Doch als er hörte, dass Paul ein ungarischer Graf war und in welchem Regiment sein Vater gedient hatte, hellte sich seine Miene auf. Immerhin eine gute Partie für seine ungezogene Tochter. Hatte sie nun doch noch den Weg in die bürgerliche, geordnete Welt gefunden.

Carola erzählte, nach meiner Flucht habe keiner mehr meinen Namen nennen dürfen, so wütend sei Vater über meinen Weggang gewesen. Sorgen habe sich nur Mutter gemacht. Sie habe anfangs oft geweint. Doch immer nur heimlich, damit Vater davon nichts mitbekam. Irgendwann habe auch sie sich wohl mit meinem Weggang abgefunden. Carola seufzte.

»Aber ich hatte Sehnsucht nach dir. Gisela ist kein Ersatz für dich«, sagte sie und versuchte ein Grinsen. Gisela habe nur noch um die Gunst des Vaters gebuhlt und Carola schikaniert, wo es nur ging. Sie seufzte erneut.

Jetzt erst wurde mir klar, wie sehr ich Carola die ganze Zeit vermisst hatte. Ich hakte mich bei ihr unter und fing an zu erzählen – von Hans und seiner Untreue und wie ich Paul kennengelernt hatte. Sie hörte still zu, nickte hin und wieder, schaute ernst oder lächelte. Fast so wie früher.

Als wir ins Haus zurückkamen, erschien Gisela in der Eingangshalle. Vater erzählte, dass sie nun häufiger in anderen Familien unterrichte, eine eigene Wohnung habe, aber sich nicht nehmen lassen wolle, heute beim Abendessen dabei zu sein. Als sie mich erblickte, verfinsterte sich ihre Miene schlagartig. Warum bist du zurückgekehrt? Dich braucht hier niemand, teilte sie mir durch ihre Blicke mit.

Später beim Essen stellte sie mir die heiße Schüssel mit den Kartoffeln auf die Hand. Angeblich aus Versehen. Wie sehr sie mich um Paul beneidete, konnte ich dennoch aus ihrem Gesicht lesen. Er gefiel ihr sehr. Als wir für den Kaffee in den Garten hinaustraten, legte sie ihre Hand auf seinen Arm und plauderte drauflos. Sie erzählte von den Kindern, die sie im Hausunterricht in

Französisch unterrichtete, und Paul hörte aufmerksam zu. Nie wäre er einer Dame ins Wort gefallen.

Gisela ließ ihr Taschentuch fallen. Paul bückte sich und hob es schnell auf. Als er es ihr übergab, hielt sie seine Hand kurz fest und lächelte. Ich stellte mich neben Paul, und sie ließ ihre Hand sinken.

»Wie freundlich von Ihnen, vielen Dank«, hauchte sie und zwinkerte Paul mit ihren hübschen blauen Augen zu. »Wohnt Maria denn etwa schon bei Ihnen? Vor der Hochzeit?«, fragte sie mit gespielter Empörung. »Was sagt denn Ihre Familie dazu, dass Maria bisher so ein wildes Leben hatte? Womöglich schon Kontakt mit Männern? Stört sie das gar nicht?«

Dabei zeigte sie ihr unschuldiges, kühles Lächeln.

Ich starrte sie an. Ich stand direkt neben Paul, doch mich würdigte sie keines Blickes. Diese Schlange. Aber Paul ging gar nicht auf ihre Frage ein, sondern schwärmte nur von unserem wunderschönen Haus und welch ein Glück es sei, mich dort zu haben.

Nach unserem Besuch in Graz atmete ich auf. Vater hatte in die Hochzeit eingewilligt, doch nur, wenn er nichts zahlen müsse. Der Geizhals. Paul war alles recht, Hauptsache wir konnten heiraten. Er war ein guter Mann. Seine Liebe war aufrichtig.

»Wer soll dein Trauzeuge sein?«, fragte er mich am Abend unserer Rückkehr.

»Carola.«

Das war mir immer klar gewesen. Sie hatte sich riesig gefreut, als ich sie auf unserem Spaziergang gefragt hatte. Sie mochte Paul.

»Meinen Trauzeugen wirst du gleich kennenlernen. Er ist endlich aus Budapest angereist und freut sich, dir seine Aufwartung zu machen.«

»Wer ist es?«, fragte ich. Ich wusste, dass Pauls Eltern früh durch einen Unfall ums Leben gekommen waren und er nur noch einen Bruder hatte. Die Türglocke erklang. Paul rief dem Hausmädchen zu, dass er selbst an die Tür gehe, und eilte hinaus. Als er zurückkam, hatte er einen jungen adretten Mann neben sich. Er ähnelte Paul gewaltig, war genauso groß wie er mit dem gleichen schwarzen Haar. Nur einen Schnurrbart hatte er nicht. Er verbeugte sich leicht.

»Darf ich vorstellen? Mein Bruder Károly. Ungezogen, frech, aber ein feiner Kerl«, sagte Paul sichtlich stolz.

Ich lächelte.

»Mein Gott, hättest du mir gesagt, welch bildhübsche, junge Frau du dir geangelt hast, hätte ich mich rasiert«, sagte Károly schmunzelnd und gab mir einen Handkuss.

Ich spürte, wie mir die Hitze ins Gesicht stieg. So viele Komplimente machten mich verlegen.

»Und Sie sind sich sicher, dass Sie diesen alten Knacker heiraten wollen?«

»Und wie«, sagte ich und lachte.

Ich mochte ihn auf Anhieb. Wir ließen uns einen guten Wein bringen und machten es uns zu dritt auf dem Sofa bequem. Es blieb nicht bei einer Flasche. Als der Morgen anbrach, schickten wir uns an, ins Bett zu gehen.

»Ihr teilt euch schon ein Bett? Vor der Hochzeit?

Was sind denn das für Unsitten?«, fragte Károly gespielt empört.

Dann beugte er sich zu mir.

»Paul muss dich wirklich gernhaben. Er legt sonst großen Wert auf Etikette. Du tust ihm gut. Das sehe ich.«

»Und er mir«, sagte ich lächelnd.

Ich musste gähnen.

Als ich am Mittag aus dem Bett stieg, hörte ich Tumult aus der Küche. Paul war offenbar schon früher aufgestanden.

»Gnädigste, Sie müssen sich doch nicht so echauffieren. Ich versichere Ihnen, die Berührung war ganz aus Versehen«, hörte ich Károly beteuern.

Unser Hausmädchen wies ihn harsch zurecht. Für ihre achtzehn Jahre wusste sie genau, was sich schickte und was nicht.

Ich stieg müde die Treppen hinunter und schnürte mir den Gürtel meines Morgenrocks enger. Ich hörte Paul im Salon laut sprechen. Offenbar stritt er mit Károly.

»Es ist mal wieder typisch. Warum kannst du nicht deine Finger bei dir behalten? Ludmilla ist erst achtzehn!«

»Das musst du gerade sagen«, hielt Károly dagegen. »Mizzi ist doch auch erst zwanzig. Warum gönnst du mir nicht ebenfalls ein bisschen Vergnügen?«

»Ich vergnüge mich nicht, ich liebe Mizzi! Sie ist das Beste, was mir passieren konnte!«

Ich öffnete die Tür und blickte neugierig hinein.

»Alles gut bei euch?«

Paul starrte erst mich an, dann aus dem Fenster. Károly verließ wortlos das Zimmer. Eine Stille entstand.

»Es ist immer das Gleiche mit ihm. Er kann seine Finger nicht bei sich lassen. Immer stellt er den jungen Mädchen nach«, sagte Paul. Ich hatte ihn noch nie so wütend gesehen.

Ich überlegte.

»Sei nicht so streng mit ihm. Er ist ein guter Kerl. Vielleicht braucht Károly auch eine Frau?«

Da kam mir ein genialer Einfall.

»Wie wäre es, wenn ich ihm Carola vorstelle? Die beiden werden sich ohnehin auf unserer Hochzeit kennenlernen. Ich bin sicher, sie findet ihn entzückend. Der kleine Altersunterschied kann auch von Vorteil sein.«

Ich machte eine kurze Pause.

»Das wäre doch wunderbar, zwei glückliche Paare und eine große Familie.«

Ich war ganz euphorisiert von dem Gedanken. Ohne auf eine Antwort zu warten, lief ich beschwingt aus dem Zimmer, um Károly zu suchen. Vielleicht konnte ich ihm das Ganze ja schmackhaft machen.

»Nein, lass mal, Schwägerinchen«, wimmelte er mich freundlich ab. »Ich liebe meine Freiheit. Und ehrlich gesagt liebe ich vor allem die jungen Mädchen. Ich kann nichts dafür, sie inspirieren mich. Ihr junges Gesicht, die zarte Haut ...«

Ich rollte mit den Augen und zog ihn sanft am Ohr.

Dummer Kerl. Doch so schnell wollte ich nicht aufgeben.

Auf unserer Hochzeit stellte ich die beiden einander vor. Ich konnte sehen, dass Carola der junge Ungar gut gefiel. Carola und Károly – das klang doch hübsch! Doch Károly zeigte überhaupt kein Interesse. Er war höflich, aber reserviert.

»Irgendwann wird er schon zur Vernunft kommen«, sagte Paul.

Ich seufzte. »Wenn du meinst.«

Als ich später die letzten Gäste aus unserem Haus geleitete, hörte ich aus der Küche ein Kichern und Gurren. Minna war schon gegangen, sie musste sich um ihren Enkel kümmern. Es konnte also nur Ludmilla sein.

Hat er es doch nicht lassen können, dieser Schwerenöter, dachte ich wütend, als ich die Tür aufstieß.

»Károly!«, rief ich empört.

Ludmilla fuhr zusammen. Ihr Haar war geöffnet, sodass ihre dicken blonden Locken schwer auf ihre Schultern fielen. Die Ärmel ihrer Bluse waren heruntergezogen, eine halbe Brust lugte hervor. Sie lief puterrot an. Nur langsam schälte sich ihr Romeo aus den Liebkosungen ihrer Arme und ihren Locken. Doch es war nicht Károly, der sie mit seinen Küssen überhäuft hatte. Ich erstarrte.

»Vater!«

KAPITEL VIER

Wien, 24. September 1908

Maria von Axster-Uhlár – das hatte doch Klang. Mit einem letzten Pinselstrich beendete ich mein Werk auf der Staffelei. In den vergangenen vier Jahren hatte ich mich wirklich verbessert. Sogar einen Lehrer hatte ich mir genommen, um unterschiedliche Malstile auszuprobieren. Paul spornte mich an zu arbeiten, weil er spürte, dass mir die Malerei guttat. Doch ob die Bilder ausreichen würden, um die Aufnahmekommission der Wiener Akademie der bildenden Künste zu überzeugen, eine Frau aufzunehmen?

Als ich am Ende der Woche mit zitternden Händen und weichen Knien drei meiner Bilder unter den Arm klemmte und nun vor der Akademie stand, verließ mich fast der Mut. Ich blickte hinauf zu den sechs Statuen über dem Eingang und schleppte mich mit klopfendem Herzen die Freitreppe hoch. Bei jeder Stufe schlug mein Herz etwas schneller.

Ich wusste noch durch die Ausstellung, wo der Fachbereich Malerei seine Räume hatte, und so lief ich den Gang hinab. Von draußen drang Sonne herein, es war ein freundlicher Herbsttag. Ich blickte zum Fenster hinaus.

Der 24. September 1908 könnte ein historischer Tag werden, dachte ich. Ein Tag, der in die Geschichte eingehen würde, weil die erste Frau an der k.u.k. Akademie der bildenden Künste Wien angenommen wurde. Meine Hände zitterten. Ich würde sie überzeugen. Ich würde ihnen zeigen, dass auch Frauen Künstler sein konnten.

Als ich gerade am Sekretariat klopfen wollte, ging abrupt die Tür auf und ein kleiner, schwarzhaariger Mann kam heraus. Ich überragte ihn fast um einen ganzen Kopf. Er mochte etwas jünger sein als ich. Seine Miene war düster, dann ließ er die Tür hinter sich zuknallen.

Er war von schmaler Statur, sein Haar seitlich akkurat gescheitelt, seine Augenbrauen dunkel und markant. Dazu trug er einen buschigen Schnurrbart. In seinem schmalen Gesicht nahm dieser Bart viel Platz ein. Die meisten Männer, die ich kannte, trugen den Schnurrbart eher schmal und zu den Seiten lang und zwirbelten die Enden. Genau wie Paul. Der Mann strich sich immer wieder über sein Haar, er schien aufgewühlt zu sein.

»Es ist empörend, wie hier mit Künstlern umgegangen wird«, schimpfte er laut und fuchtelte dabei mit erhobenem Zeigefinger durch die Luft. »Zu wenig Köpfe, haben sie im vergangenen Jahr beanstandet. Zu wenig Köpfe! Jetzt zeichne ich ihnen Köpfe und es ist ihnen immer noch nicht gut genug.« Er sprach sich immer mehr in Rage. Seine Stimme war laut, eindringlich und abgehackt. Sympathisch war er mir nicht. »Meine besten Bilder habe ich ihnen gezeigt. Und beim Probezeichnen getan, was sie verlangt haben. Doch für einen Künstler wie mich sei hier kein Platz.« Seine Augen funkelten böse. »Wer entscheidet denn über gut und schlecht? Ich bin Künstler und ich werde es ihnen beweisen.«

Die Tür ging erneut auf. Eine Frau – vermutlich die Sekretärin - hielt eine Mappe mit Bildern unterm Arm.

»Herr Adolf Hitler? Vergessen Sie Ihre Mappe nicht«, sagte sie knapp und drückte sie ihm in die Hände. Dann schloss sie die Tür wieder.

Es sah aus, als würde er gleich explodieren. Dann fuhr er herum und ich zuckte zusammen.

»Eine Unverschämtheit! Ich werde ihnen allen zeigen, wozu ich fähig bin! Das werden sie noch bereuen«, brüllte er.

Seine Augen funkelten vor Zorn. Dann rannte er den Gang hinunter und war verschwunden.

Verlieren schien ja nicht seine große Stärke zu sein. Ich nahm all meinen Mut zusammen und klopfte zaghaft an.

»Herein«, hörte ich von drinnen.

Vorsichtig öffnete ich die Tür und trat ein. Die Sekretärin, die eben die Bilder herausgebracht hatte, saß am Tisch, Griepenkerl stand neben ihrem Schreibtisch, ebenso ein weiterer Mann mit Schnurrbart, vermutlich ein Professor. Sie blickten irritiert auf.

»Sie wünschen?«, fragte Griepenkerl. Nicht unfreundlich, aber er lächelte auch nicht. Ob er sich noch an mich erinnerte?

Mein Mund war wie ausgetrocknet, die Zunge klebte mir am Gaumen. Eine Pause trat ein und die Männer musterten mich.

»Wir haben derzeit nichts im Sekretariat zu besetzen«, sagte Griepenkerl nun.

Ich sammelte mich. Meine Gedanken überschlugen sich. Er erkannte mich offenbar tatsächlich nicht. Endlich schaffte es mein Mund, die richtigen Worte zu formen, auch wenn mir fast die Stimme versagte.

»Ich will mich nicht fürs Sekretariat bewerben. Ich möchte mich für die Akademie der bildenden Künste bewerben – als Kunststudentin«, sagte ich.

Schweigen. Dann brach der Schnurrbart in lautes Gelächter aus. Er konnte gar nicht mehr aufhören zu lachen. Auch Griepenkerl grinste breit. Als sich der Schnurrbart endlich wieder gesammelt hatte, wurde seine Miene ernst.

»Gnädigste, wir nehmen keine Frauen auf. Das steht nun mal so in unseren Statuten.«

»Warum nicht?«, entfuhr es mir.

Er räusperte sich.

»Frauen sind keine Künstler. Ich will nicht sagen, dass sie nicht malen können, aber ihre Begabung reicht eben eher für ...« Er überlegte. »Hübsche Karten und Basteleien. Verstehen Sie mich nicht falsch. Aber wir bilden hier nur die Besten der Besten aus. Und jetzt möchte ich das Fräulein Künstlerin bitten zu gehen.«

Fassungslos schaute ich ihn an. Ich war so irritiert, dass ich kaum spürte, wie Griepenkerl plötzlich neben mir stand und mich sanft zum Ausgang schob.

»Vielleicht probieren Sie es mal an der Zeichen- und Malschule für Damen. Sie soll sehr gut sein, heißt es. Wir nehmen keine Frauen. Tut mir leid«, sagte er.

Dann ging die Tür zu.

Ich stand da wie versteinert. Nicht einmal meine Bilder hatte ich ihnen zeigen können. Tränen stiegen in mir auf und rannen über mein Gesicht. Ich war sprachlos und wütend zugleich und wollte mich am liebsten gegen die Holztür werfen. Doch mir fehlte die Kraft und so rannte ich schluchzend den Gang hinunter ins Sonnenlicht. Dort atmete ich erst einmal durch.

Draußen auf der Freitreppe stand der kleine Mann, der vor mir abgelehnt worden war. Wie hieß er gleich noch mal? Adolf Hitler? Er hatte seine Mappe aufge-klappt und blickte versonnen auf seine Bilder. Beim Näherkommen sah ich große Bilder und auch ein paar in Postkartenformat. Die meisten waren Landschaftsdarstel-lungen. Eigentlich ganz hübsch, er hatte wirklich Talent. Ich gesellte mich zu ihm. Er blickte kurz auf, doch seine Gedanken schienen weit weg zu sein.

»Ich werde ihnen schon zeigen, wozu ich fähig bin«, grummelte er. »An meinen Namen werden sie sich erin-nern. Das schwöre ich.«

Er tat mir leid.

»Mich wollen sie auch nicht«, sagte ich und blickte ihn aufmunternd an.

Erst jetzt nahm er mich wahr, er schaute mir direkt ins Gesicht und sein Blick wirkte abschätzig.

»Natürlich nicht. Wo hat man schon davon gehört, dass Frauen studieren? Frauen gehören nach Hause zu ihrem Mann«, sagte er kopfschüttelnd und ließ mich stehen.

Ich starrte ihm hinterher. Sollten doch alle Männer in der Hölle schmoren. Wütend stampfte ich nach Hause.

In den nächsten Wochen rührte ich den Pinsel nicht an. Ich fühlte mich elend. Mir war schlecht und mir fehlte jeder Elan. Die Wut hatte sich in mich hineingefressen und legte mich lahm. Das »Fräulein Künstlerin« hatte wenig Appetit und mir fiel es schwer, morgens mein Bett zu verlassen. Paul bestand darauf, mich zum Arzt zu bringen, und irgendwann gab ich seinem Drängen nach.

Doktor Heinacher war ein freundlicher, aber schon in die Jahre gekommener Arzt, den Paul schon seit Jahren konsultierte. Als er mit den Untersuchungen fertig war, lächelte er mich milde an.

»Gnädige Frau, ich darf Ihnen gratulieren. Sie sind in anderen Umständen.«

Ich schaute ihn irritiert an. Es dauerte einen Moment, bis die Worte zu mir durchgedrungen waren. Schwanger? In anderen Umständen? Ja, so fühlte ich mich plötzlich. Entsetzt, euphorisch, beglückt, ängstlich, überrascht. Letzteres vielleicht ganz besonders. Meine Gefühle fuhren Karussell. Ich stolperte unbeholfen die

Treppe hinunter und prallte fast mit Paul zusammen, der vor dem Ärztehaus auf mich gewartet hatte.

»Hoppla, Mizzi, was ist los? Du bist ja ganz neben dir«, sagte er besorgt.

»Wir bekommen ein Kind«, sagte ich knapp und schnappte nach Luft.

Er stutzte. Dann entfuhr ihm ein Freudenschrei. Ich hatte ihn noch nie laut brüllen hören. Er strahlte übers ganze Gesicht, und auch ich konnte endlich lächeln. Wir bekamen ein Kind!

»Eines ist doch wohl klar«, sagte Károly und lehnte sich genüsslich in seinen Stuhl zurück. »Wer hier der Patenonkel wird.«

Er grinste breit.

Paul und ich schauten uns an und lächelten.

»Sollte es ein Mädchen werden, auf keinen Fall!«, sagte Paul mit gespielter Strenge. Károly rollte mit den Augen. Immer wieder schielte er zu Ludmilla hinüber. Ganz lassen konnte er immer noch nicht von ihr. Dass sie sich von meinem Vater hatte küssen lassen, hatte ihn nicht schockiert, sondern höchstens neidisch gemacht. »Der ist doch viel zu alt für sie«, war ihm empört herausgerutscht. Recht hatte er. Tja, mein Vater. Hatte er bei anderen jungen Damen auch schon die Finger nicht still halten können?

»Ach Papperlapapp! Ich bin der beste Patenonkel, den ihr euch vorstellen könnt!«

»Genau, ein Vorbild durch und durch«, sagte Paul und grinste. Károly räusperte sich. »Wie soll denn die Kleine heißen? Oder wird es ein Bub?«

Es läutete an der Tür. Ludmilla rannte hinaus – nicht ohne die Gläser schnell eingesammelt zu haben. Sie war ein fleißiges Mädchen, deshalb hatten wir sie nach dem Fauxpas auf unserem Hochzeitsabend auch bei uns behalten. Sie kam wieder herein.

»Freiherr von Merode bittet um Eintritt. Er sagt, er komme von der ...«

»Mal- und Zeichenschule für Damen, sehr richtig«, sagte ein großer dunkelhaariger Mann mit Brille und einem fulminanten Vollbart, der seinen Kopf durch die Tür steckte.

Ludmilla war empört.

»Gnädiger Herr, ich habe doch gesagt, dass Sie vorne warten sollen, bis ich den Herrschaften Ihr Kommen ...«

»Ist schon gut, Ludmilla, danke«, sagte Paul und winkte den Gast herein.

Er reichte ihm die Hand.

»Paul von Uhlár, aber das wissen Sie bestimmt. Mit wem haben wir noch einmal das Vergnügen?«

»Carl von Merode. Mein sehr verehrter Kollege Adolf Kaufmann und ich haben 1900 die Malschule für Damen gegründet. Vielleicht ist sie Ihnen ein Begriff?«

Nun schaute er mich an, gab mir einen Handkuss und lächelte. Seine Augen glänzten dabei schelmisch und es deutete sich ein Grübchen in seinem linken Mundwinkel an. Jetzt sah er fast jungenhaft aus.

»Ich bin kein Mann der langen Worte. Mein geschätzter Kollege, Herr Griepenkerl, hat mich neulich aufgesucht und mich neugierig gemacht. Er erzählte mir von einer jungen Dame, die nicht nur Talent, sondern auch viel Mut besitze.« Er machte eine Pause und lächelte mich an. »Und diese Dame sind Sie!«

Ich brachte kein Wort heraus und schaute ihn nur überrascht an. Doch von Merode sprach einfach weiter.

»Herr Griepenkerl, das werden Sie nicht wissen, ist ein äußerst konservativer Mann, um nicht zu sagen: ein Prinzipienreiter. Wenn er sagt, eine Frau habe Talent, gleicht das einem Ritterschlag. Ich weiß nicht, wie Sie es angestellt haben, einen absoluten Ignoranten davon zu überzeugen, dass auch Frauen künstlerisches Talent besitzen, aber Sie haben es geschafft.« Ein Strahlen ging über sein Gesicht. »Und nun komme ich ins Spiel.«

Ich schaute ihn irritiert an. Hatte ich richtig gehört? Griepenkerl hatte sich für mich starkgemacht? Ich konnte es nicht glauben.

Nun ergriff Paul das Wort: »Aber bitte, nehmen Sie doch Platz, Herr von Merode.«

Er gab Ludmilla ein Zeichen, Getränke zu bringen. Der Freiherr nickte dankbar und setzte sich. Er nahm ein Taschentuch aus seiner Reverstasche und wischte sich den Schweiß von der Stirn. Dann sprach er weiter.

»Unsere Malschule für Damen ist nicht irgendeine Schule, gnädige Frau. Es ist die eine und einzige und wurde von uns ins Leben gerufen, weil ich davon überzeugt bin, dass Frauen genauso Künstlerinnen werden können wie Männer.« Er holte Luft. »Dafür werde ich oft belächelt. Meine Schule diene dazu, gelangweilten Frauen eine Aufgabe zu geben und sie ein bisschen malen zu lassen, sagen viele.« Er räusperte sich. Seine Stirn zog sich in Falten. »Aber da irren sie sich gewaltig. Ich bilde Künstlerinnen aus. Künstlerinnen, die genauso Schweiß und Tränen in ihre Werke gesteckt haben wie ein Mann. Die davon angetrieben sind, Größeres erschaffen zu wollen. Wer Talent hat, wird sich durchsetzen. Davon bin ich überzeugt«, redete er sich in Rage.

Dann fixierte er mich erneut. Sein Blick schien mich zu durchbohren.

»Kommen Sie in meine Schule, gnädige Frau, und ich werde Ihr Talent fördern. Das verspreche ich Ihnen.«

Ich war sprachlos. Wie lange hatte ich auf eine Chance wie diese gewartet? Bei jemandem lernen zu können, der mein Talent erkannte. Doch nein, erkannt hatte er es nicht. Griepenkerl war es gewesen, und dafür musste ich ihm eigentlich dankbar sein. Ich räusperte mich.

»Ich fühle mich sehr geehrt«, sagte ich und ein Strahlen ging über mein Gesicht. Es kam mir vor wie ein Traum.

Von Merode lächelte väterlich. »Natürlich dürfen Sie noch einmal darüber schlafen«, sagte er. »Aber bedenken Sie: Diese Chance bekommen nicht viele.«

Ich nickte. Mein Herz fing an wie wild zu schlagen. Natürlich kannte ich die Antwort längst. Endlich würde ich Künstlerin werden. Ich hätte Bäume ausreißen können, so glücklich war ich in diesem Moment. Ich hörte, wie Paul sich räusperte.

»Aber Maria«, sagte er sanft und nahm meine Hand. »Wird dir das nicht zu viel? Du wirst dich etwas schonen müssen, wenn der Bauch erst einmal wächst. Und wenn unser Kind da ist, wird es dich brauchen.«

»Sie erwarten ein Kind?« Der Freiherr schien entsetzt. »Das ändert das Ganze natürlich«, sagte er und versuchte, seine Stimme etwas zu mäßigen. Mit sanfterem Tonfall fuhr er fort: »Nun, in diesem Fall sollten

Sie sich selbstverständlich voll und ganz Ihrem Kind widmen. Eine Mutter gehört zu ihrem Baby.«

»Aber ich kann doch beides«, stieß ich aus. »Bis zur Geburt unseres Kindes will ich mich gerne der Kunst widmen. Sie ist meine Leidenschaft. Und hinterher haben wir ein Kindermädchen.«

Ich merkte, wie sich vor lauter Aufregung meine Stimme überschlug. Paul räusperte sich erneut. Ich sah seine Sorge im Gesicht, doch er sagte nichts.

Von Merode erhob sich langsam.

»Gnädige Frau, gnädiger Herr, ich bedaure, Ihnen schon so viel Zeit geraubt zu haben. Ich denke, das Beste ist, wenn wir die Entscheidung noch einmal vertagen. Vielleicht finden Sie ja tatsächlich bald nach der Geburt Ihres Kindes die Kraft und Energie, meine Schule zu besuchen. Ich würde mich freuen.«

Ich wusste, dass er daran selbst nicht glaubte, und spürte, wie Verzweiflung in mir aufstieg.

»Warten Sie«, schaltete sich nun plötzlich Károly ein, der sich die ganze Zeit über in eine hintere Ecke zurückgezogen hatte. »Maria wird das schaffen. Sie ist eine starke Persönlichkeit. Natürlich gehört eine Mutter zu ihrem Baby, aber eine Künstlerin muss auch malen dürfen.«

Verwundert schaute ich Károly an. Am liebsten wäre ich ihm um den Hals gefallen. Nun erhob sich auch Paul.

»Herr von Merode, es war mir eine große Ehre, dass Sie uns einen Besuch abgestattet haben. Wir werden uns sicher bei Ihnen melden, doch nun wollen wir uns erst einmal unserer Familie widmen«, sagte er und verbeugte sich leicht.

Als von Merode sich zum Gehen wandte, warf er Károly einen tadelnden Blick zu. Wut stieg in mir auf.

Als von Merode endlich gegangen war, platzte es aus mir heraus: »Warum nimmst du mir meine einzige Chance? Endlich kann ich Künstlerin sein und du sperrst mich weg?«

Paul sah verletzt aus, und ich bedauerte schon, ihn so hart angegangen zu sein.

»Ich sperre dich nicht weg«, sagte er langsam. »Ich möchte nur nicht, dass du dich übernimmst. Du und das Kind – ihr seid die wichtigsten Menschen in meinem Leben, meine Familie. Es liegt mir am Herzen, dass wir glücklich miteinander sind und uns um uns kümmern. Ich bin nicht mehr der Jüngste, Mizzi. Vielleicht wird das unser einziges Kind bleiben. Tritt unser Glück nicht mit Füßen. Lass uns uns doch erst einmal finden, bevor du etwas Neues anfängst.« Er atmete tief ein. »Wenn du malen willst, dann male. Ich habe dich nie daran gehindert. Aber kümmere dich vor allem um uns. Das ist es, worum ich dich inständig bitte.«

Tränen stiegen in mir hoch. Ich wusste, dass er es gut meinte. Paul war ein verständnisvoller Mann. Er ließ mich gewähren, doch dass ich mehr wollte als eine Familie, konnte er nicht verstehen. Und vielleicht hatte er ja auch recht. Vielleicht war ein Kind ein Glück, das keine Wünsche mehr offenließ. Ich schluckte meine Tränen herunter, ging auf ihn zu und umarmte ihn. Ich spürte, wie in der Umarmung die Anspannung in ihm nachließ.

KAPITEL FÜNF

Heiligendamm, Anfang Mai 1909

Im Sommer packten wir unsere Koffer. Wir wollten noch einmal durchatmen. Noch einmal zu zweit sein, nur zusammen mit dem Sand, der Sonne und dem Meer. Wir wollten an die Ostsee nach Heiligendamm. Eine dreitägige Reise, doch ich freute mich darauf wie ein kleines Kind. Wir fuhren mit der Eisenbahn – im Schlafwagen der ersten Klasse! Ein Luxus, den ich bisher noch nicht kannte und den ich unglaublich aufregend fand.

Am Morgen vor der Abfahrt hatte es wie verrückt in meinem Bauch gekribbelt. Als der Schaffner nun in seine Pfeife blies, winkte Minna uns zum Abschied zu. Dicke Tränen kullerten über ihre Wangen. Sie ließ uns nur ungern gehen, so kurz vor der Geburt. Zum Abschied hatte sie uns ein großes Vesperpaket zusammengeschnürt, das ich gierig aufriss, gleich als der Zug sich in Bewegung setzte.

Wir fuhren durch Wiesen und Felder, am Wald entlang und durch viele hübsche Städte hindurch, auch an wunderschönen Flussauen vorbei. Paul tat alles, damit ich mich nicht langweilte. Er erzählte viel von den Landschaften, und ich staunte wieder einmal, wie viel er von der Welt wusste. Manchmal kam er mir vor wie ein liebevoller Vater, den ich ihn nie gehabt hatte.

Als wir abends im Speisewagen saßen, schaute er mich staunend an, während ich dem Kellner meine Bestellung nannte.

»Wie kann man nur so viel essen?«, fragte er und lachte. Dann orderte er noch ein weiteres Stück Torte und sah mir schmunzelnd zu, wie ich mich gierig darüber hermachte. Er war ein aufmerksamer Mann, und ich wusste, dass er auch ein wunderbarer Vater sein würde.

Als wir endlich in Rostock ankamen, wartete schon ein Mietwagen samt Chauffeur auf uns. Paul wollte, dass ich so komfortabel wie möglich reiste. Er hatte ein wunderschönes Hotel direkt am Meer gebucht. Unsere Suite war riesig mit einem atemberaubenden Blick. Als alle Koffer in unser Zimmer gebracht worden waren, sah Paul mich an.

»Möchtest du dich vielleicht ein bisschen ausruhen? Die Fahrt war doch sehr anstrengend.«

»Ausruhen? Du beliebst zu scherzen! Auf keinen Fall! Ich muss sofort an den Strand und sehen, ob es Muscheln gibt. Damit werde ich das Kinderzimmer schmücken. Aber du wirkst müde, Graf von Uhlár. Wollen sich Eure Hoheit vielleicht etwas hinlegen?«

Paul zwickte mich sanft in die Wange.

»Sei nicht so frech, Fräulein Mizzi. Mein körperlicher Zustand gleicht dem eines jungen Mannes! Warte nur ab, wer hier die meisten Muscheln findet.«

Am Strand zog ich sofort die Schuhe aus. Der Sand war warm und der Wind strich mir durchs Haar. Ich atmete tief ein. Die Sonne war angenehm und ich öffnete vorsichtig einen Knopf meines Kleides. Ein Korsett konnte ich schon lange nicht mehr tragen, so dick war mein Bauch. Mein langes, weites Kleid aus zartem Seidenchiffon mit venezianischer Spitze an den Ärmeln umspielte sanft meine deutlich runden Konturen. Ich atmete tief ein. Das Leben war schön.

Eine Woche später saßen wir wie jeden Tag am Strand. Es war ein etwas windigerer Vormittag, doch ich liebte es, wenn der Wind mir das Haar zerzauste und ein zarter Salzgeschmack auf meinen Lippen lag.

»Du hast ja Sommersprossen bekommen«, sagte Paul, der mich beobachtete.

Ich lächelte ihn an. »Ich könnte platzen vor Glück«, sagte ich und öffnete die Arme, sodass Paul auf der Picknickdecke ganz nah an mich heranrücken konnte.

Er umarmte mich vorsichtig, so gut es ging.

»Das tu bitte nicht, liebste, kugelrunde Mizzi. Aber lange werde ich dich nicht mehr umarmen können. Wird Zeit, dass das Kleine herauskommt«, sagte er und grinste schelmisch.

Ich lachte laut und breitete mich genüsslich auf unserer Decke aus. Ich kam mir vor wie ein gestrandeter Wal. Nur noch vier oder fünf Wochen, dann würde unser Baby endlich auf der Welt sein. Ich freute mich sehr darauf, obwohl ich auch eine kleine Angst verspürte. Wie würde ich als Mutter sein? Wie würde mein Leben werden, wenn plötzlich ein kleines Wesen darin herumtobte?

Lächelnd strich ich über meinen dicken Bauch und schaute aufs glitzernd blaue Meer. In einer Woche ging unser Zug zurück nach Wien, doch daran wollte ich noch nicht denken. Wir waren im Hier und Jetzt, und das war gut so.

Es war ein wunderbarer Sommer, ungewöhnlich warm und sonnig, sodass selbst die Ostsee lange nicht so kalt war. Paul verwöhnte mich, wo er nur konnte. Er ließ mir die leckersten Speisen servieren und zwei bis drei Nachtische. Er war begeistert von meinem großen Appetit.

»Manchmal denke ich, du bekommst zwei bis vier Kinder. Bei deinem Hunger«, neckte er mich dann.

Auch seine Vorfreude war riesig.

Ich seufzte wohlig.

»Kommst du mit ins Wasser?«, riss mich Paul aus meinen Gedanken, auch wenn er meine Antwort natürlich kannte. Gestern hatte ich vorsichtig meine Zehen ins Wasser gehalten und schaudernd wieder zurückgezogen.

»Auf keinen Fall, sonst frieren mir die Zehen noch ab«, sagte ich bestimmt. »Oder unser Kind wird ein Eiswürfel.«

Paul lachte. Er wollte unbedingt noch einmal hinein.

Schon in den letzten Tagen war er im Meer schwimmen gegangen. Er sagte, es beruhige ihn so. Seit Kurzem klagte er über starkes Herzklopfen. Er war doch ganz schön aufgeregt wegen des Babys. Und ich war es auch. Was wir wohl bekommen würden? Würde es ein wilder Knabe oder ein hübsches Töchterlein werden, das bald auf unseren Knien reiten sollte? Ich lächelte.

Paul war schon bis zu den Knien im Wasser, als er sich noch einmal zu mir umdrehte und mir zuwinkte.

»Wie wäre es mit Leopold?«, rief er mir zu.

Dann sprang er in die Wellen, dass es spritzte. Mich schüttelte es, obwohl ich es gar nicht war, die nun durch die kalten Wellen pflügte.

»Wie wäre Eugenie?«, rief ich ihm zu und lachte.

Seit Wochen diskutierten wir nun schon über Namen. Paul ärgerte mich, indem er mir besonders abscheuliche Namen vorschlug. Ich konterte mit Namen, bei denen ich wusste, dass er sie nicht leiden konnte. Ich lächelte. Leopold klang gar nicht schlecht.

Paul war ein guter Schwimmer. Der Jüngste war er gewiss nicht mehr, aber beim Schwimmen machte ihm keiner etwas vor.

»Das Schwimmen bringt dir der Papa bei«, murmelte ich und streichelte noch einmal über meinen Bauch.

Ich schloss die Augen und legte mich auf unsere weiche Decke. Ich hörte die Möwen am Himmel und lauschte dem Rauschen der Wellen. Die Sonne schien warm auf mein Gesicht.

Ich musste eingedöst sein, als ich plötzlich Stimmen vernahm. Viele Stimmen. Ein kleiner Pulk von

Menschen kam aufgeregt über den Strand gelaufen, darunter auch Sanitäter mit einer Trage. Sie redeten aufgeregt durcheinander und deuteten immer wieder zum Meer hin. Ich richtete mich ein Stück auf, blinzelte und versuchte mehr zu erkennen. Nicht weit vom Ufer trieb etwas Großes auf dem Wasser. Ich stand auf und rieb mir die Augen. War das nicht ein Mensch? Zwei Schwimmer kraulten auf ihn zu und zogen ihn durchs Wasser zum Strand. Es dauerte eine ganze Weile, bis sie wieder am Ufer angekommen waren. Die Leute am Strand riefen etwas, doch ich konnte nicht verstehen, was.

Ich blickte am Strand entlang. Wo war Paul? War er schon zurück? Ob er die Sanitäter verständigt hatte? Mich fröstelte. Ich wickelte mich in die Decke und ging langsam zum Ufer, wo die Schwimmer den Körper nun auf die mitgebrachte Trage legten. Es war tatsächlich ein Mensch. Ob er tot war? Er bewegte sich jedenfalls nicht. Die Sanitäter beugten sich über ihn. Ich kam noch näher … und das Blut gefror mir in den Adern: Es war Paul.

KAPITEL SECHS

Wien, vier Wochen später

»Mizzi. Hör endlich auf damit. Mach eine Pause!«

Die Stimme meiner Schwester Carola klang flehend, mitfühlend. Vor allem Letzteres konnte ich nicht ertragen. Ich stieß sie weg.

Nur noch dieses eine Werk. Vielleicht das beste von allen. Nein, das schlechteste. Ich raufte mir die Haare. Was sollte das sein? Ich tauchte meinen Pinsel wieder und wieder in die Farbe. Doch er schien mir zu klein zu sein. So ein kleines Haarbüschel für so eine große Leinwand. Ich warf ihn weg und tauchte meine Hände und Arme in den grünen Farbtopf. Ich strich großflächig über die Leinwand und verwischte wild alles, was ich zuvor mit Pinsel aufgemalt hatte. Ich lachte, nein, weinte, kreischte. Ich war verloren.

Ich spürte, wie Carola versuchte, mich festzuhalten.

Wir drehten uns im Kreis. Vor meinen Augen verschwamm alles. Grün, Rot, Gelb, welche Farbe sollte ich als Nächstes nehmen? Violett? Nein. Rosa? Blau? Nicht Blau.

»Blau nicht. Nicht das Meer«, schrie ich hysterisch. Das Meer bedeutete Tod. Meer, Blau, Tod, Paul.

Dann wurde mir schwarz vor Augen.

Als ich wieder aufwachte, saß Carola an meinem Bett. Wie lange ich wohl geschlafen hatte? Ich blickte mich um. Dieses war nicht mein Zimmer, nicht mein Bett. Wo war ich? Was machte ich hier?

Ich wollte aufspringen, doch meine Arme waren ans Bett gegurtet. Carola schluchzte leise. Ich schrie. Ich rüttelte an meinen Fesseln, spie Schaum. Mir wurde schlecht.

Carola versuchte meinen Arm zu streicheln. Sie murmelte beruhigende Worte. Doch ich hörte sie kaum. Ich schrie und schrie. Zwei Krankenschwestern kamen ins Zimmer gestürmt. Die eine zog eine Spritze auf. Dann fiel ich wieder in einen tiefen Schlaf, einen traumlosen Schlaf. Einen weißen. Weiß wie Vergessen. Weiß wie das Nichts. Rein, leer, weiß.

Als ich Wochen später auf meinem Bett hockte – jetzt schon nicht mehr angegurtet –, saß Carola wieder bei mir. Sie besuchte mich jeden Tag, seit sie mich nach meinem Nervenzusammenbruch hier hatte einliefern lassen. Ich lag in der Landesheil- und Pflegeanstalt für

Nerven- und Geisteskranke »Am Steinhof« – angeblich eine der modernsten Einrichtungen Österreichs – und versuchte zu »genesen«. So nannte man es wohl.

Ich bekam Tabletten. Ärzte erklärten mir, dass meine Reaktion ganz normal gewesen sei nach so einem Schock. Dass ich nun mit den Tabletten wieder genesen müsse. Genesen ... Konnte ein Mensch genesen, dem das Herz aus dem Leib gerissen worden war? Dem nichts geblieben war als Leere? Warum gaben sie mir nicht Tabletten, die mich vergessen ließen? Oder betäubten? Schlaftabletten, von denen ich nie wieder erwachen würde? Das wäre schön. So leicht. Ein rosaroter Traum. Wie sollte ich weiterleben ohne Paul und ohne unser Baby? Ein weiterer Schmerz. Unser Baby ...

Monatelang musste ich Gespräche führen, Ärzten alle möglichen Fragen beantworten. Ich war so müde. Unendlich müde. Ich wollte schlafen. Für immer.

Wenn ich zurück an die Ostsee dachte, verkrampfte sich mein Magen. Ich jaulte auf. Es war ein Schmerz, gegen den es kein Heilmittel gab. Warum hatte Paul sterben müssen? Er war ein guter Schwimmer gewesen. Herzinfarkt, hatten die Ärzte später gesagt. Herzinfarkt. Als wäre damit alles erklärt.

Als sie mir eine Stunde nach dem Badeunfall in der Klinik unser totes Kind aus dem Bauch zogen, hatte ich mir gewünscht, selbst auf der Trage am Strand zu liegen. Gefühllos, leblos, tot. Nimm mich mit, Paul, nimm mich mit. Lass mich nicht allein hier, ohne dich, ohne unser Baby.

Unser Baby. Ich schluchzte. Eine Totgeburt sei es gewesen, verschmolzen mit meiner Plazenta. Da hätten sie nicht warten können. Doch ich könne später noch gesunde Kinder zur Welt bringen, schließlich sei ich noch jung.

Ich hatte alles verloren – Paul und unser gemeinsames Baby. Wie sollte ich je wieder leben, wieder lieben können? Ein neues Kind bekommen mit einem anderen Mann? Undenkbar.

Eine Hebamme war später noch einmal zu mir gekommen, ich hatte lange geweint. Sie hatte mir sanft über den Kopf gestreichelt und mir ein Beruhigungsmittel gegeben. Ich hatte sie mehrfach gefragt, ob ich noch würde Kinder haben können. Irgendwann hatte sie kurz innegehalten und dann fast unmerklich den Kopf geschüttelt. Ich wusste, dass sie mir nichts verraten durfte, doch etwas sagte mir, dass sie recht hatte. Ich würde niemals ein Kind haben.

Carola war wie immer an meiner Seite und streichelte mir über den Kopf, während ich weinte und weinte. Wie viele Tränen hatte ich schon vergossen?

Ich weiß nicht, wie viele Tage, Wochen oder Monate ich schon in dieser Klinik war. Es kam mir ewig vor. Könnte ich je wieder ein Leben außerhalb der Hospitalmauern führen? Ich wusste es nicht.

Plötzlich ging die Tür auf. Ich erkannte den Mann, der im Rahmen stand, sofort. Ein müdes Lächeln ging über mein Gesicht. Károly.

»Was machst du denn für Sachen, Schwägerinchen?«

Er versuchte ein Lächeln. Doch sein Gesicht war von Trauer gezeichnet. Wir fielen uns in die Arme und weinten. Carola zog sich leise aus dem Zimmer zurück.

»Ich hole dich hier raus«, sagte Károly leise, als wir

schließlich einander wieder losließen. »Zu viele Tabletten tun dir nicht gut.«

Ich lächelte müde und nickte.

Zwei Wochen später stand ich auf wackligen Beinen vor der Tür des Spitals. Die Sonne schien und ich musste mir schützend eine Hand vors Gesicht halten. Carola hatte sich am Vortag von mir verabschiedet. Sie fehlte mir jetzt schon. Doch sie musste zurück nach Graz zu Mutter, die immer kränklicher wurde. Meine Schwester war schon seit vier Monaten bei mir gewesen. Ich wusste, dass ich sie gehen lassen musste.

»Bist du bereit?«, fragte Károly. Er reichte mir seinen Arm, sodass ich mich bei ihm unterhaken konnte. Eine Pferdekutsche fuhr vor, und er half mir einzusteigen. Als wir schließlich an unserem Haus – meinem Haus – in der Jaquingasse vorfuhren, verließ mich der Mut. Meine Beine waren plötzlich wie gelähmt. Ich konnte nicht aufstehen.

»Ich bin bei dir«, sagte Károly leise, als ich ihn ängstlich anblickte.

Vorsichtig stiegen wir aus der Kutsche und gingen zum Haus. Als ich schließlich mit zitternden Knien die Schwelle überschritt, war ich überrascht. Carola hatte offenbar das Haus komplett überholt. Ich erkannte es kaum wieder. Möbel waren umgestellt oder durch neue ersetzt worden. Es roch nach frischer Farbe. Auch das Schlafzimmer hatte ein neues Bett, ein wunderschönes weißes Himmelbett. Das Zimmer war himmelblau gestrichen und ein Brief lag auf dem Bett. Er war von Carola.

»Wenn ich doch am Himmelbett zum Wecken eine Bimmel hätt´«, las ich.

Ich musste lächeln.

»Die hast du jetzt, Liebes. Falls dich nachts die bösen Geister überfallen, kannst du jederzeit nach Hilfe bimmeln. Es liebt dich deine Carola.«

Ich blickte auf. Károly lächelte mich an.

»Ich habe auch eine kleine Überraschung für dich«, sagte er und eine ältere, rundliche Frau trat neben ihn.

Sie lächelte mich an. Ihre glänzenden, hellgrauen Haare waren zu einem Dutt hochgesteckt. Sie trug ein unauffälliges dunkelblaues Kleid und eine zarte Silberkette mit einem Kreuz um den Hals. Ihr Gesicht sah sanft aus, ein paar Fältchen umgaben ihre Augen.

»Das ist Alma. Sie wird sich um dich kümmern. Sie ist Tag und Nacht bei dir.«

Erst jetzt bemerkte ich, dass Alma eine Tasse in der Hand hielt.

»Ein Schälchen Kakao? Das gibt mir immer Kraft«, sagte sie und trat auf mich zu.

»Und die besten Pfannkuchen macht Alma auch«, sagte Károly.

Alma lachte. Sie hatte ein helles Lachen, fast mädchenhaft. Ich nahm die dampfende Schale und endlich ging ein erstes Lächeln über mein Gesicht. Ich atmete auf. Ich war zu Hause.

KAPITEL SIEBEN

Wien, Oktober 1910

»Muss das sein?«

Ich schaute brummig zu Boden. Eine Ausstellung! Seit meinem Urlaub an der Ostsee hatte ich mein Atelier nicht mehr betreten und auch keine Ausstellung besucht.

»Das wird dir guttun. Du kannst dich nicht immer nur in deinen vier Wänden verstecken. Seit einem Jahr bist du nicht mehr ausgegangen. Du musst raus«, sagte Károly bestimmt.

Ich seufzte. Es war ein nasskalter Oktobertag, der Herbst 1910 schien langsam in einen ungemütlichen Winter überzugehen. Gerne hätte ich mich mit einer Schale Kakao verkrochen. Doch ich wollte ihm den Gefallen tun. Seit meiner Heimkehr hatte sich Károly rührend um mich gekümmert und kam mich besuchen, sooft es ging. Vielleicht auch deshalb, weil Alma eine neue Magd eingestellt hatte – sehr jung und auffallend hübsch. Na gut, eine Ausstellung würde mich wohl nicht umbringen.

Als wir die Galerie Miethke in der Dorotheergasse betraten, stockte mir der Atem. Die Ausstellung zeigte Bilder von Egon Schiele. Ich hatte hier und da zwar schon von seinem Namen gehört, doch seine unverblümten Werke jetzt zu sehen, war Schock und Faszination zugleich. Junge Frauen zeigten hier schamlos ihre Genitalien. Sie schürzten ihre Röcke und lagen in lasziven Posen auf Betten und Sofas. Provokant schauten sie ihren Betrachtern mitten ins Gesicht. Ich musste den Blick senken. Die Malereien verstörten mich. Sie trieben mir die Schamesröte ins Gesicht, andererseits machten sie mich auch neugierig. Ich kam mir vor wie ein Kind, das verbotenerweise durch ein Schlüsselloch blickt und Dinge sieht, die es nichts angehen.

»Gefallen sie dir nicht?«, fragte Károly.

»Doch, schon, ich ...«

Ich wusste nicht, was ich sagen sollte. Ich hob meinen Kopf wieder und musterte die Bilder genauer. Die jungen Damen darauf sahen nicht aus, als wären sie gezwungen worden, so zu posieren. Manchen schien es sogar zu gefallen. Doch die Darstellungen wirkten so unverhohlen unverhüllt. Bloßstellend bis auf die letzte Ritze, ohne jede Scham. Weniger erotisch als klinisch sezierend. Mich schauderte. Es kam mir plötzlich falsch vor, hier zu stehen und sie zu betrachten. Das Bild von Hans und Elisabeth tauchte plötzlich wieder in mir auf. An die beiden hatte ich schon ewig nicht mehr gedacht.

Ein lautes Krachen riss mich aus meinen Gedanken. Offenbar war draußen ein Unwetter aufgezogen. Es donnerte. Es passte zu meiner Stimmung. Ich wollte hier raus. Das alles verkraftete ich noch nicht.

Ich entschuldigte mich bei Károly, der sich gerade einer jungen Dame zugewandt und ein Gespräch begonnen hatte. Er fragte besorgt, ob er mich nach Hause bringen solle, doch ich schüttelte den Kopf. Ich setzte meinen Hut wieder auf und ging. Ich ärgerte mich, dass ich den Schirm zu Hause gelassen hatte.

Im Eingang der Galerie prallte ein Mann gegen mich. Offenbar hatte er im Hauseingang Schutz gegen den Regen gesucht. Er schüttelte sich, dann blickte er von meinem Gesicht irritiert auf die Bilder von Schiele.

»Hoppla! Erst Platzregen, dann Mösen«, entfuhr es ihm.

Er schlug sich auf den Mund und sah mich entsetzt an.

»Verzeihen Sie. Das ist mir so rausgerutscht. Ich bin ein Idiot.«

»Sie sind ein Idiot«, sagte ich. »Sie stehen nämlich auf meinem Fuß, was sehr schmerzhaft ist. Außerdem sind Sie pudelnass.«

Sein Gesicht lief rot an. Er trat einen Schritt zurück, dann verbeugte er sich.

»Es tut mir unendlich leid, Gnädigste. Wie kann der Idiot das nur wiedergutmachen?«

»Gar nicht«, sagte ich und drängte mich an ihm vorbei aus der Tür. Ich wollte mir eine Kutsche am Stephansdom rufen. Die Regenluft tat mir gut. Sie machte den Kopf frei.

»Lassen Sie mich wenigstens eine Kutsche für Sie holen«, rief der Trottel mir nach.

Lästig, dieser Kerl. Ich drehte mich ungehalten um.

Als er zu laufen anfing, rutschte er plötzlich aus und landete mit dem Hosenboden genau in einer Pfütze.

Ich konnte nicht anders. Ich musste laut loslachen. Es sah so komisch aus, wie er da in der Pfütze hockte. Ich lachte und lachte. Es war befreiend. Der Regen klatschte mir ins Gesicht, doch ich spürte nichts. Der Mann rappelte sich wieder auf.

»Na gut«, sagte er grinsend, als er auf mich zukam. »Jetzt geht es auch schon nicht mehr schlimmer. Sie einen Plattfuß, ich eine nasse Hose. Begießen wir das bei einem heißen Kaffee?«

»Lieber bei einem Schnaps«, sagte ich und lachte erneut.

Als wir uns im Kaffeehaus Prückel gegenübersaßen, musterte ich ihn genauer. Er war groß und schlank mit glatten rotbraunen, kurz geschnittenen Haaren. Er trug einen Vollbart, der ebenfalls von feinen rötlichen Strähnchen durchzogen war. Seine grünen Augen waren wach, viele Lachfältchen umgaben sie. Er lächelte und in seinen Wangen machten sich Grübchen breit. Er sah aus wie ein großer Junge, ein Lausbub, der sich einen Vollbart angeklebt hatte. Wie alt er wohl war?

»Gestatten, mein Name ist Idiot, aber Feinde nennen mich auch Heinrich Altrichter. Und wie heißen Sie, nasse junge Dame?«

»Mizzi von Axster-Uh...«

Ich zuckte zusammen.

»Nein, einfach nur Mizzi, bitte.«

Wie sich herausstellte, war Heinrich auch fünfundzwanzig Jahre alt, genau wie ich. Statt im März war er im Mai 1884 geboren. Sternzeichen Zwilling.

»Ich glaube nicht an Sternzeichen, Herr Altrichter. Aber was sagt man dem Widder denn nach?«

»Dickköpfigkeit, Leichtsinn und Leidenschaft. Und einen Hang zu schlüpfrigen Bildern und Schnaps.«

»Passt«, sagte ich und lachte.

»Und Zwillingen?«

»Unstetes Wesen, Fantasie, Lebenslust, einen Hang zu schönen Frauen.«

»Klingt hübsch. Wie unstet sind Sie denn? Leben Sie in Wien?«

»Leider nicht. Ich besuche nur einen Freund. Derzeit wohne ich in Berlin.«

»Berlin. Ein Deutscher? Wo sind Sie geboren?«

»Ist das wichtig? Heimat ist da, wo man sich wohlfühlt. Oder was meinen Sie?«

Sein Blick war herausfordernd. Ich lächelte. Ein Kribbeln ging durch meinen Körper. Er musterte mich genauer. Sein Blick wanderte an mir herunter. Mir wurde heiß. Ich konnte es nicht leugnen, ich fand ihn anziehend. Die Luft zwischen uns schien zu knistern. Wir blickten uns tief in die Augen.

»Herr Altrichter, Sie flirten mit mir. Ich muss doch sehr bitten«, sagte ich tadelnd.

»Stimmt. Auch eine Eigenschaft des Zwillings. Sie gefallen mir, Mizzi von Axster. Darf ich Sie einladen? Oder Ihnen Berlin zeigen? Oder Sie heiraten?«

Ich lachte.

»Vielleicht fangen wir mal mit einem Kaffee an.«

»Lieber Schnaps«, sagte er und grinste.

KAPITEL ACHT

Wien, Anfang März 1911

»Steh auf, du musst gehen!«

Heinrich streckte sich genüsslich und schob sanft die Decke meines Himmelbetts zurück.

»Wie, gar kein Frühstück heute? Oder eine kleine Umarmung?«

Er rollte sich zu mir herüber, doch ich schob ihn energisch weg.

»Nein, raus mit dir. Mein Schwager kommt gleich und holt mich zu einem Sonntagsausritt mit der Kutsche ab.«

»Willst du mich nicht endlich mal deiner Familie vorstellen? Was ist denn das für ein Lotterleben, Frau von und zu?«, stichelte er und versuchte mich zu küssen.

Ich rollte mich weg und sprang aus dem Bett.

»Nein«, sagte ich. »Und so unrasiert schon gar nicht.« Ich grinste.

Heinrich jagte hinter mir her zum Bad. Ich schrie erschrocken auf. Ich musste gestehen, er tat mir gut. Doch meiner Familie einen neuen Mann zu präsentieren, kam nicht infrage. Wie sollte ich ihn überhaupt bezeichnen? Als meinen künftigen Ehemann? Gott bewahre!

Als hätte er meine Gedanken gelesen, lachte er plötzlich auf. »Du könntest sagen, ich sei deine Muse.«

»Raus jetzt mit dir!«

»Dann sehen wir uns heute Abend?«

»Heute Abend spielen sie die Zigeunerhochzeit am Carltheater. Da muss ich hin! Károly begleitet mich.«

Beim Wort Zigeunerhochzeit lachte Heinrich. Er nahm mein Gesicht zwischen seine Hände und blickte mich aufreizend an.

»Du bist meine Zigeunerin. Wie kann jemand nur aus so gegensätzlichen Elementen zusammengesetzt und gleichzeitig lieb und sanft, abweisend und schroff sein?«

»Hör auf zu philosophieren und zieh dich an«, sagte ich bestimmt.

»Und so ein loses Mundwerk haben!«

Heinrich drückte mich an die Wand und küsste mich. Da hörte ich Alma im Flur reden. Károly war wohl schon gekommen. Ich schob Heinrich weg und beeilte mich, mir ein Kleid überzuwerfen und mir die Haare hochzustecken. Herrje, der war doch sonst nicht so pünktlich.

Heinrich stieg seelenruhig in seine Hose und Stiefel.

»Nun mach schon, beeil dich!«, trieb ich ihn an.

Plötzlich drang die Stimme meines Vaters an mein

Ohr. Ich erstarrte. Die Tür ging auf. Alma kam herein und ruderte mit den Armen.

»Ein Überraschungsbesuch! Ihre Eltern sind in Wien und wollen Sie ins Kaffeehaus einladen«, zischte sie.

Mein Herz machte einen Sprung. Das durfte doch nicht wahr sein. Rasch öffnete ich das Schlafzimmerfenster und schob Heinrich hinaus.

»Das ist nicht dein Ernst!«, sagte er fröstelnd und schaute vom Balkon hinunter auf die Straße. Wir waren im ersten Stock. Draußen waren Minusgrade. Er zog schnell sein Hemd über.

Ich zuckte entschuldigend mit den Schultern. Er warf mir einen theatralischen Kuss zu.

»Leb wohl, Angebetete. Auf dass wir uns nach meinem Tod in einem anderen Leben wiedersehen.«

Ich rollte mit den Augen.

»Los jetzt!«

Er hangelte sich über die Brüstung und sprang - und da erst nahm ich die Kutsche wahr, die unten parkte und in der Mutter, Gisela und Carola saßen und nun irritiert den jungen Mann anstarrten, der in unmittelbarer Nähe neben ihnen landete. Er rappelte sich schnell auf und verbeugte sich elegant.

»Gestatten, Altrichter mein Name. Mizzis Muse.«

Unsere Hochzeit fand im Standesamt Charlottenburg statt. 1874 hatte Preußen die Zivilehe eingeführt, was viele Paare in Anspruch nahmen. Der Segen der Kirche war damit nicht mehr zwingend nötig. Das gefiel mir.

Wir waren nur eine kleine Gruppe von acht Leuten, doch das reichte. Ich lächelte.

Ich hatte nicht etwa in unsere Hochzeit eingewilligt, weil es sich so für eine Witwe schickte, sondern weil meine Eltern diese Verbindung ablehnten. Sie mochten Heinrich nicht, hielten ihn für einen Herumtreiber und Hallodri. Dass Heinrich zudem aus Preußen kam und – obwohl er Katholik war – nicht viel mit der Kirche zu tun haben wollte, war für sie ein Grund mehr, ihn abzulehnen. Und für mich ein Grund mehr, ihn zum Mann zu nehmen.

Und so saßen wir am 30. Mai 1911 vor einem mürrischen Standesbeamten und gaben uns das Jawort. Es war ein warmer, wolkenverhangener, ganz normaler Donnerstag, aber es war unser Donnerstag. Dass unsere Eltern bei der Trauung nicht anwesend waren, führte zwar zu Verwunderung seitens des Standesbeamten, doch der Eheschließung stand es nicht im Weg.

Heinrich erzählte nicht gerne von seiner Familie. Ich wusste nur so viel: dass er mit seinen Eltern aus Schlesien nach Berlin gekommen war, sein Vater die Familie aber im Stich gelassen und seine Mutter ihn allein großgezogen hatte. Sie lebte seit zwei Jahren nicht mehr. Geschwister hatte er nicht.

Da meine Eltern diese Ehe ablehnten, war auch mit ihrem Besuch nicht zu rechnen gewesen. Schon gar nicht im preußischen Berlin! Und so saßen wir nach der Trauung mit einer sehr überschaubaren Gruppe im Café des Westens, dem angesagten Künstlercafé am Kurfürstendamm, tranken Kaffee, aßen Kuchen und rauchten.

Carola war erschienen, worüber ich sehr froh war. Sie hatte sich gegen den Willen unseres Vaters in den

Zug gesetzt. Dafür bewunderte ich sie. Auch Károly war da, was ich inständig gehofft hatte, wovon ich aber nicht überzeugt gewesen war.

»Ich hätte dich vermisst, wenn du nicht gekommen wärst. Ich hatte schon Angst, du würdest einen neuen Mann an meiner Seite nicht akzeptieren«, flüsterte ich ihm beim Essen zu.

»Da kennst du mich aber schlecht, Schwägerinchen. Für ein gutes Stück Kuchen in illustrer Gesellschaft fahre ich auch schon mal nach Berlin«, sagte er lächelnd und küsste mich auf die Wange.

Auch Alma war da. Sie hatte nicht lange gezögert, als ich sie gefragt hatte, ob sie mit mir nach Berlin gehen würde. Und so hatte ich sie als eine Art mütterlichen Ersatz eingeladen.

Heinrich hatte drei Freunde mitgebracht, einen alten Schulkameraden und zwei Bekannte, wie er sagte. Sein Schulkamerad hieß August. Dieser aß schweigend drei Stücke besten Apfelkuchen, rauchte eine ganze Packung Laferme und verließ dann mit knappen Dankesworten unsere kleine Feier. Auch die anderen beiden hauten ordentlich rein. Sie hatten uns bei unserem Umzug kräftig unter die Arme gegriffen und ich war ihnen zu Dank verpflichtet.

Etwa einen Monat vor unserer Hochzeit war ich mit Heinrich nach Berlin gezogen. Zwei Wochen hatten wir auf meine Möbel warten müssen, die mit der Eisenbahn gebracht und dann auf Kutschen verladen worden waren. Heinrichs Hab und Gut aus seiner kleinen Wohnung in Spandau abzuholen, war dagegen ein Klacks gewesen.

Wir selbst waren auch von Wien nach Berlin mit

dem Zug gefahren und ich hatte mich auf die Fahrt sehr gefreut. Das Reisen in eleganten Abteilen auf Rädern, die in atemberaubender Geschwindigkeit durchs Land rollten, gefiel mir.

Heinrich und ich hatten eine Wohnung im vierten Stock eines hübschen klassizistischen Hauses in der Eislebener Straße gefunden. Ganz in der Nähe des »Ku´damms«, wie die Berliner ihre Prachtstraße liebevoll abkürzen. Auch Unter den Linden im Zentrum Berlins gab es schöne Wohnungen, doch der Ku´damm übte eine viel stärkere Anziehungskraft auf mich aus. Hier pulsierte das Leben. Die Leute amüsierten sich in Cafés, Bars und kleinen Theatern oder drängten sich an den üppigen Schaufenstern der Kaufhäuser entlang. Hier gab es nicht nur herrschaftliche Villen, hier hatte jeder Platz. Im Café des Westens traf man sie alle – die, die sich den ganzen Tag an einer Kaffeetasse festhielten, die, die nur ein Wasser tranken, und die, die ihre Lieben einluden zu üppigen Torten und Kaffee.

Hier sollte ich also jetzt leben. In Wien hatte ich bereits von den vielen neuen kulturellen Strömungen gehört, die sich gerade in und um Berlin entwickelten. Auch hier gab es eine Gruppe von Künstlern, die sich Berliner Secession nannte. Unter den Mitgliedern waren sogar zwei Frauen, Julie Wolfthorn und Käthe Kollwitz. Ich war beeindruckt.

Sooft ich nur konnte, streunte ich durch die Galerien und Gemäldeausstellungen, las alles, was ich zur Kunstszene finden konnte, und fing an, mit anderen Malern im Café des Westens zu debattieren. Wenn hier sogar Frauen eine Gruppe von Künstlern mitgründen konnten, dann konnte auch ich eine anerkannte Malerin werden. »Der Kunst ihre Freiheit.« - Und der Künstlerin ihre Freiheit!

Berlin erschien mir im Vergleich zu Wien erfrischend. Die Stadt hatte eine quirlige, inspirierende, jugendliche Atmosphäre, die wie ein Jungbrunnen auf mich wirkte. Die Berliner Luft berauschte mich wie Champagner.

Der Sommer kam nun mit aller Wucht. Überall sprossen Blumen, die Bäume waren grün, die Menschen saßen auf den Terrassen der Cafés, Kinder sprangen in kurzen Hosen und Röcken durch die Straßen. Auch Heinrich und ich flanierten oft über den Ku´damm und genossen die warmen Sonnenstrahlen auf dem Gesicht. Es war herrlich.

Ich fing wieder an zu malen. Nein, ich war besessen von der Malerei. Wo ich nur konnte, stellte ich meine Staffelei auf und brachte alles aufs Papier, was ich sah. Menschen, Tiere, Bäume, Plätze, Cafés, Parks ... Es war mir egal, ob ich dabei mitten im Menschengedränge unter einem der Bäume auf der Straße saß oder eher gemütlich im Park. Alles, was ich sah, musste ich mit dem Pinsel festhalten. Oder zumindest in meinem Skizzenblock.

Als ich eines Tages wieder einmal meine Staffelei im Tiergarten aufgestellt hatte – einem meiner neuen Lieblingsplätze -, trat plötzlich eine Frau neben mich. Ich erschrak, denn der Tiergarten war weitläufig und mit seinen vielen Bäumen ein verwunschener Ort, an dem man ungesehen sein konnte.

»Nicht viele wählen so starke Farben wie Sie. Lieben Sie van Gogh?«, fragte die Frau.

Ich schaute sie verdutzt an. Sie war klein und zierlich, hatte kurz geschnittene braune Haare und strenge Gesichtszüge. Ihre Nase war schmal und lang, ihre Augen waren braun. Sie bewegten sich schnell über mein Bild.

»Ja«, murmelte ich, auch wenn mein Werk nicht im Entferntesten an eines von van Gogh erinnerte.

»Seine Farben sind kraftvoll und stark. Ich liebe ihn«, sagte sie und ihre Augen blitzten. »Margarete Mauthner«, stellte sie sich vor.

Ihre Stimme war ungewöhnlich dunkel für ihre zarte Gestalt.

»Maria von Axster«, sagte ich.

»Wo stellen Sie aus?«

Ich lachte. »Leider gar nicht.«

Sie schaute mich erstaunt an und lächelte. »Dann haben Sie heute Glück.«

Kurze Zeit später saßen wir auf einer Bank und unterhielten uns. Wie sich herausstellte, war Margarete Mauthner Kunstsammlerin, Übersetzerin, Autorin und Mäzenin. Sie war geborene Berlinerin und zum zweiten Mal verheiratet. Sie liebte die Gemälde Vincent van Goghs über alles, aber auch Werke der Secessionisten. Sie hatte einigen unbekannten Künstlern zu Ruhm verholfen und ermunterte mich, auch meine Bilder einem Publikum vorzustellen. Es bereitete ihr offenbar Freude, jungen Artisten unter die Arme zu greifen. Wenn sie sprach, leuchteten ihre Augen. Ich war voller Bewunderung für sie.

Als wir uns trennten, versprach ich ihr, am folgenden

Tag einige meiner Bilder in die Galerie Rosenstein in die Fasanenstraße zu bringen. Dort wollte sie mich einem alten Freund von ihr, der gleichzeitig Inhaber der Galerie war, vorstellen.

Wie auf Wolken ging ich nach Hause, nein, ich schwebte. Als ich gerade um die Ecke in unsere Straße bog, sah ich Heinrich, wie er aus einer eleganten Kutsche stieg und einer Dame, die offensichtlich in der Kutsche saß, einen langen Handkuss zum Abschied gab. Erkennen konnte ich sie nicht. Dann rollte die Unbekannte davon. Ich spürte einen kleinen Stich in meinem Herzen, wollte mir aber nicht die Stimmung verderben lassen. Ich rief laut Heinrichs Namen. Er drehte sich zu mir um, strahlte, und ich lief ihm in die Arme.

KAPITEL NEUN

Berlin, 20. August 1911

Ich hatte es geschafft. Ich stand in den Räumen der Galerie Rosenstein und strahlte wie ein Honigkuchenpferd von einem Ohr bis zum anderen. Meine Haut spannte sich so sehr um meinen Mund, dass ich dachte, er müsste um drei Zentimeter breiter werden, wenn ich so weitermachte. Doch ich konnte nicht anders. Dieses hier war meine erste Ausstellung. Meine Vernissage, in der keine Bilder anderer Künstler gezeigt wurden. Ich war endlich am Ziel meiner Träume angekommen. Ich wollte die ganze Welt umarmen.

»Na, du Glückspilz? Bist du stolz auf dich?«, raunte mir Heinrich von hinten ins Ohr.

Ich wirbelte herum. Er hatte zwei Gläser Champagner in der Hand und grinste mich an. Ich strahlte.

»Und wie. Ich glaube, heute ist der glücklichste Tag in meinem Leben.«

Heinrich griff sich theatralisch an die Brust, als wäre er getroffen worden.

»Und ich dachte, das wäre unser Hochzeitstag gewesen«, schluchzte er gespielt.

Ich zwickte ihn in die Seite, sodass er lachend zusammenzuckte. Im nächsten Augenblick stand Margarete neben mir.

»Ich habe es ja gesagt. Die Leute sind begeistert. Ich wusste, dass deine Bilder ihren Geschmack treffen würden«, sagte sie selbstbewusst und schmunzelte.

Seit wir gemeinsam die Ausstellung geplant hatten, duzten wir uns. Jakob, der Galerist, kam zu uns herüber. Er hatte hektische rote Flecken am Hals und schien sehr aufgeregt zu sein. Auch er hatte mir vor Kurzem das Du angeboten und ich fühlte mich aufgenommen wie in einer Familie.

»Schätzchen, darf ich dir ein paar Leute vorstellen?«, fragte Jakob laut und bot mir seinen Arm an.

Es dauerte nicht lange, und ich war umringt von Menschen, die ich nicht kannte, die mir aber haufenweise Fragen stellten. Zu meinen Gemälden, wo ich noch ausstellte, was ich demnächst plante. Mir wurde schwindelig, doch ich versuchte, so gut es ging, alles zu beantworten. Als ich gerade eine weitere Erklärung zu einem meiner Bilder gab, hörte ich Heinrich neben mir laut reden.

»Darf ich dir meine Frau vorstellen? Maria von Axster-Altrichter. Sie hat diese wundervollen Gemälde erschaffen.«

Neben Heinrich stand eine schlanke, ältere Dame in einem langen, eleganten, dunkelblauen Seidenkleid und mit mehreren Perlenketten um den Hals. Sie hatte einen weißen Pelz um ihre Schultern gelegt und hielt sich ein Monokel an einem langen Stab vor die Augen. Ich schätzte sie auf etwa fünfzig. Ihre blonden Haare waren hochgesteckt. Sie reichte mir ihre Hand und lächelte mich an.

»Ich hatte gehofft, Sie schon kennenzulernen, als ich Heinrich vergangene Woche mit meiner Kutsche nach Hause gebracht habe«, flötete sie. »Maria von Hallersleben. Wir sind also Namensschwestern. Aber malen können nur Sie!«

Sie lachte über ihren kleinen Witz.

»Ich finde Ihre Bilder ausnahmslos bezaubernd. Ich habe meinem Mann schon gesagt, dass wir ein paar Ihrer Gemälde unbedingt erwerben müssen. Passend zu unserem neuen Haus, das uns Heinrich vermittelt hat. Ich bin ihm ja so dankbar. Wenn es erst einmal steht, müssen Sie beide unsere Gäste sein. Darauf bestehe ich.«

Ich fühlte mich überrumpelt und schaute sie verunsichert an.

»Was für eine wunderbare Verbindung: eine Künstlerin und ein Vermittlungskünstler auf dem Wohnungsmarkt«, sagte sie und zwinkerte Heinrich zu. »Sie müssen uns besuchen kommen. Sie müssen!«, wiederholte sie.

»Ja, das wäre nett«, stammelte ich.

Hilfesuchend blickte ich zu Heinrich hinüber. Doch der musterte interessiert die Umherstehenden. Eine Dame neben Heinrich wandte sich ihm zu.

»Sie vermitteln Häuser?«

Bevor er antworten konnte, hatte sich Maria von

Hallersleben schon wieder eingeschaltet. »Er ist der Beste in seinem Fach! Wirklich. Er kennt die Bauherren der neuesten Wohnviertel, die gerade in und um Berlin entstehen, und weiß, was etwas taugt und was nicht. Ich bin ja so gespannt auf unser neues Haus! Es steht in Charlottenburg unweit des Kurfürstendamms. Wie die Villen meiner Freundinnen.«

Heinrich lächelte und gab Maria von Hallersleben einen angedeuteten Handkuss. »Für die Schönsten eben nur die schönsten Häuser«, sagte er.

Maria von Hallersleben lachte. »Du Charmeur. Dir muss man einfach alles abkaufen.«

Wieder spürte ich einen kleinen Stich ins Herz. Ob Heinrich Maria von Hallersleben besser kannte? War sie mehr für ihn als eine Kundin? Immerhin duzten sie sich.

Wenn ich ehrlich war, hatte ich mich nie besonders für Heinrichs Geschäfte interessiert. Ich wusste, dass er mit Immobilien handelte und Häuser an Reiche vermittelte. Nirgends wuchsen so viele Villen aus dem Boden wie in Charlottenburg rund um den Kurfürstendamm.

»Wir sind auch auf der Suche nach einem neuen Zuhause in oder bei Berlin«, machte nun erneut die andere Dame auf sich aufmerksam. »Haben Sie nicht eine Idee?«, fragte sie Heinrich hoffnungsvoll.

»Ideen habe ich jede Menge, Madame. Manche sind allerdings nicht ganz jugendfrei«, sagte Heinrich und lächelte sie charmant an.

Die Dame kicherte wie ein kleines Mädchen. Ich schluckte.

»Doch ich muss Ihnen sagen, in Charlottenburg gibt es keine freien Häuser mehr.«

Die Dame schaute sichtlich enttäuscht.

»Aber es entwickeln sich gerade neue Viertel. Sehr exklusive für ein anspruchsvolles Publikum. Hier trifft sich nur die Crème de la Crème.«

Die Dame hatte angebissen.

»Wo ist das? Und könnten Sie uns da etwas vermitteln?«

Heinrich war nun ganz in seinem Element und schwärmte von den neuen Wohnvierteln in Schöneberg, Wilmersdorf, Steglitz und Tempelhof.

»Hier lagen bis vor Kurzem noch Rittergüter! Wenn das mal keine gute Nachbarschaft ist, was meinen Sie, Gräfin?«

Die Dame lachte verschmitzt. »O nein, keine Gräfin. Wilhelmine Gersbach. Mein Mann ist Bankier Gersbach. Da drüben steht er. Wollen wir einmal zu ihm hinübergehen? Ich würde Sie einander gerne vorstellen.«

»Aber selbstverständlich«, sagte Heinrich und ließ mich und Maria von Hallersleben stehen.

»Ein echter Gentleman, Ihr Mann. Und ein tüchtiger Geschäftsmann«, sagte sie zwinkernd, bevor sie sich zum Gehen wandte, um eine weitere Bekannte zu begrüßen. Ich blieb zurück mit einem Glas Champagner.

Plötzlich fühlte sich meine Ausstellung nicht mehr so gut an. Nicht ich war hier der Mittelpunkt, sondern mein Mann. Ich schluckte meine aufwallenden Gefühle mit einem neuen Glas Champagner herunter, lächelte und wandte mich Jakob zu.

Drei Tage nach meiner Ausstellung saß ich an meiner Staffelei. Ich hatte neue Ideen im Kopf, die ich unbedingt malen wollte. Doch ich konnte keine passende Leinwand finden.

»Alma, haben wir keine weiteren Leinwände mehr?«

»Nicht dass ich wüsste. Es ist schon lange her, dass wir einkaufen waren.«

»Du hast recht. Dann wird es ja höchste Zeit. Hol mir bitte meinen Mantel, wir gehen in die Stadt – Leinwände und Farben kaufen.«

Im Geschäft Schinkel, einem Laden für Kunst- und Malereibedarf, fand ich, was ich brauchte. Alma lief neben mir her und hielt einen großen Korb in ihren Händen, in den ich abwechselnd Farben, Pinsel und Kreiden gleiten ließ. An die Kasse hatte ich mir Leinwände in verschiedenen Größen stellen lassen, die ein Bote später zu unserer Wohnung bringen sollte. Als ich meinen Geldbeutel öffnete, um meine Waren zu bezahlen, erschrak ich. Er war komplett leer. Ich war sicher, noch Geld gehabt zu haben. Ich entschuldigte mich für dieses Malheur und versicherte, Alma später noch einmal mit Geld vorbeizuschicken.

Ich musste nach Hause. Dort stand meine Schatulle, in die ich – wie zu den Zeiten mit Hans – immer wieder Bargeld legte, um nicht ständig zur Bank laufen zu müssen. Daheim angekommen suchte ich sie sofort im Schlafzimmer und erschrak erneut, als ich sie öffnete. Auch sie war leer. Das ganze Haushaltsgeld, das ich hier verwahrte, war geplündert worden. Ich konnte mir keinen Reim darauf machen. Kurz dachte ich an Alma, verwarf diesen Gedanken aber sofort wieder. Sie hatte mich noch nie bestohlen und war so eine gute Seele, dass ich mich für diesen absurden Gedanken schämte. Blieb nur einer: Heinrich.

Als ich gerade erneut auf die Straße trat, um noch einmal zur Bank zu laufen, traf ich ihn. Er stieg gerade aus der Kutsche von Maria von Hallersleben und winkte ihr im Wegfahren lange nach. Als er mich erblickte, kam er freudestrahlend auf mich zu.

»Mizzi! Wie schön. Hast du Maria gesehen? Sie will unbedingt noch eines deiner Bilder kaufen«, sagte er.

»Schläfst du mit ihr?«, fuhr ich ihn an.

Heinrich sah mich entsetzt an. »Aber nein! Mizzi, wie kommst du denn auf so absurde Gedanken?«

Er schien sichtlich erschüttert. Oder konnte er so gut schauspielern? Er versuchte mich in den Arm zu nehmen, doch ich wich einen Schritt zurück und sah ihm prüfend ins Gesicht. Sein Lachen war verschwunden.

»Mizzi, ich schwöre. Ich habe und werde dich nicht betrügen. Ich liebe dich. Wie kommst du denn nur auf diese Idee?«

Plötzlich kam ich mir albern und kleingeistig vor. »Entschuldige, Heinrich«, trug ich kleinlaut vor. »Der Tag heute war kein guter. Ich wollte Farben und Leinwände kaufen und hatte überhaupt kein Geld bei mir. Das war kein schönes Gefühl. Und als ich eben in unsere Schatulle im Schlafzimmer sah, war diese auch leer. Kannst du dir das erklären?«

Heinrich sah sich um und zog mich näher in den Hauseingang.

»Mizzi, ich habe es genommen«, flüsterte er.

Ich starrte ihn fassungslos an. Hatte er Maria etwa doch den Hof gemacht? Mit meinem Ersparten?

Wir hatten nie groß über Geld gesprochen. Ich wusste, dass Heinrich nicht von Haus aus vermögend war. Ich dagegen verfügte noch über Pauls Erbe und das jüngst Erworbene, das ich mit meinen Bildern verdiente. Heinrich hatte nie gestört, dass ich mehr zu unserem Besitz beitrug, und mir war es recht gewesen. Doch dass er sich nun einfach bediente, gefiel mir nicht. Ich wurde wütend.

»Und darf ich vielleicht erfahren, wofür du so viele Taler brauchst?«

»Für unsere Zukunft«, raunte Heinrich und zwinkerte mir verschwörerisch zu.

»Unsere Zukunft? Oder die mit Maria von Hallersleben? Könnte es vielleicht sein, dass du eher auf die andere Maria setzt?«

Mir wurde heiß. Heinrich zog mich an sich und küsste mich. Ich versuchte mich loszureißen, doch er hielt mich gepackt und lachte.

»Es ist süß, wenn du eifersüchtig bist. Aber ich kann dich beruhigen. Ich setze nicht auf Maria, sondern auf Cavallo. Seine Chancen stehen vier zu eins.«

KAPITEL ZEHN

Berlin, 24. September 1911

Es war ein ungewöhnlich heißer Septembertag. Ich stand mit Heinrich auf der Pferderennbahn in Hoppegarten und wedelte mir mit einem Fächer Luft zu. Ich schaute zu Heinrich hinüber, der sich gedankenverloren mit einem Taschentuch eine Schweißperle von seiner Stirn gewischt hatte. Er war ganz versunken und studierte lächelnd einen Zettel in seiner Hand. Dann blickte er auf und ein Strahlen ging über sein Gesicht.

»Bin gleich wieder da«, sagte er und wedelte siegesgewiss mit dem Zettel. »Sieg auf Cavallo. Ich spüre es, heute ist sein großer Tag.«

Er lachte wie ein Junge, der auf der Kirmes endlich Riesenrad fahren darf, und machte sich schnellen Schrittes auf den Weg zum Wettbüro. Ich schaute ihm hinterher. Er sah gut aus in seinem hellgrauen Anzug und dem dazu passenden Zylinder auf dem Kopf. Dass er sich so begeistern konnte für das Pferderennen, amüsierte mich. Und auch ich war etwas aufgekratzt.

Ich trug ein elegantes hellblaues Kostüm und einen großkrempigen Hut in gleicher Farbe. Das helle Blau unterstrich meine Augenfarbe und bildete einen schönen Kontrast zu meinen dunklen Haaren. Den Mund hatte ich mir hellrosa geschminkt. Carola hatte mir diesen Lippenstift vor Jahren mal geschenkt. Die zarte Cremeschicht schmeckte leicht süß und war angenehm. Ich lief zu den Ställen, aus deren Boxen hier und da ein Pferdekopf lugte.

Cavallo war ein arabischer Vollblüter, tiefschwarz und rassig, allerdings hatte er wohl schon einige Jahre auf dem Buckel. Ich atmete den Duft von frischem Heu und Spätsommer ein und schaute mich um. Es war voll auf der Pferderennbahn. Es schien, dass alles, was Rang und Namen hatte, hier anwesend war. Adlige, Unternehmer, Händler, Vertreter. Die Sonne stand tief und an den Bäumen hingen bereits die ersten rot-gelben Blätter. Ich sog die Luft in vollen Zügen ein.

Zunächst hatte ich mich gesträubt, hierher mitzukommen. Doch Heinrich hatte so lange auf mich eingeredet, dass er mich schließlich mit seiner Begeisterung angesteckt hatte. Jetzt fragte ich mich, warum dieses Vergnügen so lange an mir vorbeigegangen war.

Es war ein aufregender Ort, dessen aufgeladene Stimmung wie ein Funke auf mich übersprang. Ein aufgeregtes Geplauder war um mich herum zu vernehmen. Kellner liefen mit Gläsern umher, wo ich hinblickte, sah ich Hüte in allen Größen und Variationen. Frauen trugen imposante lange Sommerkleider mit viel Spitze, Männer sportliche Anzüge mit passendem Hut. Da hörte ich eine Stimme hinter mir.

»Frau von Axster-Altrichter? Wie schön, Sie wiederzusehen.«

Ich drehte mich um und erblickte eine kleine, blonde Frau und einen untersetzten Mann mit Schnauzer.

»Ich weiß nicht, ob Sie sich an mich erinnern. Ich war auf Ihrer Ausstellung – Wilhelmine Gersbach. Das ist mein Mann August. Er ist Bankier im Bankhaus Hugo Oppenheim Unter den Linden.«

Sie lächelte und er nahm meine Hand und deutete einen Handkuss an. Ich lächelte zurück. Natürlich, das Bankier-Ehepaar.

»Ihr Mann war so freundlich, uns ein Haus zu vermitteln in Schöneberg. Wir sind ja so gespannt. Derzeit ist es noch Baugrund, aber wenn erst einmal alle Häuser und Villen stehen, wird es wunderbar.«

»Maria! Sie auch hier? Welch eine Freude!«

Die schrille, hohe Stimme ließ mich zusammenzucken. Maria von Hallersleben kam freudestrahlend auf mich zugelaufen und umarmte mich wie eine alte Freundin. Ihr süßes Parfüm stieg mir in die Nase, dass es mich würgte. Sie war elegant gekleidet in ein lindgrünes Kostüm, zu dem sie einen modernen, großkrempigen Strohhut trug. Hinter ihr lief ein älterer, schlanker, durchaus gut aussehender Herr mit hellgrauem Haar, den sie als ihren Mann vorstellte.

»Wo ist Ihr Mann?«

»Wetten abschließen«, sagte ich zwinkernd. »Cavallo soll ein echter Geheimtipp sein.«

Gersbach prustete los. »Der alte Klepper? Ihr Mann

sollte lieber bei seinen Häusern bleiben. Von Pferden versteht er offenbar nichts.«

Maria von Hallersleben lachte. »Na, na, Herr Gersbach. Ich lasse nichts auf meinen Heinrich kommen«, sagte sie.

Ich traute meinen Ohren nicht. Ihr Heinrich?

Gersbach drehte sich seiner Frau zu. »Dann will ich mich auch mal auf den Weg zum Wettbüro machen«, sagte er knapp, verbeugte sich vor uns und verschwand. Im Weggehen lachte er und murmelte: »Cavallo, also wirklich!«

Hallersleben lief ihm schnell hinterher. Auch er hielt einen der Wettscheine in den Händen. »Warten Sie! Ich komme mit«, rief er.

»Männer!« Wilhelmine Gersbach lachte und winkte den Kellner zu uns herüber. »Champagner bitte«, flötete sie. Sie schien in Festtagsstimmung zu sein.

Maria von Hallersleben rückte näher an meine Seite. »Ich kann mir nicht vorstellen, dass Ihr Mann verliert. Er strahlt so viel Wissen und Selbstbewusstsein aus. Und selbst wenn ... Bei den Geschäften, die er tätigt, werden ihm die paar Taler wohl nichts ausmachen.« Sie lächelte und beugte sich dann noch näher zu mir herunter. »Ich finde es übrigens großartig, dass er Ihnen Ihre Malerei ermöglicht. Welcher Mann unterstützt schon seine Frau bei so einem hübschen Zeitvertreib?«

Mir war, als hätte mir jemand einen nassen Waschlappen ins Gesicht geklatscht. Doch Maria von Hallersleben sah mich schon nicht mehr an, sondern blickte zu Wilhelmine Gersbach hinüber.

»Auf Cavallo«, sagte sie laut und prostete ihr zu.

»Auf Schöneberg«, gab diese zurück.

Ich atmete tief durch.

»Auf die Kunst. Auf dass die Männer sie lieben und unterstützen.«

Als das Rennen begann, merkte ich bereits die Wirkung der zwei Gläser Champagner, die ich mit Wilhelmine und Maria – sie hatten mir das Du angeboten – getrunken hatte. Die Stimmung war aufgeheizt und ein Kribbeln lag in der Luft, das so berauschend war wie der Champagner selbst. Um nichts Boshaftes zu entgegnen, hatte ich lieber getrunken, als mich dem Geplauder der Damen anzuschließen.

Als der Startschuss fiel, schlug mein Herz bis zum Hals. Ich war Feuer und Flamme und feuerte Cavallo lautstark an, wie es sich für eine Dame eigentlich nicht geziemte. Doch das war mir egal. Er war so ein prächtiges Tier und schien fast abzuheben in seinen Bewegungen.

»Lauf, Cavallo!«, brüllte ich.

Sein Fell glänzte in der Sonne, die Menge tobte vor Begeisterung. Heinrich und ich rissen uns gegenseitig das Fernglas aus den Händen und folgten dem Hengst auf Schritt und Tritt. Doch dann fiel Cavallo plötzlich zurück. Ich brüllte noch lauter, bis ich fast heiser war. Sollte der Jockey dem Gaul doch die Sporen geben! Es half nichts. Cavallo fiel immer weiter zurück und lief schließlich nur als Fünfter ins Ziel.

Die Enttäuschung war Heinrich ins Gesicht geschrieben. Seine Miene verfinsterte sich. Als ihn Gersbach für seine Wette auch noch aufzog und sich dann selbst stolz auf den Weg zum Wettbüro machte, um seinen Gewinn abzuholen, sah Heinrich aus wie ein geprügelter Hund. Er war blass um die Nasenspitze und sehr still geworden. Maria klopfte ihm aufmunternd auf den Arm. Wir verabschiedeten uns schnell von den anderen und traten den Nachhauseweg in einer Kutsche an.

»Hast du viel Geld verloren?«, fragte ich ihn, als das Gespann losfuhr. Heinrich saß mir gegenüber und blickte stumm zu Boden. »Mir hat das Rennen trotzdem gefallen«, sagte ich aufmunternd, doch Heinrich antwortete nicht.

Die Kutsche beschleunigte, offenbar wollten auch diese Pferde zügig ins Ziel galoppieren. Eine Pause entstand. Vorsichtig linste ich zu Heinrich hinüber. Plötzlich drehte er seinen Kopf zu mir um und stierte mich an, dass ich kurz zusammenzuckte. Seine Augen hatten einen fiebrigen Ausdruck angenommen. Es loderte in ihnen.

Dann fasste Heinrich ruckartig in meinen Nacken und zog mich an sich. Er presste seine Lippen auf meine und stieß mit seiner Zunge in meinen Mund. Seine Küsse waren leidenschaftlich, fordernd, feurig. Mein Hut fiel nach hinten. Er küsste meinen Hals, biss mir ins Ohr und hielt mich an der Taille gepackt. Ich seufzte. Mir war heiß. Ich wollte ihn, nur ihn. Draußen hörte ich eines der Tiere wiehern. Ich spürte Heinrichs hartes Glied, als er sich an mich presste. Ich öffnete seine Hose und nahm es in die Hand. Heinrich stöhnte auf. Wir hörten das Getrappel der Hufe und spürten, wie die Kutsche beschleunigte. Dann ließen wir uns zwischen die Sitzbänke der Kutsche sinken. Als er in mich eindrang, schrie ich lustvoll. Immer schneller ging die Fahrt in der Kutsche, immer schneller näherten auch wir uns unserem Höhepunkt. Heinrich drehte sich auf den Rücken, sodass ich auf ihm sitzen konnte. Ich ritt auf ihm im Einklang mit dem Pferdegetrappel. Ich warf meinen Kopf zurück. Die Lust durchströmte mich. Als ich kam, entfuhr mir ein lauter Schrei. Heinrich stöhnte, dann sank ich auf ihn. Minutenlang sagte keiner ein Wort. Mein Kopf lag auf seiner Brust und ich hörte seinen schnellen Herzschlag.

Als wir uns schließlich anschauten, lachten wir. Die Pferderennbahn schien weit weg. Nur das Getrappel der Hufe hallte in unseren Ohren nach.

———

In den nächsten Tagen sprach ich das Rennen nicht mehr an. Ich besorgte neues Geld, stockte damit unsere Truhe auf und ließ Alma endlich meine Farben und Leinwände besorgen.

Als mich Heinrich zwei Wochen später erneut fragte, ob ich mit zu einem Pferderennen wolle, bejahte ich sofort. Ich konnte es nicht leugnen, die aufgeheizte Stimmung auf der Trabrennbahn gefiel mir. Und die Vorstellung, mit Heinrich noch einmal in der Kutsche zu kommen, auch.

Dieses nächste Mal war uns das Glück hold. Heinrich gewann mehrere Tausend Mark und wir tranken in einer wunderschönen, leicht verruchten Bar am Ku 'damm ein paar Gläser Champagner auf unseren Sieg.

Ich liebte Berlin. Ich liebte meinen Mann. Ich liebte die Kunst. Und ... ich liebte Pferderennen.

Als ich eines Morgens wieder einmal in unsere Schatulle griff, um Alma Geld zu geben, damit sie für uns auf dem Markt Milch, Eier und Fleisch für den Sonntagsbraten besorgen konnte, war sie leer. Ich starrte in die Kassette, als hätte ich nur ein Loch übersehen.

Hatte Heinrich sich schon wieder bedient? War er ohne mich zu einem weiteren Rennen gegangen? Wut stieg in mir auf. Ich zog mir den Mantel über und lief erneut zur Bank, um Geld zu holen. Die kalte Oktoberluft machte meinen Kopf wieder klar. Trotzdem wollte ich Heinrich zur Rede stellen. Ich wollte wissen, was er mit dem Geld anstellte.

»Verspielst du unser ganzes Geld?«, fragte ich ihn direkt, als er abends zur Tür hereinkam.

»Aber nein«, sagte er entrüstet.

»Aber du wettest und setzt es auf der Rennbahn auf irgendwelche Klepper!«, entgegnete ich.

Heinrich schüttelte den Kopf. »Ja und nein. Ich versuche es zu verdoppeln. Manchmal läuft es eben nicht so gut, aber an anderen Tagen dafür besser.« Er lächelte sein charmantes Lächeln.

»Du bist ein Spieler, Heinrich Altrichter.«

Er grinste. »Ja, das bin ich. Aber auch ein Geschäftsmann.«

Ich verdrehte die Augen, doch er nahm meine Hand.

»Grolle nicht. Ich habe heute das Geld aus der Schatulle genommen, weil ich dich überraschen wollte.«

Er lächelte verschwörerisch. Dann zog er aus seiner

Westentasche zwei Karten. »Eigentlich ein Weihnachts-
geschenk für dich. Du darfst es noch gar nicht sehen.
Sonst schimpft der Nikolaus mit mir.«

Er grinste und wedelte mit den Karten vor meinem
Gesicht herum. Als ich danach greifen wollte, zog er sie
schnell weg. Ich musste lachen.

»Gib schon her, du Spieler!«

»Ein Spieler lässt sich nie in die Karten schauen«,
sagte er und hielt die Karten hinter seinen Rücken. Als
ich meine Arme links und rechts um ihn schlang, um
nach ihnen zu schnappen, versuchte er mich zu küssen.

»Lenk mich nicht ab. Was ist es denn?«

»Nicht so neugierig, Frau von und zu«, tadelte er
mich.

Ich küsste ihn lange – dann schnappte ich mir die
Karten.

»Und da sagst du, ich sei der Betrüger!«, sagte er
gespielt empört.

»Karten für die Uraufführung der Komödie ›Das
Konzert‹ von Hermann Bahr?«

Ich fiel Heinrich um den Hals. Er wusste, dass ich
neue Theaterstücke über alles liebte. Und Bahr war ein
Landsmann von mir, hatte in Wien und für kurze Zeit
auch in Graz studiert und galt als streitfreudiger, kriti-
scher Querkopf.

Ich juchzte. »Heinrich Altrichter – du bist grandios«,
sagte ich und fiel ihm um den Hals. »Auch wenn wir
irgendwann kein Geld mehr haben sollten, weil du alles
verspielst – immerhin haben wir gelebt und waren im
Theater!«, jubelte ich.

Heinrich schaute mich verdutzt an. »Aber nicht
doch, Mizzi. Wir werden immer Geld haben. Wir sind

doch das perfekte Paar. Eine fabelhafte Verbindung. Mit Ideen. Anders als die anderen.«

»Natürlich«, sagte ich lachend.

»Die anderen führen ein solides, unaufgeregtes Leben, und wir ...«, er machte eine Pause, »haben das aufregende«, sagte er und seine Augen funkelten.

Ein Kribbeln ging durch mich und ich lächelte ihn an. Heinrich packte mich und trug mich schnurstracks in unser Schlafzimmer. Langweilig wurde es mit ihm auf jeden Fall nicht.

»Wann stellst du wieder aus?«, fragte mich Heinrich, als wir auf dem Bett lagen und nach Luft schnappten.

»Übernächste Woche habe ich noch eine kleinere Ausstellung. Die ist allerdings nur für einen erlauchten Kreis«, antwortete ich.

»Wunderbar.« Heinrich drehte sich zu mir um. Seine Augen leuchteten. »Dann stellst du mich deinen Gästen vor. Das wird grandios.«

KAPITEL ELF

Berlin, 4. Dezember 1911

Ich stand in den kleinen, aber außerordentlich hübschen Ausstellungsräumen der Galerie Reiz und war nervös. Ich begrüßte die Gäste und versuchte mir meine Unruhe nicht anmerken zu lassen. Es war bereits meine dritte Ausstellung innerhalb kürzester Zeit und ich war trotzdem aufgeregt. Ich konnte immer noch nicht glauben, dass ich es endlich geschafft hatte. In mir loderte eine kleine Angst, dass ich »auffliegen« könnte, dass jemand mit dem Finger auf mich zeigen und sagen würde: Seht sie euch an, die Möchtegernmalerin. Seit wann können denn Frauen Künstler sein? Ich musste an Griepenkerl denken. Und an Carl von Merode. War ich wirklich gut? Oder hatte ich einfach nur Glück gehabt?

Es war für das weibliche Geschlecht immer noch schwer, sich als Künstlerin einen Namen zu machen. Im

August hatte sich Clara Zetkin auf der Internationalen Frauenkonferenz in Kopenhagen durchgesetzt und viele Erleichterungen für meine Geschlechtsgenossinnen erstritten. Ich hatte viel in den Tageszeitungen darüber gelesen und bewunderte Zetkin zutiefst. Sie hatte einen Acht-Stunden-Arbeitstag eingefordert und gleichen Lohn für die gleiche Arbeit, die Männer verrichteten. Außerdem Urlaub für Schwangere und die Gleichstellung der Frau im Arbeitsschutzgesetz. Doch trotz dieser großen Fortschritte kämpften noch viele Genossinnen für die Umsetzung dieser Forderungen. So lehnte auch die Wiener Akademie der bildenden Künste weiterhin weibliche Studentinnen ab. Es war vermutlich der Berliner Luft und den aufgeschlossenen Einwohnern geschuldet, dass hier Galeristen wagten, Bilder von Künstlerinnen auszustellen, auch wenn diese ihnen nicht so hohe Gewinne einbrachten.

Die Tür ging auf. Heinrich kam herein und alle Blicke richteten sich auf ihn. Er sah fabelhaft aus, so wie er da stand - schlank und groß in einem dunkelblauen Anzug mit weißem Hemd und einer weißen Fliege. Er lächelte spitzbübisch. Neben ihm stand ein Pärchen, das offenbar zu ihm gehörte. Eine weißhaarige, kleine Frau von zartem Körperbau und ein ebenso weißhaariger Mann, der sich auf einen eleganten Stock aus dunklem Holz stützte. Der Rücken des Mannes war leicht gebeugt. Er rieb sich die Nase und schob seine Nickelbrille zurecht. Neugierig blickten sich die beiden um.

»Darf ich Ihnen meine Frau vorstellen? Maria von Axster-Altrichter. Wir haben uns in Wien kennengelernt, die von Axsters sind dort sehr bekannt. Sie ist die

Erschafferin dieser wundervollen Gemälde«, trompetete Heinrich lautstark durch den Raum.

Er machte eine Bewegung in Richtung der Bilder und strahlte das Paar an. Dann winkte er mir zu. Ich lächelte und Hitze stieg in mir auf bis in die Ohrenspitzen. Das Ehepaar kam langsam auf mich zu. Das Gehen fiel dem Mann offenbar schwer.

»Es freut mich sehr«, sagte er und verbeugte sich vor mir so tief, dass ich dachte, er würde mit seinem Rückenleiden nie wieder hochkommen.

Seine Frau streckte mir ihre Hand entgegen, die in einem zarten hellbeigen Lederhandschuh steckte. Sie sah für ihr Alter noch sehr hübsch aus. Ihre Garderobe war angenehm unaufdringlich und doch elegant. Das zarte Beige und Altrosé in ihrem Kleid unterstrich ihre sanften Züge.

»Gertrud von Stettenfels. Sehr erfreut.«

Sie hatte einen leicht norddeutschen Dialekt und stolperte bei ihrem S über den »spitzen Stein«. Ihr Blick war freundlich und interessiert.

»Hübsch, Ihre Bilder. Verzeihen Sie, hübsch sagt man vermutlich nicht. Aber ich besuche so selten Ausstellungen«, sagte sie entschuldigend und lächelte verschmitzt. »Ihr Mann war so freundlich, uns hierhin einzuladen.« Sie seufzte. »Er hat uns ohnehin so geholfen. Wir sind ihm sehr dankbar.«

Sie machte eine kurze Pause.

»Ich war ehrlich gesagt anfangs etwas skeptisch, als uns Ihr Mann einen Baugrund vorschlug für unser neues Haus. Ich hörte, dass in Charlottenburg gerade gegen Hochwasser gekämpft werde, besonders in den Vierteln direkt an der Spree. Aber offenbar ist es nicht so schlimm. Ihr Mann hat mich überzeugt, die Sache optimistisch zu betrachten.«

Sie lächelte und blickte sich um. Ihr Mann schaltete sich ein.

»Gertrud, sprich nicht über Sachen, von denen du keine Ahnung hast«, sagte er barsch. »Geschäfte sind einfach keine Frauensache. Und Frau von Axster hat sicher ...«, er räusperte sich, »... auch kein Interesse, über die Geschäfte ihres Mannes unterrichtet zu werden.«

Gertrud von Stettenfels nickte. »Du hast recht, Georg.« Dann schaute sie mich wieder an. »Eine Wiener Künstlerin. Und was für wunderschöne Bilder, Frau von Axster. Ihr Mann kann stolz auf Sie sein.«

»Oh, das bin ich!«, sagte Heinrich, der gerade mit vier Sektgläsern auf uns zugelaufen kam.

Er jonglierte sie gekonnt in seinen Händen. Ich schmunzelte. Ein Paar war auf unser Gespräch aufmerksam geworden und trat einen Schritt näher, als wir miteinander anstießen.

»Entschuldigen Sie die Störung. Aber wir haben gerade die Wörter Baugrund und Charlottenburg aufgeschnappt«, sagte der Mann.

»Für diese Stadt interessieren wir uns auch sehr«, fügte seine Frau schnell hinzu.

Heinrich schaute sie an. Dann räusperte er sich. »Ich will Ihnen keine zu großen Hoffnungen machen, es ist nicht mehr so leicht, an gute Grundstücke heranzukommen.« Er schaute in sein Sektglas. »Aber vielleicht kann ich Ihnen doch noch ein paar Sahnestücke vermitteln. Wissen Sie was, lassen Sie uns erst einmal einen kleinen Rundgang durch diese wunderbare Ausstellung machen, bevor wir übers Geschäft reden. Neue Wände brauchen neue Bilder. Meinen Sie nicht?«, fügte er hinzu und zwinkerte Gertrud von Stettenfels zu.

Die kicherte und nickte dann. Als ich gerade mit ihnen gehen wollte, brach in der Bewegung mein Absatz ab. Ich stolperte und flog Heinrich direkt in die Arme. Ich entschuldigte mich und wollte kurz Richtung Toilettenräume abbiegen, als mich ein Mann ansprach.

»Charlottenburg? Ich dachte, dort wäre die Spree mal wieder über die Ufer getreten und hätte das ganze neue Bauland überflutet. Derzeit ein einziges Sumpfgebiet.«

Verwundert wandte ich mich ihm zu.

»Magnus von Saathoff. Immobilienmakler und Liebhaber der schönen Künste.«

Er schmunzelte, sodass seine akkurat gezwirbelten, schwarzen Schnurrbartspitzen nach oben zeigten, und machte dann eine knappe Verbeugung. Er war kleiner als Heinrich, auch von etwas breiterer Statur, aber vermutlich nicht älter. Als er sich verbeugte, sah ich seine lichten Haare und die bereits kahle Stelle am Oberkopf. Die restlichen schwarzen Haare waren glatt zurückgekämmt. Im Licht glänzte die Pomade.

»Maria von Axster«, sagte ich und deutete auf meinen Absatz. »Ich muss nur mal ganz kurz ...«

Doch er hörte mich gar nicht und sprach einfach weiter. »Schöne Bilder. Wirklich. Sie sind ein gutes Aushängeschild für Ihren Mann.«

»Ich verstehe nicht ...«

»Ihr Mann und ich haben uns vor Jahren in Spandau kennengelernt und üben heute den gleichen Beruf aus.« Er machte eine kurze Pause und studierte ein Porträt genauer, das neben ihm an der Wand hing. »Bisher hatte

Heinrich allerdings nicht viel Glück mit seiner Kundschaft. Zu unvermögend, zu unsolide.«

Von Saathoff seufzte und ich spähte nach rechts Richtung Toilettenräume.

»Aber wie ich sehe, hat sich sein Blatt gewendet.« Er drehte sich mir zu. Seine Augen blitzten böse. »Wissen Sie, ich musste mir erst ein ›von‹ erkaufen, um in höhere Kreise aufgenommen zu werden«, zischte er nun etwas leiser. »Heinrich hat es geschickter gemacht. Er heiratet eine Adlige, noch dazu eine Künstlerin, und schwuppdiwupp ist er in den adligen Kreisen aufgenommen. Ein äußerst geschickter Schachzug.« Seine Mundwinkel zuckten. »Respekt. Eine Strategie, die offenbar aufgeht.«

»Ich weiß nicht, was Sie meinen. Mein Mann vermittelt Immobilien an alle Kunden, die in und um Berlin gediegen wohnen wollen. Ich male Bilder. Das ist keine Strategie, das ist unser Leben«, entgegnete ich gereizt.

Der schmierige Kerl fing an, mir auf die Nerven zu gehen. Gerade wollte ich mich abwenden, als er mich am Arm packte und festhielt.

»Ein Haus in einem schicken Stadtviertel in Berlin ist wie ein Diamant. Schwer zu finden und schwer zu kriegen. Eine Frage für Sie, wenn Sie heute Nacht neben Heinrich im Bett liegen: Woher nimmt er so viele Baugrundstücke? Und warum interessiert sich Heinrich so sehr für Ihre Kunstwerke, wo er doch ein absoluter Kunstbanause ist?«

Als wir zu Hause waren, gingen mir die Worte von Magnus von Saathoff und sein hasserfüllter Gesichtsausdruck nicht mehr aus dem Kopf. Hatte er recht? Benutzte Heinrich meinen guten Namen, um an reiche, potenzielle Hauskäufer zu kommen?

Aber profitierte dann nicht auch ich von ihm? Von seinen wohlhabenden Kunden mit den leeren Wänden?

»Woher kommen eigentlich deine Kunden? Ich meine, wie und wo lernst du sie kennen?«, fragte ich Heinrich eher beiläufig, als er sich im Bad den Bart richtete und ich mir vor meinem Schminktisch die Haare kämmte.

»Das weißt du doch. Ich lerne sie hier und dort kennen. Auf der Pferderennbahn, bei verschiedenen Anlässen, ein paar auf deinen Ausstellungen«, gab er zurück.

»Und machst du bessere Geschäfte, wenn du mich als deine adlige Frau vorstellst? Ich meine, hilft dabei ein Titel?«

Jetzt hielt Heinrich inne und streckte seinen Kopf aus dem Bad. »Wie kommst du darauf?« Er schaute mich verdutzt an. »So würde ich das nicht sagen. Natürlich ist es von Nutzen, wenn die Leute uns als Paar mögen. Und du hast nun einmal einen schönen Namen. Und eine Ausstellung ist ein Ort, um mit Menschen in Kontakt zu kommen«, sagte er.

»Heute hat mich ein Magnus von Saathoff angesprochen. Er sagte, dass du eine gute Strategie verfolgen würdest, weil du mich mit meinem adligen Titel als Aushängeschild benutzen kannst. Er hat mir Angst gemacht«, erwiderte ich leise.

Erst war Stille, dann lachte Heinrich auf.

»Mizzi, das wirst du doch hoffentlich nicht glauben! Saathoff war schon immer ein neidischer Stänkerer. Hat sich extra einen Titel gekauft, weil er glaubt, auf diese Weise besser mit reichen Menschen Geschäfte machen zu können. So ein Quatsch.«

Er kam zu mir herüber und kniete sich vor mir hin.

»Ich liebe dich, Mizzi von und zu. Das ist der Grund, warum wir zusammen sind. Und wenn durch deine Ausstellungen und meine kaufwütigen Kunden unser Geldbeutel noch praller wird – umso besser.«

Ein breites Grinsen ging über sein Gesicht. Mir fiel ein Stein vom Herzen. Ich küsste ihn zärtlich. Dann zog er mich aufs Bett.

Eine Woche später hatte ich die Sache schon vergessen, als ich in der Strumpfabteilung im Kaufhaus des Westens zufällig Maria traf. Es war kurz vor Weihnachten und Heinrichs und mein erstes gemeinsames Weihnachtsfest stand bevor. Ich war aufgeregt und wollte für ihn hübsch aussehen. Am zweiten Weihnachtsfeiertag hatte ich geplant, für zwei Wochen meine Eltern und Schwestern zu besuchen. Heinrich wollte lieber in Berlin bleiben und seinen Geschäften nachgehen, und mir war es recht, da ich wusste, wie schwierig es mit ihm und meinen Eltern werden würde.

»Nein, welch freudiger Zufall!«, rief mir Maria entgegen und ich blickte mich fieberhaft nach einer Fluchtmöglichkeit um, resignierte dann aber und lächelte zurück. Maria umarmte mich. Sie erzählte mir, dass sie vor Kurzem endlich in ihr neues Domizil gezogen sei und wie begeistert sie und ihr Mann immer noch davon seien. Genau wie ihre Freundinnen. Ich fürchtete schon, dass dieses Gespräch länger dauern würde, als sie mich näher zu sich zog und im gedämpften Ton weitersprach.

»Wie läuft es bei Heinrich? Hat er Probleme mit den Bauherren? Als ich neulich Wilhelmine traf, sagte sie, dass es in Schöneberg gerade nicht weitergehe. Und eine andere Freundin von mir, die in Charlottenburg wohnen will, erzählte, dass der Bauherr Heinrichs Namen bei ihrer Erwähnung gar nicht gekannt habe. Dabei hat er ihnen doch das Haus vermittelt.«

Sie schaute mich mit einer Mischung aus Mitleid und Argwohn an. Ich zog meine Stirn in Falten.

»Das muss ein Versehen sein. Hat der Bauherr sich vielleicht nicht mehr erinnert? Heinrich hat nicht erzählt, dass er Schwierigkeiten hat. Vielleicht kommt Wilhelmine einfach mal auf eine Tasse Kaffee bei uns vorbei? Dann klärt sich gewiss alles schnell auf.«

Ich hätte mir auf die Lippen beißen können. Maria und Wilhelmine bei uns zum Kaffee? Ein grauenvoller Gedanke.

Nachdenklich machte ich mich auf den Heimweg. Als ich unsere Haustür aufschloss, wartete Heinrich bereits auf mich. Er strahlte.

»Schön, dass du kommst. Carola hat geschrieben. Ich glaube, sie freut sich sehr, dass du bald da bist.«

Er streckte mir den Brief entgegen. Fröhlich riss ich ihn auf und überflog ihn.

»Ja«, sagte ich lachend. »Freuen ist gar kein Ausdruck. Sie fiebert meinem Besuch entgegen. Ich soll Kuchen und Pfannkuchen aus unserer Konditorei mitbringen. Als gäbe es in Österreich keine Leckereien.«

Ich strahlte. Wir setzten uns an den gedeckten Tisch,

wo Alma wieder einmal ein fantastisches Abendessen voller dampfender Schüsseln vorbereitet hatte. Ich griff sofort zu. Mein Hunger war riesengroß. Doch Heinrich schien nachzudenken.

»Mizzi, willst du nicht etwas länger bei deiner Familie bleiben als nur die zwei Wochen?«, fragte er. »Wenn Carola dich so vermisst, solltet ihr mehr Zeit füreinander haben.«

Ich blickte ihn verwundert an.

»Schau nicht so. Ich dachte nur, dass es dir gefallen würde. Ich werde in den nächsten Wochen viel zu tun haben und nur wenig da sein. Du allein in dem grautrüben Berlin, das würde mir Sorge bereiten. Da wäre es doch schöner für mich zu wissen, dass du mit deiner Schwester Carola angenehme Stunden verlebst.«

Ich überlegte. »Na gut, vielleicht keine schlechte Idee. Aber dann bist du ja ganz allein.«

»Ich sagte ja, ich habe wahnsinnig viel zu tun.« Er zögerte. »Da ist noch etwas«, sagte er und schaute mir direkt in die Augen.

Er machte eine Pause.

»Ich brauche Geld.«

KAPITEL ZWÖLF

Berlin, Anfang Februar 1912

Ich saß im Zug auf dem Weg zurück nach Berlin und hing meinen Gedanken nach. Sechs wundervolle Wochen mit Carola lagen hinter mir, in denen wir ausgeritten und ausgegangen waren, längere Stadtbummel und Spaziergänge in und um Graz gemacht hatten und vor allem rund um die Uhr miteinander geredet hatten. Ich war für die Zeit wieder in unserem alten Kinderzimmer eingezogen, Carola hatte jetzt ihre eigenen zwei Zimmer im obersten Stockwerk. In manchen Nächten war sie trotzdem zu mir gekommen, hatte sich neben mich ins Bett gelegt und wir hatten geredet, gelacht und gekichert, bis die Sonne aufgegangen war. Es war fast wie damals gewesen.

Selbst mit meinen Eltern hatte ich mich gut verstanden. Vater und ich versuchten, uns etwas aus dem Weg zu gehen. Schwierige Themen sprachen wir gar nicht an, sodass auch das Silvesterfest einigermaßen glimpflich über die Bühne gegangen war. Ich war noch zwei Wochen länger geblieben als geplant, da die Straßen vereist waren und Vater Sorge hatte, die Züge würden stecken bleiben oder gar entgleisen.

Doch jetzt war ich auf meinem Nachhauseweg und ein ungutes Gefühl beschlich mich. Je weiter ich mich Berlin näherte, umso mehr Gedanken schwirrten in meinem Kopf herum. Ich hatte Heinrich regelmäßig geschrieben und auch über meine neuen Pläne zu meiner Rückfahrt informiert, doch er hatte seine Antwortbriefe sehr kurz gehalten und sich dazu nie geäußert. Stets schrieb er, wie viel er zu tun habe und dass er hoffe, dass zu meiner Rückkehr alles geschafft sei. Ob es ihm gut ging, wusste ich nicht.

Vor meiner Abfahrt hatte ich ihm die Hälfte meines Vermögens überschrieben, da er in Nöten mit seinen Hausprojekten war und den Bauherren Geld vorstrecken musste, um seine Kunden nicht zu verlieren. Er hatte mir von seinen Sorgen erzählt, auch wenn er dabei nie zu sehr ins Detail ging. Ich wusste, dass er über diese Dinge nicht gerne sprach.

Doch ich hatte ihn nur darin bestärkt, um seine Kunden zu kämpfen und die Bauherren anzutreiben. Schließlich hatte er einen guten Ruf zu verlieren. Auf diese Worte hatte er allerdings nur mit einem schiefen Grinsen geantwortet, was mich etwas verunsicherte. Ich berichtete ihm auch von meinem Gespräch mit Maria und er hatte versucht mich zu trösten.

Als der Zug nun im Berliner Hauptbahnhof einfuhr, klopfte mein Herz bis zum Hals. Ich suchte mit den Blicken die Gleise ab, doch Heinrich sah ich nicht. Da entdeckte ich plötzlich Alma, die mir freudestrahlend zuwinkte.

Ich sprang aus dem Zug und lief ihr in die Arme. Sie lachte.

»Mädel, wat hab´ ick dir vermisst«, sagte sie mit gespieltem Berliner Akzent. »Hatten Sie eine gute Reise, Madame?«

Ich bejahte. Doch wo war Heinrich? Als ich mich suchend nach ihm umschaute, nahm mich Alma sanft am Arm.

»Ihr Mann lässt sich entschuldigen. Er hat noch viel zu tun, freut sich aber sehr, Sie zu Hause willkommen heißen zu können«, sagte Alma tröstend.

Plötzlich hatte ich einen Kloß im Hals. Sechs Wochen Trennung, und er kam noch nicht einmal mit zum Bahnhof, um mich abzuholen? Tränen stiegen in mir hoch, doch ich schluckte sie schnell hinunter.

Als wir zu Hause ankamen, rannte ich die Stiegen hoch.

»Was machst du da?«, fragte ich Heinrich irritiert, als ich die Wohnung betreten hatte.

Er hockte vor einem großen Pappkarton, in den er gerade Bücher einpackte.

»Ziehst du aus?«

Eine Gänsehaut zog sich über meinen Körper.

Er strahlte.

»Mizzi! Meine Liebe, mein Leben. Wie schön, dass du wieder da bist!«

Er stand auf, um mich in die Arme zu schließen. Ich ließ es geschehen, erwiderte aber die Umarmung nicht. Stattdessen wiederholte ich meine Frage leise.

»Ziehst du aus?«

Heinrich nahm mein Kinn in die Hand und schob es nach oben, sodass ich ihm in die Augen blicken musste. Ich schluckte trocken.

»Ja!«, sagte er lachend. »Mit dir. Ich habe eine fabelhafte neue Wohnung für uns gefunden – ganz modern im neuen Hansaviertel, einen Steinwurf entfernt vom Tiergarten, wo du so gerne malst.«

Ich starrte ihn verdutzt an. »Wieso willst du umziehen?« Ich war fassungslos.

Heinrich ließ mich los. Er war bester Laune.

»Es sollte eigentlich schon alles fertig sein. Mein Willkommensgeschenk an dich. Jetzt hat es aber leider nicht so schnell geklappt. Aber ich bin trotzdem überglücklich, dass du wieder da bist. Ich hatte solche Sehnsucht.« Er küsste mich. Dann redete er weiter. »Die Wohnung ist einfach ein Traum. Ich durfte sie mir nicht entgehen lassen. Morgen können wir sie anschauen, endlich sind die Bauarbeiten abgeschlossen.«

Sosehr ich mich auch freuen wollte, auf diese Überraschung brauchte ich erst einmal einen Schnaps. Ich ging hinüber zu unserer kleinen Hausbar.

»Gute Idee!«, sagte Heinrich. »Darauf trinken wir.«

Am nächsten Tag machten wir uns auf den Weg zum Tiergarten. Wir fuhren mit der Kutsche, nur das letzte

Stück gingen wir zu Fuß und ich sog die klare Winterluft tief ein. Heinrich war ganz aufgeregt und redete ununterbrochen. Er erzählte von seinen Projekten und wie er an die Wohnung am Tiergarten gekommen sei.

Ich versuchte mich anstecken zu lassen von ihm und seiner Begeisterung, doch ganz wollte es mir nicht gelingen. Ich war glücklich gewesen in unserer Wohnung und nahe am Ku´damm war sie auch. Nach dem Geld, das ich Heinrich vor meiner Abreise gegeben hatte, fragte ich lieber nicht. Ich wollte die Stimmung nicht kaputt machen.

Als wir in die Wohnung am Tiergarten kamen, machte mein Herz einen kleinen Sprung. Sie war wirklich ein Traum. Ich konnte kein Wort sagen, so hingerissen war ich von dem, was ich sah.

Heinrich lächelte. »Ich wusste, dass sie dir gefällt. Nächste Woche kommt unser Umzugswagen.«

Ich spürte, wie mein Puls plötzlich drei Mal so schnell schlug, so aufgeregt war ich.

»Und wie sie mir gefällt. Die großen Fenster und das Licht.«

Ich war begeistert, ach was, restlos bezaubert. »Und sie ist so groß. Endlich können wir auch mal ein paar Freunde einladen.«

»Das machen wir aber bitte erst, wenn auch das letzte Glas seinen Standort gewechselt hat. Hast du schon das Bad gesehen?«, fragte Heinrich lächelnd.

Wir wandelten durch die Räume und ich hätte schreien können vor Glück. Alles hier war ein Traum. Wir hatten nun fünf Zimmer und Räume voller Licht. Auch Alma lächelte. Sie würde ein großes, helles Zimmer bewohnen und könnte direkt auf einen Baum schauen, in dem viele kleine Vögel saßen.

In den vier Wochen darauf hatten wir mit dem Umzug alle Hände voll zu tun. Der Weg zum Ku´damm war zwar nun weiter, dafür war der Tiergarten um die Ecke. Als endlich alles stand, wandelte ich lächelnd durch unsere neue Wohnung und strich vorsichtig an den hellgelb getünchten Wänden entlang. Es roch noch leicht nach Farbe.

»Lass uns jemanden einladen. Károly könnte doch kommen und uns besuchen. Oder Carola. Oder deine Freunde und Bekannten. Wenn es sein muss, auch diese Maria«, sagte ich.

Ich wollte die Wohnung unbedingt anderen zeigen, sie neidisch machen auf diese Perle, die wir nun besaßen.

»Nein«, sagte Heinrich.

Ich blieb stehen und sah ihn überrascht an.

»Wie meinst du das?«

Heinrich kam zu mir und legte den Arm um mich. Ein merkwürdiges Gefühl kroch in mir hoch.

»Das ist unser Refugium. Ich möchte es einfach noch nicht mit jemand anderem teilen als mit dir«, sagte er leise in mein Ohr.

Seine Stimme klang sanft. Ich umarmte ihn und wir küssten uns. Endlich hatte ich ein echtes Zuhause.

———

Am Abend des 21. März, drei Tage vor meinem Geburtstag, kam Heinrich spät nach Hause. Er war sehr nachdenklich und Sorgenfalten hatten sich in seine Stirn gegraben.

»Was ist los mit dir? Du bist so still«, fragte ich ihn beim Essen.

Er legte das Besteck zur Seite und blickte mich an.

»Wann stellst du mal wieder aus, Liebes?«, fragte er ruhig und ich schaute ihn irritiert an.

»Ich bin noch nicht so weit. Ich habe bisher nicht alle Bilder fertiggestellt. Mir schweben ein paar neue Ideen im Kopf herum. Und Jakob sagt auch, so schnell könne er in seinen Räumen nicht wieder dieselbe Künstlerin zeigen.«

»Wer redet denn von der Galerie Rosenstein? Ich finde, du solltest dich nicht unter Wert verkaufen und in größeren, ehrwürdigeren Räumen ausstellen.«

Heinrich trommelte unruhig mit seinen Fingerspitzen auf den Tisch und lächelte mich an.

»Was ist los? Warum interessierst du dich plötzlich so für meine Ausstellungen?«, hakte ich nach.

Das Ganze kam mir merkwürdig vor. Es entstand eine längere Pause. Mir schien es, als würde Heinrich innerlich mit sich ringen. Was hatte er?

»Ich brauche dich«, sagte er leise. »Wir haben bald kein Geld mehr.«

Ich blickte ihn erschrocken an. »Was? Aber du sagtest doch ...«

»Ich habe gerade keine gute Phase. Aber das wird sich bald ändern.«

»Was ist mit dem Geld, das ich dir vor meiner Abreise gegeben habe?«, fragte ich vorsichtig.

Heinrich schnaufte. »Es ist weg.« Er schluckte.

»Dafür haben wir eine fabelhafte, neue Wohnung. Oder nicht?«

Ich brauchte einen Moment, um mich zu sammeln. »Weg? Was heißt das? Hast du alles in unsere Wohnung gesteckt? War sie so teuer?«, fragte ich fassungslos.

Wieder eine Pause.

»Nein«, sagte Heinrich leise. »Dein Geld ... unser Geld ... Ich wollte es verdoppeln, aber die blöden Gäule sind nicht so gelaufen, wie ich wollte!«

Er schlug auf den Tisch. Ich sprang so hastig auf, dass mein Stuhl nach hinten kippte und laut auf den Boden fiel. Ich konnte nicht fassen, was er da sagte.

»Und jetzt soll ich meine Bilder verkaufen, um deine Schulden zu tilgen? Tut mir leid, mein Lieber, aber ich fürchte, so viel Geld, wie du verspielst, kann ich mit einer Ausstellung gar nicht einnehmen.«

Ich war wütend. Wütend auf Heinrich, wie er dasaß und Mitleid suchend dreinschaute. Wütend auf mich. Wie hatte ich einem Spieler nur Geld geben können?

»Und wie laufen deine Geschäfte?«, fragte ich gereizt.

»Mit deiner Hilfe werden sie florieren.«

Heinrich war aufgestanden und kam zu mir. Er nahm meine Hand.

»Mizzi, wir können so viel mehr erreichen. Gemeinsam.«

Ich sah ihn fragend an. Ich verstand überhaupt nichts. Ich war einfach nur wütend.

»Ich verkaufe den Menschen, was sie sich wünschen. Ich mache sie glauben, dass ich ihre Träume wahr werden lassen könnte – mit einem schönen Haus und fabelhaften Bildern. Sie sehen uns und träumen davon, so zu sein wie wir!«

Es lief mir kalt den Rücken hinunter.

»Dann gibt es die Grundstücke gar nicht?«, fragte ich beklommen.

»Doch, doch. Manche ja, manche nein. Vieles ist schon verkauft. Aber es ist eigentlich gar nicht wichtig«, redete Heinrich nun weiter. Er ließ meine Hand los. »Für einen Moment haben diese Leute alles. Die Aussicht auf ein großartiges Anwesen und amüsante Gesellschaft. Sie schmerzt nicht das Geld, das sie verlieren, wenn sie nur träumen können. Ich schenke ihnen diese Träume.«

Mir wurde schwindelig. Ich musste mich an der Wand abstützen.

»Mizzi, sei an meiner Seite. Dein Titel und mein Charme öffnen ihre Geldbeutel. Du wirst sehen. Wir werden reich. Und du wirst nebenbei berühmt.«

Ich starrte ihn an. »Du Betrüger!«, entfuhr es mir.

Ich war fassungslos über das, was ich da hörte. Wie konnte er nur annehmen, dass ich bei diesen Geschäften mitmachen würde? Wie viele Menschen hatte er schon betrogen? Wer wartete auf sein neues Haus, das nie entstehen würde? Hatte Heinrich auch mich hintergangen? Wie stellte er sich unser Weiterleben vor? Würden wir jetzt regelmäßig umziehen, damit keiner uns fand? Liebte er mich eigentlich oder benutzte er mich nur? Tränen der Wut stiegen in mir hoch. Mir wurde übel.

»Niemals«, sagte ich bestimmt. »Niemals mache ich bei so etwas mit!«

Heinrich sah mich traurig an. »Mizzi, wir gehören zusammen. Hilf mir.«

Das Letzte hatte er kaum hörbar gesagt. Er sah aus wie ein Ertrinkender. Ich konnte nicht anders, aber er tat mir leid. Bevor ich antworten konnte, liefen ihm Tränen übers Gesicht.

»Und ich habe eine Person, um die ich mich kümmern muss. Das bin ich ihr schuldig.«

Ich schaute ihn irritiert an.

»Meine Mutter. Sie ist krank.«

KAPITEL DREIZEHN

Spandau bei Berlin, 5. April 1912

Ilse Altrichter war klein und von kräftiger Statur mit rosigen Wangen und einer zarten, faltenfreien Haut, um die sie viele ihrer Altersgenossinnen sicher beneideten. Sie hatte blaue Augen mit vielen Lachfältchen drum herum. Ihr Haar war wohl einst blond gewesen, jetzt war es ergraut. Sie trug ein unauffälliges, dunkelblaues Wollkleid, das an den Ellenbogen schon etwas abgenutzt war, und eine Schürze darüber.

Dass Heinrich ihr Sohn war, sah man nicht auf den ersten Blick. Auch nicht auf den zweiten. Heinrich war groß und schlank, dazu hatte er braune Haare. Ich nahm an, dass er seinem Vater glich. Lediglich die Grübchen in den Wangen hatten Mutter wie Sohn gleichermaßen. Ich lächelte.

Als wir uns zum Kaffee in die Stube setzten, musste

ich mich darauf konzentrieren, sie nicht die ganze Zeit anzustarren. Doch Ilse schien von meiner Aufgeregtheit nichts zu spüren. Sie hatte ein lautes, unbedarftes Lachen und in ihren Augen war kein Fünkchen Argwohn verborgen. Seit dem Moment, in dem wir über die Türschwelle ihrer kleinen dunklen Wohnung geschritten waren, hatte ich sie sofort ins Herz geschlossen. Selten hatte ich einen Menschen kennengelernt, der mich so warmherzig und offen in die Arme geschlossen hatte. Ich verstand nicht im Geringsten, warum Heinrich sie mir verschwiegen hatte.

Das Verhältnis zwischen Heinrich und Ilse war allerdings schwierig.

»Heinrich glaubt, ich hätte seinen Vater verscheucht. Und in gewisser Weise habe ich das auch«, raunte mir Ilse zu, als wir gerade das Kaffeegeschirr zurück in ihre Küche brachten. »Das hat er mir nie verziehen. Heinrich hing sehr an seinem Vater.« Sie seufzte schwer. »Aber Heinrichs Vater hat uns im Stich gelassen. Er war ein Spieler, hat all unser Geld verspielt und versoffen. Ich drohte ihm oft, ihn auf die Straße zu setzen, wenn er sich nicht besserte. Wir stritten viel, wenn er nachts betrunken nach Hause kam.«

Ilse strich sich gedankenverloren die Haare zurück. Ihre Stimme nahm nun einen traurigen Ton an.

»Dann hat er die Sachen gepackt und uns zurückgelassen. Doch Heinrich glaubt bis heute, dass ich ihn rausgeworfen habe. Deshalb hat er mich aus seinem Leben ausgeschlossen. Er kann es mir nicht verzeihen.«

Eine Träne rollte über Ilses Gesicht. Ich wollte sie in den Arm nehmen, traute mich aber nicht.

»Dabei bin ich so stolz auf meinen Jungen. Er ist so

anders als sein Vater, so tüchtig, so talentiert, so verlässlich. Er verkauft Wohnungen, verkehrt in gehobenen Kreisen ...« Sie blickte mich nun an und ergriff meine Hand. »Und hat so eine bezaubernde Frau. Ihr werdet es einmal besser haben als ich.«

Ich schluckte schwer.

»Heinrich ist ein guter Junge«, wiederholte sie. »Auch wenn er mich nicht in sein Leben lässt, denkt er doch an mich.« Sie zog ein Stück ihren Rock hoch und zeigte mir eine Narbe an ihrem Knie. »Ein Sturz. Musste operiert werden. Ohne Heinrich wäre ich ein Krüppel.«

Heinrich kam in die Küche. Ilses Wohnung war nicht sehr groß und er war kurz zum Rauchen auf den kleinen Balkon gegangen.

»Seid ihr fertig mit eurem Kaffeekränzchen?«, fragte er barsch.

Ich bedachte ihn mit einem tadelnden Blick. Seine Mutter lachte nervös.

»Nicht so ungeduldig, mein Junge. Ich will doch auch etwas von deiner schönen jungen Frau haben.« Sie zwinkerte mir zu. »Kommt ihr am Ostersonntag mit mir in die Kirche?«

»Auf keinen Fall«, raunzte Heinrich.

Ich nahm Ilses Hand. »Auf jeden Fall. Bis Sonntag dann«, sagte ich und nickte ihr zu.

Als wir schon an der Tür waren, berührte Ilse Heinrich sanft am Arm. »Ich will dich eigentlich nicht anbetteln, mein lieber Junge, aber durch mein Knie konnte ich nicht auf dem Wochenmarkt arbeiten und bin mit meiner Miete im Verzug und ...«

Heinrich deutete eine Umarmung an. »Keine Sorge, Mutter. Ostern regeln wir alles.«

Als wir zu Hause angekommen waren, war ich in Gedanken versunken. Ilse und ihre Geldnot gingen mir nicht aus dem Kopf. Ich mochte sie sehr. Vielleicht war sie mein Familienersatz, wenn ich schon Carola nicht hier haben konnte.

»Was ist denn mit dir?«, fragte Heinrich.

Plötzlich hatte ich eine Idee. Ich warf meinen Mantel beiseite und ging zielstrebig in mein Atelier. Heinrich folgte mir.

»Alles gut mit dir?«

Ich lächelte. Ich wusste jetzt, was zu tun war.

»Ich male. Schließlich muss ich doch die nächste Ausstellung vorbereiten«, sagte ich.

Heinrich brauchte einen Moment. Dann nickte er. Obwohl keiner von uns ein Wort sagte, hatten wir in diesem Moment einen Pakt geschlossen. Ich würde mitmachen und mit Heinrich das große Geschäft tätigen. Für uns, für Ilse. Vielleicht hatte Heinrich ja recht und die anderen hatten es nicht anders verdient – die eitle und selbstgefällige Maria, die mit ihren Prunkräumen bloß vor ihren Freundinnen angeben wollte, oder Herr von Stettenfels, der seiner Frau nicht gestattete, sich in seine Geschäfte einzumischen. Sollten sie doch ruhig etwas von ihrem Geld abgeben. Immerhin bekamen sie noch ein Bild von mir dazu. Ich grinste.

Am Ostersonntag war die Kirche St. Marien am Behnitz bis auf den letzten Platz gefüllt. Der Priester strahlte von seiner Kanzel herunter. Er war offenbar hocherfreut, dass so viele seiner Schäfchen gekommen waren. Nur ein Schaf sah er nicht, ein schwarzes. Heinrich hatte sich mit Händen und Füßen gesträubt, die Kirche zu betreten. Er wollte vor dem Eingang warten, bis der Gottesdienst vorbei war.

Als wir nach einer Stunde endlich wieder ins Licht traten, hatte sich Ilse bei mir eingehakt.

»Können wir jetzt bitte gehen?«, fragte Heinrich lustlos.

Doch Ilse starrte wie gebannt zur Kirchentür. »Einen kurzen Augenblick bitte. Ich wollte doch dem Priester noch Auf Wiedersehen sagen.«

Ich sah, wie Heinrich die Augen verdrehte, doch mir war klar, dass Ilse endlich einmal ihren tüchtigen Sohn mit seiner hübschen Ehefrau zeigen wollte. Ich schmunzelte.

Als endlich der Priester kam, schob Ilse mich und Heinrich sofort in seine Richtung.

»Sie kennen meinen Sohn noch nicht, Pater Martin. Und darf ich vorstellen – meine bezaubernde Schwiegertochter, Maria von Axster.«

Er lächelte und gab uns die Hand. »Freut mich sehr. Aber wo haben Sie sich denn trauen lassen? Nicht in meiner Kirche, oder?«

Plötzlich durchzuckte es mich. Heinrich gab nur ein dunkles, grunzendes Geräusch von sich. Auch Ilse schaute betreten, doch sie fand als Erste wieder Worte.

»Nein, nein, sie sind viel unterwegs. Die Geschäfte. Nun denn, dann wollen wir mal gehen«, sagte sie und schob uns weiter Richtung Straße.

»Nehmen wir eine Kutsche?«, fragte ich, um das Schweigen zu brechen.

»Kutsche?«, fragte mich Ilse überrascht.

»Ja, Kutsche, Mutter. Die können wir uns leisten«, sagte Heinrich, und ehe ich mich versah, hatte er eine angehalten und drängte seine Mutter auch schon hinein.

»Ich bringe meine Mutter rasch nach Hause. Einverstanden? Du musst nicht mitfahren und kannst dich schon mal nach Hause kutschieren lassen. Muss doch nicht sein, dass du diesen Umweg machst.«

Ich war irritiert, nickte jedoch. »Ist gut, wenn du meinst«, stammelte ich.

Vielleicht wollte er seine Mutter einmal ganz für sich allein haben. Ich rief Ilse einen Abschiedsgruß zu, dann lief ich hinüber zu den anderen Fiakern, die an der Straßenecke auf Kundschaft warteten.

Drei Monate später stand ich in der Galerie Eck und betrachtete meine Bilder, die unter der Aufsicht von Arthur Renz, dem Kurator, an die Wände gehängt wurden. Ich war nicht richtig zufrieden. Viele meiner Gemälde kamen mir noch unfertig, wenn nicht sogar unsauber gearbeitet vor. Doch der Kurator schien sich nicht daran zu stören, und auch Heinrich hatte mich gedrängt, sie endlich »freizugeben«. Wir brauchten Geld. Seit wir Ilse einen Großteil von meinem Ersparten zugesteckt hatten, konnten wir unserem Geld auf dem Konto beim Schrumpfen zusehen.

Die Bilder zeigten Radfahrer, Liebespaare, Spaziergänger auf Alleen und im Park. Vor allem die Liebespaare sagten dem Publikum zu. Heinrich umarmte mich von hinten und ich lächelte.

»Sollte deine Ausstellung eine gute Ausbeute bringen, lass uns unser Glück auf der Pferderennbahn versuchen«, bedrängte mich Heinrich euphorisch. »Wir können den Einsatz verdreifachen. Glaub mir. Ich habe einen Tipp bekommen.«

Ich hatte mich zuerst gesträubt, spürte aber, dass ich meinen Mann nicht daran würde hindern können. Er war berauscht von dem Gedanken, mit nur einem einzigen Rennen unsere Geldsorgen zunichtezumachen.

Meine Ausstellung lief gut und tatsächlich kam ein stattliches Sümmchen zusammen. Obwohl mir die Bilder nicht ganz gefielen – den Besuchern schienen sie zu behagen. Heinrich war Feuer und Flamme, sie auch noch für neue Häuser zu begeistern. Wir waren ein gutes Team. Er verführte die Besucher dazu, von neuen Häusern und Villen zu träumen, ich verkaufte ihnen das passende Bild dazu und malte ihre Träume weiter aus. Dann tranken wir gemeinsam Champagner und das Paar ging mit leuchtenden Augen nach Hause, im festen Glauben an ein besseres Leben in Reichtum und Schönheit. Es lief gut.

Selbst Heinrichs Wetten waren bei den letzten Rennen aufgegangen. Freudestrahlend und mit einer Flasche Champagner war er erst vor Kurzem nach Hause gekommen und hatte unseren Gewinn auf dem Bett ausgebreitet. Selten hatte ich so viele Geldscheine auf einem Haufen gesehen. Wir liebten uns auf dem Bett zwischen den vielen Scheinen und kamen uns vor wie die Könige. Nein, langweilig wurde es mit Heinrich nicht. Aber auch nicht einfacher. Eine Woche später begrüßte er mich mit einer ernsten Miene und rührte beim Abendessen nichts an.

»Was ist mit dir? Liegt dir was auf dem Herzen?«, fragte ich besorgt.

»Meine Mutter muss noch einmal zum Arzt, und ich weiß nicht, wie teuer die Behandlung diesmal wird.« Er seufzte.

»Ist wieder was mit ihrem Knie?«

»Ja, vermutlich. Sie kann das Bein nicht richtig bewegen. Sie braucht Geld.«

»Dann geh mit ihr und bezahle den Arzt. Wir haben doch gerade gewonnen«, drängte ich ihn.

Er sah mich an. »Aber es ist doch unser Geld. Nachher ist alles weg und wir haben wieder nichts.«

»Irrtum«, sagte ich schmunzelnd. »Wir haben uns.«

Heinrich umarmte mich und küsste mich lange.

Vier Wochen später nötigte ich Heinrich, mit mir die Vernissage eines Kollegen zu besuchen. Ich wusste, dass ich eine weitere Ausstellung würde vorbereiten müssen, denn Ilses Behandlung hatte erneut ein großes Loch in unsere Kasse gerissen. Uns fehlte Geld. Doch ich brauchte neue Anregungen und Inspirationen und wollte sehen, was die Konkurrenz machte. Heinrich war nicht begeistert gewesen, doch mir zuliebe hatte er schließlich eingewilligt. Als ich neugierig meine Runde durch die Bildergalerie gedreht hatte, sah ich, wie Heinrich mit einem unbekannten Pärchen sprach. Sie hingen wie hypnotisiert an seinen Lippen und ihre Augen glänzten. Ich beobachtete, dass sie ihm schon ins Netz gegangen waren.

»... und dann ein Licht, das durch die Fenster fällt. Atemberaubend. Und der Park liegt Ihnen zu Füßen, nur einen Steinwurf entfernt. Ein Traum«, hörte ich Heinrich schwärmen, als ich näher kam.

»Maria, meine Liebe. Darf ich dir Justiziar Raadt und seine verehrte Gattin vorstellen? Sie leben nahe Berlin, wollen aber jetzt den Schritt in die Hauptstadt wagen.«

Frau Raadt kicherte. »Ja, Ihr Mann hat uns mit seinen Erzählungen ganz verzaubert. Und Sie leben in der Nähe des Tiergartens? Was für ein wunderschöner Ort.«

»Er verzaubert mich Tag für Tag aufs Neue. Von meinem Atelier aus kann ich die Baumspitzen des Parks sehen. Und wenn es mich nach einem Spaziergang im Tiergarten gelüstet, gehe ich einfach nur kurz vor die Tür«, geriet auch ich ins Schwärmen.

»Und diese bezaubernde Wohnung in so exquisiter Lage wollen Sie einfach aufgeben?«

Es dauerte ein paar Sekunden, bis ich das eben Gesagte aufgenommen hatte. Heinrich räusperte sich.

»Nun ja, manchmal muss man etwas Schönes opfern, um sich neuen Ufern zuwenden zu können. Apropos zuwenden, entschuldigen Sie uns einen ganz kurzen Moment?«, flötete Heinrich und zog mich hinter sich her nach draußen.

Kaum waren wir vor der Tür angekommen, gab ich Heinrich eine schallende Ohrfeige.

Ich konnte nicht sprechen, so wütend war ich. Heinrich rieb sich nicht einmal die Wange, sondern blieb stoisch stehen. Seine Stimme war leise und sanft.

»Mizzi, es tut mir leid. Aber wir können uns die Wohnung nicht leisten. Außerdem ist es gut für uns, mal wieder den Standort zu wechseln. Bitte versteh das doch.«

»Für uns? Für uns? Ich male, um uns über Wasser zu halten und damit du Geschäfte machen und deine Mutter unterstützen kannst. Und zum Dank entziehst du mir mein Zuhause und Atelier?«

Ich spie die Worte aus. Dann stürzte ich mich auf Heinrich und trommelte auf seine Brust. Doch er hielt meine Arme fest.

»Gut, lass uns aufhören«, sagte er bestimmt. »Wir werden dort wohnen bleiben und ich suche mir einen anderen Beruf, einen ehrlichen. Ich hoffe nur, dass die Gläubiger uns nicht finden. Und meine Mutter. Ich werde ihr sagen, dass wir sie nicht mehr unterstützen können. Vielleicht kann sie mehr arbeiten auf dem Markt. Das wird schon gehen.«

Ich jaulte auf und riss mich los. Ich wusste, dass er gewonnen hatte. Wütend blickte ich auf den Boden.

»Verkauf die Wohnung. Wir werden woanders etwas finden«, presste ich hervor.

KAPITEL VIERZEHN

Berlin-Tiergarten, Januar 1913

In der zweiten Januarwoche kamen die Möbelpacker und luden unser Hab und Gut auf ihre Kutschen. Es war ein schneereicher Winter in diesem Jahr und außergewöhnlich kalt. Unsere Helfer schnauften schwer, obwohl unsere Habe bereits deutlich geschrumpft war seit dem vorherigen Umzug. Nachdem Heinrich beim Pferderennen unser letztes Geld auf das falsche Pferd gesetzt hatte, hatte ich meine Mahagoni-Truhe einem Antiquitätenhändler zum Kauf angeboten, und er hatte eingeschlagen. Der Händler war ein Kleingeist mit Krämerseele, und es schmerzte mich, als ich ihm die Truhe, die ein Geschenk meiner Mutter zu Pauls und meiner Hochzeit gewesen war, für in meinen Augen viel zu wenig Geld überließ. Paul hatte sie sehr gemocht, doch ich wollte mich nicht an der Vergangenheit festhalten; und so gab ich sie fort.

Ich nahm das Geld, um das Umzugsunternehmen zu bezahlen, obwohl Heinrich meinte, dass wir es besser nutzen konnten und er mit seinen Freunden den Umzug selbst stemmen könne. Ich hatte ihn nur mit einem spöttischen Lächeln bedacht.

Wir hatten eine Wohnung in der Nähe des Tiergartens gefunden. Sie war zwar viel kleiner und hatte auch nicht mehr diesen zauberhaften Ausblick, dafür konnte ich weiterhin jederzeit in meinen geliebten Tiergarten gehen und dort malen. Als ich an einem warmen Apriltag wieder einmal dort saß, hörte ich eine vertraute Stimme hinter mir.

»Malst du also immer noch hier?«

Ich drehte mich um.

»Margarete! Wie schön.«

Ich war überwältigt und wollte sie in den Arm nehmen, als ihr Blick an mir vorbeiging und ihr Gesicht einen ernsten Ausdruck annahm.

»Was ist das?«

Ich war verwirrt. Was meinte sie? Margarete starrte mit einem Ausdruck des Entsetzens auf mein Bild. Hitze stieg in mir hoch.

»Was ist das?«, wiederholte sie.

»Die Baumgruppe dort hinten und ein Mann mit ...«

Ihre Hand schnellte hoch und gebot mir, ruhig zu sein. Ich verstummte.

»Das meine ich nicht. Was ist mit dir passiert? Wo ist deine Farbkraft hin, dein Ausdruck, deine Sinnlichkeit, die damals aus jedem deiner Bilder strahlte?«

Ihre Worte trafen mich wie Faustschläge ins Gesicht.

Ich wusste nicht, was ich ihr antworten sollte. Tränen stiegen in mir auf. Sie hatte recht. Was war aus mir geworden? Da hörte ich hinter ihr jemanden nach Margarete rufen.

»Mein Mann«, sagte sie knapp. »Wir wollen einen kleinen Ausflug machen.« Dann blickte sie mir tief in die Augen. »Mizzi, fang dich wieder. Wo bist du in diesen Bildern? Wo ist die ehrgeizige Künstlerin hin, die ich damals kennengelernt habe, für die ich mich starkgemacht habe?«

Sie machte sich bereit zum Gehen. Doch dann drehte sie sich noch einmal zu mir um.

»Was willst du nun sein: Künstlerin oder Mittelmaß?«

Mit diesen Worten ging sie. Erst als sie außer Sichtweite war, ließ ich meinen Tränen freien Lauf.

———

Zwei Tage später saß ich im Café des Westens und rührte lustlos in meinem Kaffee. Seit ich Margarete getroffen hatte, hatte ich meine Staffelei keines Blickes mehr gewürdigt. Ich hatte Heinrich von der Begegnung erzählt, doch er hatte nur gelacht und gefragt, warum ich dieser »eifersüchtigen alten Tante« so viel Bedeutung beimaß. Ich hatte darauf nicht geantwortet, doch der Stachel saß tief.

Als ich so versunken auf einem der Stühle saß, tippte mir jemand auf die Schulter. Ich schrak zusammen und schaute auf. Neben mir stand Károly und lächelte mich an.

»Hier bist du also, Schwägerinchen. Und ich dachte

schon, ich müsste einen Detektiv darauf ansetzen, dich zu suchen.« Er lachte.

Ich war so perplex, dass ich nichts erwidern konnte.

»Hat es dir die Sprache verschlagen? Du dachtest wohl, du wärst mich los, was?«

Ich sprang auf und schlang meine Arme um seinen Hals.

»So hatte ich mir die Begrüßung vorgestellt!«, sagte Károly.

Er lachte, und plötzlich erschien mir alles viel leichter. Auch ich lachte. Wir setzten uns und er bestellte einen Kaffee. Dann nahm sein Gesicht einen ernsten Ausdruck an.

»Carola schickt mich. Ich soll dir einen Brief von ihr bringen. Ich glaube, deiner Mutter geht es schlecht.«

Mein Lächeln erstarb. Wie lange hatte ich nicht mehr an Carola geschrieben?

»Seit du aus eurer Wohnung am Tiergarten weggezogen bist, wusste ich gar nicht, wo ich dich suchen sollte. Warum hast du uns deine neue Adresse nicht gegeben? Carola hat sich Sorgen gemacht.«

Eine Träne rann über mein Gesicht. Károly schaute mich bestürzt an, dann nahm er mich in den Arm.

»Was ist los? Was ist mit dir? Geht es dir nicht gut?«

Ich erzählte ihm von unserem Umzug in die neue Wohnung, dass wir nicht mehr so viel Geld hätten und uns etwas einschränken müssten, dass ich aber noch malte und wir vielleicht bald etwas Besseres in Aussicht hätten. Károly hörte geduldig zu und gab mir sein Taschentuch. Ich trocknete meine Tränen und atmete tief durch.

»Warum hast du denn nichts gesagt? Braucht ihr

Geld? Ich leih euch welches. Du bist alles, was ich als Familie noch habe«, sagte er.

Wieder stiegen Tränen in mir hoch. Doch ich schüttelte den Kopf. Ich wollte kein Geld von ihm. Nicht von Károly. Zu sehr schämte ich mich für die unrechtmäßigen Geschäfte, die Heinrich und ich betrieben. Ich hatte Angst, große Angst, dass Károly mich verachten würde.

»Das ist lieb von dir, aber wir kommen zurecht. Ich möchte kein Geld von dir annehmen. Bitte versteh mich.« Károly schaute mich prüfend an. »Sicher? Du weißt, du kannst es jederzeit haben.«

Diesmal streichelte ich seinen Arm. »Das weiß ich. Und es ist lieb von dir, aber ich will nicht.«Károly nickte.

Dann war ich an der Reihe und überhäufte ihn mit meinen Fragen. Ich hatte das Gefühl, dass wir uns eine Ewigkeit nicht mehr gesehen hatten, und brannte darauf zu erfahren, wie es ihm in der letzten Zeit ergangen war. Wir redeten und redeten. Es tat so gut, dass ich die Zeit völlig vergaß. Als wir schließlich aufbrachen, wurde es schon dunkel. Wir umarmten uns. Dann fiel mir etwas ein.

»Wo ist der Brief von Carola?« Károly fasste sich erschrocken an die Stirn. Dann griff er rasch in sein Sakko und holte den Brief hervor. »Den hätte ich fast vergessen.«

Wir verabschiedeten uns und ich umarmte Károly noch einmal. Ich versprach, ihm ganz bald zu schreiben und ihm meine neue Adresse in Berlin mitzuteilen. Er sagte, dass er noch zwei Tage im Hotel Adlon Unter den Linden verweile und dass ich ihn gerne noch einmal besuchen kommen könne.

Zu Hause riss ich den Brief sofort auf.

Liebste Mizzi, stand darin in schönster Schreibschrift.

Ich hoffe, dass dich dieser Brief erreicht. Ich habe ihn Károly mitgegeben, da mein letzter Brief an dich wieder zurückgekommen ist. Bist du umgezogen? Schreib mir doch bitte deine neue Adresse. Geht es dir gut?

Ich bin in großer Sorge. Mutter ist krank und ihr Zustand wird von Tag zu Tag schlechter. Die Ärzte sagen, sie habe die Schwindsucht, und behandeln sie mit allerlei Medikamenten. Mutter ist sehr schwach und liegt fast nur noch im Bett. Sie hat leichtes Fieber und hustet viel. Jede Nacht mache ich ihr Wadenwickel. Sie schwitzt so sehr, dass wir fast täglich die Betttücher tauschen müssen. Maria stöhnt ab und zu über die Wäscheberge. Sie ist ja auch nicht mehr die Jüngste.

Sie kocht Mutter leckere Suppen, doch Mutter isst nur wenig. Sie sieht noch dünner aus als zuvor. Ich hoffe, dass es bald besser wird. Sie bereitet mir viel Sorge.

Vater meidet ihr Zimmer und zieht sich zurück. Als er von ihrem Husten und den Beschwerden hörte, sah ich, wie schockiert er war. Vielleicht musste er an Richard denken und seinen schlimmen Husten. Doch der Arzt hat mir Mut gemacht. Er glaubt, dass es Mutter bald wieder besser geht, wenn sie weiter ihre Medizin nimmt.

Du fehlst mir sehr. Gisela kümmert sich um ihre Arbeit als Lehrerin und hat mir zu verstehen gegeben, dass sie bereits die Familie unterstütze, ich aber bisher nicht viel dazu beigetragen habe. Vielleicht hat sie recht und es ist mein Los, mich um Mutter zu kümmern, bis es nicht mehr geht. Was soll ich sonst auch machen?

Mizzi, Liebes, ich will nicht jammern. Doch du fehlst mir ganz schrecklich und ich frage mich oft, ob das Leben noch etwas für mich bereithält. Jetzt bist du schon zum zweiten Mal verheiratet und bestimmt eine wunderbare Ehefrau.

Wie gerne würde ich dich mal in Berlin besuchen kommen, um einzutauchen in dein buntes, aufregendes Leben. Ich bin so stolz auf dich, dass du es geschafft hast, hier herauszukommen und tatsächlich Künstlerin zu werden. Ich denke viel an dich.

Fühl dich fest umarmt von deiner Carola

Ich ließ den Brief fallen. Reglos starrte ich auf den Teppichboden. Nur dumpf nahm ich wahr, dass die Türglocke läutete. Ich hörte Alma im Flur sprechen. Dann führte sie Ilse herein, die noch nie zuvor in unserer Wohnung gewesen war. Ich schaute sie überrascht an.

»Entschuldige, dass ich dich so überfalle, aber ...« Sie hielt inne und blickte mich sorgenvoll an. »Kindchen, ist was mit dir? Du siehst furchtbar aus.«

Heinrich betrat den Raum. Er war adrett gekleidet in einen weißen Anzug, was etwas merkwürdig wirkte in dieser Jahreszeit. Den weißen Zylinder hatte er immer noch auf seinem Kopf. Es kam mir vor, als stünde ich mitten in einem Theaterstück.

»Was machst du hier?«, fragte er, als er Ilse sah.

Doch er war nicht unfreundlich, eher interessiert. Er lehnte sich lässig an die Wand. Sein Blick war verschwommen. Hatte er getrunken?

»Haben die Damen Lust auf Champagner?«

»Gibt es etwas zu feiern?«, fragte Ilse und lächelte.

Offenbar war sie froh, dass er nicht wütend auf sie war, weil sie ungeladen hier erschienen war.

Ich wusste, was Heinrich feiern wollte, und konnte es nicht fassen. Er war erneut auf der Pferderennbahn gewesen, obwohl er geschworen hatte, in nächster Zeit die Hände von unserem letzten Ersparten zu lassen. Offenbar hatte er heute einen guten Lauf gehabt. Ich wurde wütend und spürte, wie mein Herz zu klopfen anfing. Es pochte so stark, dass ich es bis in die Schläfen fühlen konnte. Ich fasste mir an die Stirn und rieb sie. Das Ganze wurde mir zu viel.

Ilse sah mich erschrocken an. »Kindchen, du machst mir wirklich Sorgen. Hast du Kopfweh?«

Ich versuchte ein Lächeln. »Hauptsache dir und deinem Knie geht es wieder gut«, flüsterte ich.

Ilse sah mich verwundert an. Heinrich meldete sich zu Wort: »Dann vielleicht lieber ein anderes Mal. Ich glaube, es ist besser, ich lasse euch Damen mal allein. Wollte ohnehin noch zu August. Mich für die Hilfe beim Umzug bedanken.«

Er drehte sich um und verschwand. Vermutlich in die Kneipe. Ich schnaufte.

»Lass ihm seinen Spaß. Ist doch schön, wenn er so viel Erfolg hat. Er ist so ein tüchtiger Junge und ...«

»Er ist ein verdammter Spieler!«, zischte ich. Ich wurde immer wütender. »Und ein Betrüger und Lügner. Erfolgreich? Dass ich nicht lache. Er verspricht Menschen Wohnungen und Häuser, die es gar nicht gibt, blendet sie und zieht ihnen das Geld aus der Tasche. Mir auch. Und dann verspielt er es auf der Rennbahn. Sehr tüchtig.«

Ich schlug mir erschrocken auf den Mund. So viel

hatte ich nicht sagen wollen, es war einfach aus mir herausgesprudelt. Ich schaute Ilse erschrocken an. Doch die stand ganz ruhig da. Ihre Augen waren plötzlich kalt, kein Zucken ging über ihr Gesicht.

»Natürlich tut er das, Schätzchen. Das ist sein Beruf. Und haben es die anderen nicht auch ein bisschen verdient, die eingebildeten, feinen Pinkel?« Ihre Stimme wurde eisig. »Sei nicht dumm. Davon zahlt er euch ein schönes Leben. Ihr passt doch gut zusammen - du öffnest ihm die Welt der Reichen, er finanziert deine Malerei. So einfach ist das.«

Ich starrte sie an. Ich konnte kein Wort über die Lippen bringen.

»Was ist? Verträgst du die Wahrheit nicht? Hast du geglaubt, ich wüsste davon nichts?« Sie lachte trocken auf. »Wir wollen doch alle nur das Schöne sehen. Die Reichen wünschen sich tolle Häuser, du sehnst dich danach, eine berühmte Künstlerin zu sein, und ich sehe in meinem Jungen einen tüchtigen Geschäftsmann, der auch seine arme Mutter nicht vergessen hat.« Sie atmete tief ein und lächelte kühl. »Du steckst da mit drin, Schätzchen, also spiel das Spielchen weiter. Sonst war es das mit dem Leben als berühmte Künstlerin.«

Ilse versuchte mich am Arm zu berühren, doch ich stieß ihre Hand weg.

»Ich bin keine Betrügerin«, sagte ich leise. »Ich bin Künstlerin.« Ich atmete tief ein. »Und du betrittst nie wieder meine Wohnung.«

KAPITEL FÜNFZEHN

Im Zentrum Berlins, einen Tag später

Károly sagte kein Wort. Wir saßen in der Lobby des Hotel Adlon und ich nippte an meinem Kaffee. Er war kalt geworden, so lange hatte ich gesprochen. Károly hatte mich kein einziges Mal unterbrochen, als ich ihm in allen Details von Heinrich, seinen Geschäften und unserer unausgesprochenen Abmachung erzählt hatte.

Nun war alles raus. Ich schaute ihn ängstlich an. Er schien sehr nachdenklich zu sein. Ob er mich verachtete? Würde er gleich wütend aufstehen, sich umdrehen und verschwinden?

»Du musst ihn verlassen. Sofort.«

Ich schaute ihn überrascht an. »Ja, das will ich. Aber ich stecke da mit drin. Wenn ich ihn verlasse, sorgt er dafür, dass ich auffliege. Dann habe ich nichts mehr und lande im Gefängnis.« Károly blickte auf seine Tasse.

»Nein, das glaube ich nicht«, sagte er bestimmt. »Wenn er dich verrät, fliegt ihr beide auf. Und das ist nicht in seinem Sinne. Er ist ein Geschäftsmann. Da schädigt er sich nicht selbst. Aber wir brauchen ein Druckmittel, damit er in die Scheidung einwilligt.«

Ich saß still da und starrte geradeaus. Scheidung - ja, darauf lief es wohl hinaus. Obwohl mir diese Logik klar war, hatte ich einen Kloß im Hals. Ich wusste, dass Heinrich ein Betrüger und Hallodri war, aber wir hatten auch viele schöne Tage miteinander gehabt. Tage ohne Geldsorgen, ohne Umzüge und Flucht. Er hatte mich immer wieder zum Lachen gebracht. Doch jetzt war er zu weit gegangen und riss mich mit in einen Abgrund, aus dem ich nie wieder würde aufsteigen können.

»Weißt du was? Ich habe eine Idee. Aber erst einmal gehst du zu einem guten Scheidungsanwalt. Ich kenne da zufällig einen«, riss mich Károly aus meinen Gedanken.

Ich musste unwillkürlich lächeln. »Wieso kennst du denn einen Scheidungsanwalt? Du warst doch noch nicht einmal verheiratet.«

»Das nicht«, antwortete er zögerlich. »Aber ich hatte das Vergnügen mit einem jungen Fräulein. Wir haben uns bei einem Konzert kennengelernt. Ein bildschönes, blutjunges Mädchen. Sie stand kurz vor ihrer Eheschließung. Zehn Tage vor der Hochzeit hat uns ihr Vater erwischt, als wir Zärtlichkeiten miteinander austauschten. Er hat getobt und wollte mich ins Gefängnis bringen. Da musste ich mir einen Anwalt suchen«, fügte er leise hinzu.

Ich sah ihn streng an und zog meine Stirn in Falten. Was er da sagte, stimmte mich nicht besonders glücklich. »Károly, warum hast du das Mädchen denn nicht geheiratet? Du bist doch ein ehrenwerter Mann. Und wenn du sie liebst ...«Károly lachte trocken auf und fuhr sich ungelenk durchs Haar. »Ehrenwert in geschäftlichen Dingen vielleicht«, sagte er leise und wich meinem Blick aus. »Doch wirklich zu lieben bin ich nicht imstande. Ich fühle mich nicht bereit für eine Familie. Ich liebe das Abenteuer. Heiraten kommt für mich nicht infrage.«

Ich wollte ihn gerade tadeln, als er seine Hand hob und mir damit ein Zeichen gab, dass ich still sein sollte.

»Lass gut sein, Schwägerinchen. Ich weiß, dass das ein Unding ist, aber ich kann nicht anders. Das ist meine Schwäche.«

Er räusperte sich. Ich überlegte, etwas zu erwidern, verkniff es mir dann aber.

»Und nun kümmern wir uns erst einmal um dich, damit du möglichst schnell aus dieser misslichen Lage wieder herauskommst«, sagte Károly. »Ich werde gleich zum Telegrafenamt gehen und meinem Anwalt die Lage schildern. Mal sehen, was er sagt.« Dann hielt er inne. »Was willst du jetzt machen?«, fragte er.

Ich zuckte mit den Schultern.

»Warum reist du nicht übermorgen mit mir nach Wien?«

Ich zögerte. »Ich kann nicht alles sang- und klanglos zurücklassen. Meine Staffeleien, Bilder, Farben, meine Möbel und Erinnerungen.« Ich seufzte tief. »Und Carola braucht mich. Ich muss nach Graz.«

»Dann benötigen wir einen anderen Plan«, sagte Károly. »Lass mir einen Tag Bedenkzeit. Mir fällt etwas ein.«

Mit diesen Worten stand er auf und gab mir einen angedeuteten Handkuss.

»Vertrau mir. Alles wird gut«, sagte er und lächelte.

Und ich wusste, dass er recht behalten würde.

Zu Hause angekommen, stieß ich fast mit Heinrich zusammen, als ich unsere Stube betrat.

»Liebling! Ich habe mir schon Sorgen gemacht. Wo warst du?«

Ohne ihm eine Antwort zu geben, blickte ich mich um. Ich sah, dass er erneut dabei war, Umzugskartons zu packen.

»Wir ziehen um?«, fragte ich ruhig.

»Ja, weißt du ...«, druckste Heinrich. »Das Geld ist knapp geworden, wir haben Schulden und ich muss sie zurückzahlen. Aber mir ist eine wunderbare, hübsche kleine Wohnung in Spandau über den Weg gelaufen. Gar nicht so weit von Ilse entfernt. Ich weiß, sie wird dir gefallen und ...«

»Wann müssen wir hier raus sein?«, unterbrach ich ihn. Eine sonderbare Ruhe ging durch mich.

»In vier Wochen, Ende September«, sagte er leise.

Ich blickte ihm direkt in die Augen. »Ich komme nicht mit. Du wirst ausziehen, ich gehe zurück nach Graz.«

Heinrich starrte mich fassungslos an. »Was? Wie meinst du das? Willst du mich verlassen?« Er war sichtlich erschüttert.

»Ja«, sagte ich knapp und lief an ihm vorbei Richtung Bad, um mich frisch zu machen.

Heinrich spurtete mir hinterher und hielt mich im Flur am Arm fest.

»Warum tust du das, Mizzi? Wir lieben uns doch!«

Er bekam fast einen jammernden Ton. Ich schaute ihn an. Wo war der lebenslustige, von sich überzeugte, humorvolle junge Mann geblieben, den ich einst geheiratet hatte?

»Ja, das weiß ich. Aber du liebst auch das Glücksspiel. Und das wird dir einmal das Genick brechen. Ich will so nicht weiterleben. Dafür ist meine Liebe nicht stark genug.«

Jetzt füllten sich seine Augen mit Tränen. Tränen eines Ertrinkenden.

»Mizzi, nicht ...«, flüsterte er mit erstickter Stimme.

»Ich werde Ende des Monats zurück nach Graz gehen zu meiner Familie. Und ich werde die Scheidung einreichen. Du kannst mich nicht aufhalten. Dazu liebe ich mich und mein Leben zu sehr«, sagte ich kurz, drehte mich um und schloss die Badezimmertür.

Ich hörte noch, wie Heinrich die Haustür hinter sich zuwarf, und lehnte meinen Kopf an den Türrahmen. Ich fühlte mich elend, aber ich wusste, dass es richtig war. Ich würde Heinrich nicht retten können.

Erst am nächsten Morgen kam Heinrich zurück. Sein Gesicht war aschfahl, seine Kleidung roch nach Kneipe. Er hatte getrunken. Mürrisch ließ er sich auf einen Stuhl fallen und rief laut nach Alma.

»Kaffee! Kriegt man denn in diesem Hause nicht einmal etwas zu trinken?«

Ich ging auf ihn zu. »Getrunken hast du ja schon einiges«, sagte ich.

Heinrich schaute mich nicht an.

Ich fing an, die Bücher in die geöffneten Umzugskisten zu räumen. Heinrich sprang auf und packte meinen Arm.

»Du gehst nirgendwohin. Ich liebe dich und wir gehören zusammen. Niemals werde ich in eine Scheidung einwilligen«, sagte er und schaute mir in die Augen. Sein Blick war entschlossen.

Da trat Károly ins Zimmer. Er war vor einer Stunde gekommen, um mir von der Korrespondenz mit seinem Anwalt zu berichten. Vor wenigen Minuten hatte er sich aufs stille Örtchen verzogen, jetzt stand er wieder in der Stube und ging einen Schritt auf Heinrich zu.

»Guten Tag, Heinrich. Vielleicht kann ich dir ein Angebot machen, das dich umstimmt«, sagte er ruhig.

Heinrich starrte ihn an, als wäre gerade ein Elefant in den Raum gekommen. Bevor er etwas sagen konnte, sprach Károly weiter.

»Wir haben uns seit deiner Hochzeit nicht mehr gesehen, Heinrich. Aber ich habe gehört, dass du dich mit Pferden gut auskennst, dass dir nur leider derzeit die Mittel fehlen, um aus deinem Wissen Kapital zu schlagen. Nun, vielleicht kann ich dir ja helfen.«

Heinrich sah Károly argwöhnisch an. »Was machst du hier und wie willst du mir denn helfen?«, knurrte er.

»Ich gebe dir dreihundert Reichsmark als neues Startkapital.«

Eine Pause trat ein. Heinrich starrte ihn an. Auch ich hielt die Luft an. Dreihundert Reichsmark waren ein kleines Vermögen.

»Dreihundert Reichsmark, mit denen du machen kannst, was du willst. Die du mit ein bisschen Geschick verdoppeln oder verdreifachen kannst. Ich hörte, dass bald neue Pferde an den Start gehen, junge Heißblüter. Da lohnt sich doch das kleine Risiko«, fügte Károly lächelnd hinzu.

Heinrich sagte kein Wort, nicht die kleinste Reaktion war seinem Gesicht abzulesen. Károly wartete kurz, dann sprach er weiter.

»Du fragst dich jetzt, warum ich dir so viel Geld schenken sollte. Und du hast recht, es gibt eine Bedingung.« Er machte erneut eine kurze Pause. »Du unterschreibst ein Papier, dass du die Scheidung verlangst, weil Mizzi dir in eurer Ehe keine Kinder geschenkt hat. Du erklärst, dass du damit nicht leben kannst. In ein bis drei Jahren seid ihr dann offiziell geschieden.«

Keiner sagte ein Wort. Dann brach es aus Heinrich hervor: »Raus aus meinem Haus!«, brüllte er. »Ich soll Mizzi für dreihundert Reichsmark verkaufen? Niemals, hörst du, niemals werde ich mich von Mizzi scheiden lassen!«Károly nickte und rieb sich das Kinn. »Ich verstehe deine Wut«, sagte er langsam. »Aber so ein Angebot kommt nie wieder.«

»Raus!«, brüllte Heinrich erneut und streckte seine Hand Richtung Ausgang. Károly griff sich Stock und Hut, die er auf einem unserer Sessel liegen hatte, nickte kurz und verabschiedete sich mit einem Winken.

Als er sich schon zur Tür gewandt hatte, drehte er sich noch einmal um.

»Das Angebot steht, Heinrich. Bis morgen Abend acht Uhr. Dann fahre ich zurück nach Wien. Du findest mich im Hotel Adlon.«

Als er gegangen war, lief ich schnurstracks in unser Schlafzimmer. Ich wollte allein sein und hörte, wie Heinrich unsere Wohnung wieder verließ.

Heinrich kam erst am darauffolgenden Nachmittag nach Hause. Er würdigte mich keines Blickes, verbarrikadierte sich im Badezimmer und ließ sich die Wanne ein.

Ich setzte meinen großen Sonnenhut auf und machte mich bereit für einen ausgiebigen Spaziergang. Ich war ein letztes Mal mit Károly verabredet. Wir wollten noch ein bisschen auf dem Ku´damm flanieren gehen und im Café des Westens einen Kaffee trinken. Anschließend hatte ich vor, ihn zu verabschieden. Sein Zug sollte am nächsten Morgen bereits um 5 Uhr 30 gehen, deshalb wollte er früh schlafen.

Die warme Sommerluft tat mir gut. Es war immer noch wunderbar warm, ich hörte das Zwitschern der Vögel und Kinder, die hüpfend und lachend durch die Straßen sprangen. Doch lächeln konnte ich nicht. Mein Herz schmerzte, als wäre es in einer Faust eingeschlossen. Es hämmerte – genau wie die vielen Gedanken in meinem Kopf, die nicht zur Ruhe kommen wollten. Ich würde Heinrich verlassen, so viel stand fest. Doch würde er mich wirklich gehen lassen? Würde er sich auf das Spiel von Károly einlassen und in eine Scheidung einwilligen? Károly wartete bereits vor dem Kaufhaus des Westens auf mich. Er bot mir seinen Arm an und ich hakte mich bei ihm ein. Dann liefen wir munter plaudernd das Trottoir entlang und ich ließ mich treiben von den vielen Menschen und der warmen Sonne in meinem

Gesicht. Als wir uns am Abend voneinander verabschiedeten, überreichte ich ihm in seinem Hotelzimmer ein kleines, selbst gemaltes Porträt.

»Bin ich das? Ja, ich erkenne mich.« Er lachte. »Vielen Dank, liebes Schwägerinchen. Es ist wunderschön. Aber was wirst du jetzt tun?«

Ich lächelte ihn an und schaute auf die Uhr an seiner Wand. Es war 20 Uhr 24.

»Nun, da Heinrich dein Angebot nicht angenommen hat, werde ich erst einmal nach Graz gehen. Vielleicht kann ich ihn in einem Jahr, das wir getrennt voneinander verbracht haben, von einer Scheidung überzeugen.« Károly schnalzte mit der Zunge. »Dann wünsche ich dir Glück.«

»Danke«, sagte ich und nahm ihn in den Arm.

Irgendwie war ich froh, dass Heinrich nicht auf sein Angebot eingegangen war. Offenbar steckte doch noch ein Funke Anstand in ihm. Ihn verlassen musste und wollte ich dennoch.

Ich schickte mich an zu gehen, als es laut an der Zimmertür klopfte. Károly und ich sahen uns an, und er wies mich an, mich hinter der Tür zu verstecken, was ich auch tat. Dann öffnete Károly.

»Heinrich«, sagte er und klang dabei fast ein bisschen überrascht.

»Vierhundert«, sagte dieser barsch. »Und keine Mark weniger. Wo muss ich unterschreiben?«

KAPITEL SECHZEHN

Berlin, 5. Mai 1913

Ich stand am Berliner Hauptbahnhof und schaute mich noch einmal um. Ich war froh, dass das Warten endlich ein Ende hatte. Die letzten Tage hatten Alma und ich im Hotel verbracht, schließlich mussten wir aus unserer Wohnung am Tiergarten ausziehen. Károly hatte mir Geld geschickt. Er hatte sich auch aus der Ferne um meinen Umzug gekümmert. Heinrich hatte seine Habseligkeiten abgeholt, als ich nicht zu Hause gewesen war. So war es besser.

Als nun endlich unser Zug nach Graz auf Gleis sieben laut schnaufend zum Stehen kam und alle ankommenden Passagiere ausgestiegen waren, drängte mich Alma, endlich einzusteigen. Sie war schrecklich aufgeregt.

Doch ich konnte nicht. Ich brauchte noch eine

Minute, um Abschied zu nehmen. Abschied von Berlin, dieser wunderbaren, stets wachen Stadt, wo das Leben pulsierte und alles erlaubt war. Doch auch Abschied von meinem Leben mit Heinrich. Abschied von einer Zeit des Aufruhrs, des Neuen, des Unerwarteten, aber auch der Enttäuschungen, Lügen und der Geldsorgen. Abschied von meinem Einstieg als Künstlerin, denn ob ich im biederen Graz als Künstlerin würde weitermachen können, war mehr als ungewiss. Graz war nicht Wien und schon gar nicht Berlin. Wie würde es werden, wenn ich nach so vielen Jahren zurückkehrte? Noch einmal schaute ich dem Treiben auf dem Gleis zu, sah, wie gut gekleidete Damen und Herren, Gepäckträger, Hunde und Kinder über den Bahnsteig liefen. Die Sonne schien durch die Rundbogenfenster und tauchte den Bahnhof in ein sommerliches, fast unwirkliches Licht. Ich atmete tief ein, dann stieg ich die drei Stufen hinauf in unser Abteil. Leb wohl, Berlin!

Die Lok pfiff und ein paar Minuten später setzte sich unser Zug schwerfällig in Bewegung. Wir rollten in eine ungewisse Zukunft. Ich hatte Carola geschrieben, dass ich mich von Heinrich scheiden lassen wollte und Berlin verlassen würde. Ich hatte ihr mitgeteilt, dass ich erst einmal zurück nach Hause kommen würde. Carola war außer sich vor Freude und hatte geantwortet, dass sie mir unser altes Kinderzimmer richten werde. Ich freute mich auf sie, obwohl mich ein ungutes Gefühl beschlich, wenn ich an meinen Vater und meine kranke Mutter dachte.

Alma hatte ihre Schwester kontaktiert und ihr gesagt, dass sie nach Graz umziehen werde. Sie hatte sie seit drei Jahren nicht mehr gesehen. Ihre Schwester lebte in Wien. Im Winter wollte sie sie besuchen fahren. Ich hatte Carola gefragt, ob Alma in unserem Elternhaus aushelfen könne für den Übergang, und Carola hatte geantwortet, dass sie um jede Hilfe dankbar sei. Maria sei doch mittlerweile sehr alt und langsam geworden.

Als wir in Graz ankamen, schlug mein Herz schneller. Wie lange schon war ich nicht hier gewesen? Über die Herrengasse gebummelt oder durch den Stadtpark, mit Schlittschuhen übers Eis geglitten oder hatte mich im Sommer weit über das Geländer gelehnt, fasziniert davon, dass die Mur wie ein reißender Strom ins Tal hinunterrauschte und alle Gehölze mit sich riss, die wackelig am Ufer standen. Ich lächelte. Viele Kindheits-erinnerungen stiegen plötzlich in mir auf. Dann versuchte ich mich zu rekeln. Das lange Sitzen und der wenige Schlaf hatten mich etwas steif gemacht.

»Schön, wieder zu Hause zu sein?«, fragte mich Alma, die mich offenbar beobachtet hatte.

»Ja, schon«, flüsterte ich. »Graz war so weit weg und jetzt ist es zum Anfassen nah.«

Als wir ausstiegen, schaute ich mich nach Carola und Mutter und Vater um, doch ich konnte sie nirgends entdecken. Ein Junge kam auf uns zu und fragte, ob er unsere Koffer auf Gepäckwagen verladen solle. Ich steckte ihm ein paar Münzen zu, und so lief er mit unserem Gepäck wie ein Hund hinter uns her. Langsam leerte sich das Gleis. Wir gingen in die Vorhalle. Ich konnte mir nicht erklären, warum niemand aus meiner Familie gekommen war. Hatte ich Carola etwa eine falsche Ankunftszeit oder womöglich einen anderen Tag mitgeteilt? Wir traten aus dem Bahnhofsgebäude und ich blinzelte ins helle Sonnenlicht. Da sah ich die Kutsche meines Vaters stehen. Ich lächelte und winkte aufgeregt, obwohl ich außer einem Wagenlenker niemanden erkennen konnte. Schon lange liebäugelte Vater mit einem der Automobile, die die Pferdedroschken zusehends von den Straßen vertrieben. Doch so ganz traute er diesen »neumodischen Kutschen« noch nicht.

Schnell lenkte ich Alma und den Jungen zum Fiaker. Der Kutscher stieg ab und half, die Koffer zu verladen. Mit klopfendem Herzen öffnete ich die Tür. Doch statt Carola oder meiner Eltern saß mir jemand anderes gegenüber: Gisela.

»Beeil dich. Was trödelst du so lange herum? Ich muss noch Hausaufgaben korrigieren und habe nicht den ganzen Tag zur Verfügung«, raunzte sie mich an.

»Dir auch ein freundliches Guten Tag und schön, dich mal wieder zu sehen«, entgegnete ich.

Gisela verdrehte nur die Augen. Dann sah sie zu Alma.

»Soll sie mit uns in der Droschke fahren? Warum setzt sie sich nicht neben den Kutscher nach vorne?«

Wut stieg in mir auf. »Nein, Alma sitzt bei mir. Sie ist meine Hausdame.«

Gisela sagte nichts. Dann liefen die Pferde los. Ich schaute hinaus. Wo war Carola? Warum war sie nicht hier? Als hätte sie meine Gedanken gehört, ergriff Gisela erneut das Wort.

»Carola konnte nicht kommen. Mutter geht es heute nicht besonders gut und sie brauchte noch ein paar kalte Wickel und Tücher. Mutter ist sehr schwach.«

»Und Vater?«

»Vater? Soll er dich etwa abholen? Der hat weiß Gott Besseres zu tun«, sagte Gisela schnippisch.

»Was denn?«

Sie überging meine Frage und sprach einfach weiter. »Deine Möbel sind noch nicht da. Sie werden wohl in den nächsten Wochen geliefert. Hast du dir schon überlegt, wo du bleiben wirst? Du willst ja hoffentlich nicht ewig bei Vater und Mutter unterschlüpfen.«

»Wohl nicht«, murmelte ich.

Eine Pause entstand. Am liebsten wäre ich aus der Kutsche gesprungen und alleine weitergelaufen.

»Und wie ergeht es dir als Lehrerin?«, fragte ich gereizt.

Gisela schaute mich verwundert an. »Das hat dich doch noch nie interessiert. Also tu bitte nicht so, als ginge dich mein Leben etwas an. Ich komme gut zurecht.«

Sie schaute aus dem Fenster. Wir schwiegen eine Weile. Dann wandte sie sich wieder mir zu.

»Ich liege Vater und Mutter auf jeden Fall nicht mehr auf der Tasche. Oder schlüpfe bei ihnen in ein gemachtes Nest. Dass du dich nicht schämst.«

Ich schwieg. Ich spürte, wie scharfer Magensaft meine Kehle emporstieg, sodass mein Hals brannte.

»Aber wie es scheint, bleibst du ja ohnehin nicht lange an einem Ort. Oder bei einem Mann. Reicht denn dein Erbe noch, um dich auch mal ohne Mann über Wasser zu halten? Ansonsten kann ich dich vielleicht als Sekretärin in der französischen Schule unterbringen«, sagte Gisela.

Mein Magen zog sich schmerzhaft zusammen.

»Danke, du musst dich nicht um mich kümmern«, presste ich zwischen meinen Zähnen hervor.

»Das sieht man. Kriegst ja dein Leben gut selbst in den Griff, was? Armer Vater. Du machst ihm nur Kummer.«

Erneut trat eine Pause ein. Dann beugte sich Gisela ein Stück zu mir vor. Ihre Stimme klang jetzt leise und bedrohlich.

»Werde bloß nicht zu bequem. Sollte ich mitbekommen, dass du auf der faulen Haut liegst und das brave, reumütige Töchterchen spielst, mach ich dir das Leben zur Hölle. Das verspreche ich dir.«

Ich schaute sie eindringlich an. Wie konnte ein Mensch nur so hassen?

Dann kam die Kutsche zum Stehen. Wir stiegen aus. Draußen wartete schon Carola auf mich. Wir fielen uns in die Arme. Sie hatte Tränen in den Augen und lachte und lachte. Mir war das Lachen leider vergangen.

Wir umarmten uns lange. Dann stiegen wir die Treppen hoch in das Haus meiner Jugend. Als ich mein altes Elternhaus betrat, hielt ich einen kurzen Moment inne. Es war, als wäre die Zeit stehen geblieben. Ich atmete den vertrauten Geruch von poliertem Holz, staubigen Perserteppichen und einen zarten, nahrhaften Bratenduft, der mich lächeln ließ. Maria hatte mit Sicherheit ein leckeres Essen vorbereitet.

Langsam ging ich in Richtung Stube. Als ich die dunkle Holztür vorsichtig aufschob, sah ich Vater in seinem dunkelgrünen Lehnsessel sitzen, in eine Zeitung versunken. Er blickte nicht auf.

Ich hüstelte. »Guten Tag, Vater.«

Kurz hob er den Kopf, dann ging sein Blick wieder zur Zeitung. Er sagte nichts. Ich räusperte mich erneut.

»Ich bin gerade mit dem Zug angekommen und ...«

»Zieht es dich auch mal wieder nach Hause?«, unterbrach er mich brüsk.

Er blätterte um. Ich schwieg.

»Hast es bei deinem Heinrich nicht länger ausgehalten, was? Ich habe es ja gesagt. Aber gehört hast du noch nie.«

Dann schwieg er. Und ich auch.

Als ich mich nicht rührte, schaute er auf.

»Was ist? Was stehst du da herum? Geh auf dein Zimmer. Ich glaube, Carola hat dir eines hergerichtet. Auf Besuch sind wir nicht mehr vorbereitet.«

Ich drehte mich um und ging.

Tränen stiegen in mir auf, doch ich schluckte sie herunter. Er war alt geworden, mein Vater. Seine Haare waren dünner, die große kahle Stelle größer. Seine Augen hatten den Glanz verloren, auch seine Gestalt wirkte schmächtiger. Er war ein strenger, verbiesterter alter Mann.

Ich stieg die Treppe hoch und hielt vor dem Schlafgemach meiner Mutter an. Leise klopfte ich an die Tür. Als ich nichts hörte, öffnete ich sie vorsichtig. Ich sah meine Mutter im Bett liegen. Sie schlief. Auch ihr Haar war feiner geworden. Ihre Augenlider waren geschlossen. Ich betrachtete sie. Sie sah noch zerbrechlicher aus als sonst, ihre Wangen waren eingefallen, ihre Haut kreideweiß. Trotzdem hatte sie von ihrer Schönheit nichts verloren. Als ich mich gerade zum Gehen wenden wollte, hörte ich ein leises Flüstern.

»Maria«, hauchte sie und ihre Augenlider flatterten.

»Schön, dass du da bist.«

Schnell trat ich ans Bett und küsste ihre Hand. Sie versuchte ein Lächeln. Dann hustete sie.

»Schick mir Carola«, sagte sie.

Ich stolperte die Treppe hinunter und stieß fast mit Maria zusammen.

»Mizzi«, rief sie jubelnd und streckte die Arme nach mir aus.

»Mein kleinerrrr Wildfang.«

Sie umarmte mich fest und ich strahlte. Sie war viel dicker geworden, sodass ich mit meinen Armen kaum um sie herumkam. Auch erschien sie mir kleiner als sonst.

»Ich frrrrreue mich so!«, jubilierte sie.

»Ich mich auch, Maria, und wie«, sagte ich. »Aber jetzt muss ich Carola suchen. Mutter ruft nach ihr.«

»Die arme Carola«, raunte mir Maria zu. »Tag ein, Tag aus spielt sie die Krankenschwester. Das ist nicht gesund für das Kind. Sie muss endlich einen Mann finden. Wenn sie hierbleibt, geht sie irgendwann vor Kummer ein.«

Aus dem Augenwinkel sah ich, wie mein Vater unten an die Treppe trat.

»Was steht ihr da unnütz herum? Maria, hast du nicht Koffer auszupacken? Und das Essen fertig zu machen? Ich habe Hunger. Und du, Maria von Axster, hilfst ihr gefälligst dabei.«

Ich drehte mich Maria zu. »Ich suche Carola einen Mann«, sagte ich und zwinkerte ihr zu. Dann blickte ich zornig meinen Vater an. »Und mir eine eigene Wohnung.«

KAPITEL SIEBZEHN

Graz, immer noch der 5. Mai 1913

Ich saß auf meinem Bett und blickte mich um. Mein Koffer stand unangetastet neben dem Bett. Ich hatte keine Lust, ihn auszupacken. Seit ich gegangen war, hatte sich in meinem alten Kinderzimmer nichts verändert. Mein Bett auf der linken Seite war frisch bezogen, es roch nach frischer Wäsche und Staub. Die hellgelbe Tapete tauchte das Zimmer in ein warmes Licht, doch die dunklen Holzmöbel aus Mahagoni schluckten auch viel. Besonders der große breite Holzschrank, in dem wir uns als Kinder so gerne versteckt hatten, wirkte bedrohlich. Auf der rechten Seite stand immer noch Carolas Bett. Es war geblieben, obwohl Carola längst ins oberste Stockwerk gezogen war. Dort hatte auch Maria ihr Schlafgemach. Was hatte Maria über Carola gesagt? Sie lebe hier wie eine Krankenschwester. Und bekam nun auch die Räume einer Dienstmagd? Das musste sich ändern. Carola war schon fünfunddreißig Jahre alt. Erste Fältchen zeigten sich in ihrem Gesicht und auch ein paar graue Härchen waren am Haaransatz zu sehen. Warum war sie hiergeblieben? Warum hatte sie es nie aus ihrem Elternhaus geschafft?

Ich seufzte. Hatte ich es besser angestellt? Ich hatte es zwar hier raus geschafft, doch nun war ich zurück. Zurück in der Vergangenheit, zurück in dem Haus, das ich als Kind so gehasst hatte. Ich war wieder die Tochter, die verlorene Tochter, die reumütig heimgekehrt war. Ich hatte mich einzureihen. Doch was sollte meine Zukunft hier bringen? Ich seufzte wieder. War es die richtige Entscheidung gewesen, zurückzukehren? Wäre es nicht besser gewesen, nach Wien zu gehen? Dort hatte ich immerhin noch ein Haus. Ich hatte es – trotz unserer Geldsorgen – nie angerührt. Später hatte ich nicht mehr daran gedacht. Ob ich meinen Koffer überhaupt auspacken sollte? Was machte ich hier? Könnte ich in Graz überhaupt als Künstlerin arbeiten?

Plötzlich hörte ich laute Stimmen im Flur. Ich sprang auf, öffnete vorsichtig die Tür, schlich zum Treppengeländer und spähte nach unten. Carola und Gisela standen sich im Entree gegenüber. Beide hatten ihre Hände in die Hüften gestemmt und funkelten einander böse an.

»Worüber jammerst du? Hast eigene Schlafgemächer, täglich eine warme Mahlzeit und die Gesellschaft der Familie. Bist du dir plötzlich zu fein, Mutter zu pflegen?«, zeterte Gisela. Ihr Ton war schrill und laut.

»Ich pflege Mutter schon lange und war immer da für sie. Sie kann sich nicht beschweren, dass es ihr an irgendwas mangelt. Und sie ist auf einem guten Weg, ganz zu genesen. Doktor Hafner ist sehr zufrieden mit ihr. Ab morgen darf sie sogar wieder aufstehen. Da ist es doch wohl erlaubt, dass auch ich mich nach einer anderen Beschäftigung umsehe. Ich bin schließlich keine Krankenschwester«, entgegnete Carola mit leiser Stimme.

»Nach einer anderen Beschäftigung? Du weißt, dass auch Vater dich braucht. Er ist nicht mehr der Jüngste und sein Magen ist empfindlich geworden. Du musst dich jetzt um ihn kümmern. Das bist du ihm schuldig.«

Ich sah, wie Carola in sich zusammensackte. Ihre Arme hingen herab. Es wirkte, als hätte jemand plötzlich Carola die Energie genommen, als entwiche alle Kraft aus ihr.

»Und was heißt andere Beschäftigung? Du hast doch gar keine Ausbildung. Oder hast du studiert wie ich?«, redete Gisela weiter. Ihr Ton klang provozierend. »Und für einen Mann und Kinder ist es wohl auch zu spät. Also: Wenn du schon kein Geld verdienst, dann mach dich wenigstens nützlich. Mutter und Vater brauchen dich.«

»Warum pflegst du sie nicht?«, fragte ich laut und ging langsam die Treppe hinunter. Ich konnte dieser Auseinandersetzung nicht mehr tatenlos zusehen. »Hast dich hier ja auch noch nicht nützlich gemacht. Wenn du so besorgt bist um Vater und Mutter, dann zieh du doch hier ein und kümmere dich um sie.«

Giselas Kopf fuhr herum und ihr Blick schien mich zu durchbohren. Ich lächelte kühl.

»Wie ich weiß, gibst du nur zwanzig Stunden die Woche. Da bleibt doch genügend Zeit für anderes.«

»Schweig«, entgegnete Gisela gebieterisch. »Du weißt gar nichts. Tingelst durch die Welt und suchst dir Männer, die dich aushalten. Wann hast du je etwas für die Familie getan?« Sie machte eine Pause. »Und gelernt hast du auch nichts.«

»Ich bin Künstlerin. Natürlich habe ich etwas gelernt«, konterte ich. Ich spürte, wie ich immer wütender wurde.

»Künstlerin! Das ist doch kein Beruf!«, sagte Gisela höhnisch.

Da ging die Tür der Stube abrupt auf und Vater stand im Türrahmen. Eine dicke Rauchwolke kam mit ihm aus dem Zimmer geweht. Offenbar hatte er Besuch von ein paar Militärfreunden. Laut Carola saßen sie oft zusammen und debattierten über die politische Entwicklung im Land. Es waren unruhige Zeiten. Der Argwohn gegenüber Fremden wuchs. Und davon lebten viele in der Stadt.

»Was steht ihr hier unnütz herum und streitet euch wie die Waschweiber?«, fuhr er uns an.

»Entschuldige, Vater, wir wollten dich nicht stören, aber Carola ...«, sagte Gisela.

Er machte eine Handbewegung, die ihr gebot, still zu sein. »Ich will nichts hören. Macht euch gefälligst nützlich, wenn ihr schon keine eigenen Kinder habt, um die ihr euch kümmern könnt.«

Damit drehte er sich um und schob die Tür wieder hinter sich zu. Für einen kurzen Moment war es still.

»Habt ihr Vater nicht gehört?«, zischte Gisela. »Macht euch nützlich.«

Ich starrte sie an. »Carola ist keine Krankenschwester

und ich bin es auch nicht. Jeder hat das Recht, seinen eigenen Weg zu gehen.«

»Das ist eine interessante These«, hörte ich plötzlich eine Männerstimme.

Ich fuhr herum. Hinter mir stand ein Mann in Uniform und schob sich seinen Gürtel zurecht. Offenbar war er kurz austreten gewesen und gehörte zu Vaters Debattierzirkel.

»Gestatten, Karl Ludwig Kabelmann.« Er verbeugte sich.

Er war groß gewachsen und hager mit schwarzen Haaren, die erste graue Strähnchen durchzogen. Sein Gesicht hatte markante, hohe Wangenknochen. Auf seiner linken Wange war eine kleine Narbe zu sehen. Wie alt mochte er sein? Ende dreißig? Anfang vierzig? Er hatte einen Schnauzer mit gezwirbelten Enden. Seine Erscheinung sah sehr gepflegt aus. Er war nicht hübsch, aber er hatte eine starke Ausstrahlung, die anziehend und verstörend zugleich auf mich wirkte.

»Herr Kabelmann! Wie angenehm, Sie mal wieder zu treffen«, säuselte Gisela nun eine Tonlage höher.

Ich drehte meinen Kopf zu ihr und sah, wie ihre Augen leuchteten und sich ihre Wangen leicht rötlich färbten. Gefiel ihr dieser Kabelmann?

»Und wer sind Sie, junge Dame?«

Ich wandte mich zurück. Kabelmann war nahe an mich herangetreten und schaute mich auffordernd an.

»Maria von Axster«, sagte ich knapp. »Jüngster Spross und schwarzes Schaf der Familie.«

Ich hatte keine Lust, weiterhin hier zu stehen und zu plaudern, und wandte mich zum Gehen.

»Freut mich«, sagte Kabelmann. »Überhaupt hat es

mich gefreut, meine Damen. Was für ein Glück ihr Vater doch hat, drei so bildhübsche Töchter in seinem Haus zu wissen«, sagte er, bevor er die Tür zur Stube öffnete und darin verschwand.

»Wer war das?«, fragte ich, obwohl mich die Antwort gar nicht besonders interessierte.

»Ein Offizier, den Vater sehr schätzt. Vater spricht nur in den höchsten Tönen von ihm«, antwortete Carola.

»Mit Recht. Er ist ein kluger Kopf«, sagte Gisela.

»Magst du ihn?«, fragte ich Gisela grinsend, obwohl ich wusste, dass ihr als verbeamtete Lehrerin untersagt war zu heiraten. Wer nicht seine Stelle oder später das Ruhegeld verlieren wollte, hielt sich an das staatlich auferlegte Zölibat für Lehrerinnen.

»Red´ nicht so einen Unsinn. Ich schätze seine Ansichten. Und er teilt sicher nicht deine neumodischen Hirngespinste«, sagte sie schnippisch.

»Besser neumodisch als altklug«, entgegnete ich. »Carola, hilfst du mir beim Auspacken?«, fragte ich meine Schwester und schaute dabei weiter Gisela an.

Sie verzog die Lippen, drehte sich um und ging grußlos hinaus.

»Manchmal glaube ich, sie ist neidisch, dass ich immer noch bei den Eltern wohne«, sagte Carola, als wir die Treppe hochstiegen. »Auf der anderen Seite ist sie stolz auf das, was sie macht. Obwohl ich immer dachte, dass sie doch noch einmal von Französisch auf Mathematik umschwenken würde. Die Naturwissenschaften haben ihr immer mehr gelegen. Aber so kann sie Vater besser gefallen.«

»Und was willst du beruflich machen? Was meintest

du vorhin damit, etwas anderes arbeiten zu wollen?«, fragte ich.

Carola seufzte. »So richtig weiß ich das auch nicht. Aber wenn ich hier nur noch die Krankenschwester spiele, werde ich verrückt. So viel ist sicher.«

»Du brauchst einen Mann«, sagte ich knapp.

Carola lachte. »Ja, am besten backe ich mir einen.«

»Was ist mit diesem Kabelmann?«, fragte ich. »Ist doch ein fescher Kerl. Und Vaters Segen hättest du sofort.«

»Nicht mein Typ, danke. Ich mag die blonden Männer«, sagte meine Schwester lächelnd. »Außerdem hatte er doch nur Augen für dich. Hast du das nicht gesehen?«

Ich hörte gar nicht mehr, was sie sagte. Ich beschloss, Carola einen Mann zu suchen. Blond und liebenswürdig. Den hatte sie verdient. Dann könnte ich wieder nach Wien gehen und dort als Künstlerin arbeiten, und sie würde endlich glücklich werden. Ich lächelte. Dann begannen wir, meinen Koffer auszupacken.

Ich freute mich wie ein kleines Kind, als eine Woche später endlich meine Möbel ankamen. Alle großen Möbelstücke ließ ich in den Keller meiner Eltern bringen. Am Morgen hatte ich auch schon Carolas Bett hinuntertragen lassen. Mein Bett hatte ich ein Stück verschoben, sodass jetzt eine breite Fläche über Eck vor dem Fenster und an Carolas ehemaliger »Schlafwand« frei war. Hier wollte ich meine Staffeleien und meine

Farben aufstellen. Endlich, endlich konnte ich wieder arbeiten.

Carola half mir, alle Sachen an den richtigen Platz zu stellen. Es war zwar eng, aber fürs Erste ging es. Carola war in den letzten Tagen aufgeblüht – so schien es mir. Mutter ging es tatsächlich deutlich besser. Sie lag jetzt nur noch zum Mittagsschlaf und zur Nachtruhe im Bett und machte viele kurze Spaziergänge durch unseren riesigen Garten. Vater dagegen beklagte sich nun oft beim Essen über Magenschmerzen und ließ sich gerne einen Schnaps zum Verdauen servieren. Der Arzt verschrieb ihm etwas gegen Sodbrennen.

Als endlich alle Malsachen am richtigen Platz standen, drehte ich mich zu meiner Schwester um.

»Gehen wir heute aus? Wie wäre es mit Tanzen? Ich finde, wir haben uns nach dieser Arbeit eine Belohnung verdient.«

Carola schaute mich entgeistert an. Dann lachte sie und lachte und lachte. Es war ansteckend. Als wir uns endlich wieder beruhigen konnten, ergriff Carola als Erste wieder das Wort.

»Ausgegangen bin ich seit einer Ewigkeit nicht mehr! Und Tanzen würde mir sehr gefallen.« Ihre Augen strahlten.

»Na dann. Darf ich bitten, gnädige Frau?«

Ich forderte meine Schwester auf und wir drehten uns durch das Zimmer, bis wir lachend umkippten und auf dem Boden saßen. Plötzlich flog die Tür auf.

»Was macht ihr hier? Seid ihr von allen guten Geistern verlassen?«

Gisela stand in der Tür und schaute uns strafend an. Doch wir lachten weiter.

»Wir gehen tanzen heute Abend. Kommst du mit?«, fragte ich, obwohl ich ihre Antwort längst kannte.

»Tanzen? Gewiss nicht.« Sie rümpfte die Nase. »Und Carola bleibt auch hier. Vater braucht sie. Er liegt im Bett und hat fürchterliche Magenkrämpfe. Carola, bringst du ihm bitte Tee und Wärmflasche?«

Carola hielt kurz inne. Dann lief sie auch schon los.

»Was soll das? Warum bringst du ihm das nicht?«, fragte ich aufgebracht.

»Weil es nicht meine Aufgabe ist«, zischte sie. »Aber wenn du Carola helfen willst, dann geh du doch.«

»Das könnte dir so passen. Ich habe auch zu tun. Maria kann es machen. Carola muss endlich mal die Chance bekommen, wieder unter Leute zu gehen.«

Ich stand auf und stellte mich vor sie.

»So wie du?«, fragte sie schnippisch und funkelte mich böse an. »Raus und sich irgendwo anders wieder ins gemachte Nest setzen, was?«

Maria kam mit einem Brief herein.

»Störrrre ich?«, fragte sie und schaute verwundert von Gisela zu mir und zurück. »Hier ist ein Brief angekommen für Mizzi«, sagte sie und drückte mir schnell das Kuvert in die Hand. Ich riss ihn auf und überflog ihn. Doch Gisela war offenbar noch nicht fertig.

»Misch dich nicht in unsere Familie ein. Bis du gekommen bist, war alles gut. Jeder hatte hier seinen Platz. Also verschwinde wieder oder füge dich ein«, sagte sie. »Aber sich einzufügen hast du ja nicht gelernt«, fügte sie hinzu. »Vater wird dich und deine Schmierereien nie unterstützen. Und Geld verdienen wirst du hier auch nichts. Geh weg und komm nicht wieder. Dich braucht hier niemand.«

»Irrtum«, sagte ich ruhig und reichte ihr den Brief.

»Einer braucht mich doch: Kabelmann. Ich gehe heute Abend mit ihm tanzen.«

Ich sah, wie alle Farbe aus ihrem Gesicht wich. Ihre Augen verengten sich zu Schlitzen.

»Lass die Finger von ihm. Du bist seiner nicht würdig.«

Ich lächelte. Dann drehte ich mich um und ließ Gisela wortlos zurück.

KAPITEL ACHTZEHN

Graz, 12. Mai 1913

Das mondäne Café »Grüner Baum« war an diesem Samstagabend gut besucht. Auf der Tanzfläche schoben sich die Paare eng an eng übers Parkett, der restliche Saal war in dicken weißen Qualm gehüllt. Wer nicht schwofte, rauchte und trank, plauderte und amüsierte sich. Es war heiß und mir traten schon beim Eintreten die ersten Schweißperlen auf die Stirn. Kabelmann lief hinter mir und war ganz Gentleman. Ich sah, dass er Erfahrung im Umgang mit Frauen hatte. Das gefiel mir. Seit Paul hatte mir kein Mann mehr auf die klassische Art den Hof gemacht. Ich lächelte.

Es dauerte keine zehn Minuten, da kreisten wir schon übers Parkett. Kabelmann war ein guter Tänzer und schob mich gekonnt über die Fläche. Ich mochte es, mich von ihm führen zu lassen. Kabelmann gab mit leichtem Druck an Hand und Rücken und einer starken Körperspannung die Richtung vor, in die ich mich bewegen und drehen musste.

Als schließlich eine Pause eintrat, bat er mich, ihn kurz zu entschuldigen, und lief schnellen Schrittes zum Orchester. Keine zwei Minuten später spielten sie einen Tango. Ich hatte diesen neumodischen Tanz noch nie probiert, doch ich fand ihn aufregend und erotisierend. Nicht in allen Lokalen durfte er gespielt werden. Die Melodie klang verführerisch, betörend, verboten. Als sich Kabelmann an mich schmiegte und zu tanzen begann, spürte ich ein Kribbeln durch meinen Körper gehen. Er zeigte mir die Schritte und ich machte sie nach. Ein paar Takte später schwebten wir im Gleichschritt übers Parkett. Kabelmann war ein leidenschaftlicher Tänzer und so kehrten wir erst nach Mitternacht wieder heim. Er verabschiedete sich mit einem Handkuss und ich fühlte mich erhitzt und berauscht.

»Vielen Dank für den netten Abend, Herr Kabelmann. Ich hatte schon lange nicht mehr so viel Spaß«, sagte ich.

»Das Vergnügen war ganz auf meiner Seite. Aber nennen Sie mich doch bitte Ludwig«, sagte er und lächelte.

Er machte einen Schritt auf mich zu und neigte seinen Kopf zu mir. Doch ich lächelte nur und trat ein kleines Stück zurück.

»In Ordnung, Ludwig.«

Beschwingt tänzelte ich hinauf in mein Zimmer. Sehr charmant, der Kabelmann, dachte ich bei mir.

Seit diesem Abend trafen wir uns nun häufiger zum Tanzen. Es ging langsam auf Weihnachten zu und ich war froh über jede Minute, die ich nicht im Haus meiner Eltern verbringen musste. Manchmal nahmen wir Carola mit, die ebenfalls eine begeisterte Tänzerin war und von vielen Männern aufgefordert wurde. Doch mit keinem verabredete sie sich ein weiteres Mal. Ich fragte sie, ob ihr keiner der Männer gefalle. Sie lachte und sagte dann nur kurz: »War noch nicht der Richtige dabei.«

Ich sah, dass diese Aufgabe nicht leicht werden würde. Doch auch ich wusste nicht, wie ich meine Gefühle beschreiben sollte. Ich spürte, dass ich Ludwig gut gefiel, doch ich war nicht schlüssig, was ich von ihm halten sollte. Ludwig war ein Offizier durch und durch. Das war klar. Er vertrat laut und unnachgiebig seine politischen Ansichten und hatte konservative Werte, denen er sich verpflichtet fühlte. Er bewunderte meinen Vater und mein Vater achtete ihn. Das konnte ich sehen.

Ich ging gerne mit Ludwig aus, er war ein Gentleman alter Schule und wusste, was er wollte. Vater war absolut einverstanden mit meiner Anbandelung. Nur Gisela schäumte, wenn sie Kabelmann und mich zusammen sah. Ich musste zugeben, dass es mir eine gewisse Genugtuung bereitete, sie so eifersüchtig zu sehen.

Kabelmann drängte sich nicht auf, dennoch machte er mir immer wieder Avancen. Aber ich verspürte keine große Lust, ihn zu küssen. Jetzt noch nicht. Er war leidenschaftlich und amüsant, doch seine aufbrausende und fordernde Art hielt mich auch zurück. Gerne spielte er sich in den Vordergrund und provozierte andere nur zum Spaß.

Als wir wieder einmal im Grünen Baum waren, wurde Ludwig auf der Tanzfläche grob angerempelt und stürzte beinahe. Ich konnte ihn gerade noch auffangen. Dabei trat er mir auf den Fuß, sodass ich aufjaulte. Ohne auf mich zu achten, fuhr er herum und packte einen jungen Mann am Kragen, der offenbar der Verursacher dieses Malheurs gewesen war.

»Was fällt dir ein, Bürschchen, mich so anzuhauen?«, polterte er los. »Sie haben auch meine Partnerin getroffen, Sie Ochse. Hat man Ihnen keine Manieren beigebracht?«

Der junge Mann sah ihn überrascht an. Ludwig hielt ihn weiter fest.

»Lass gut sein, Ludwig. Offenbar hat er es nicht mit Absicht getan«, versuchte ich beschwichtigend einzuwirken.

Der junge Mann zog nun die Augenbrauen zusammen. Sein Gesicht nahm einen zornigen Ausdruck an. Er schüttelte Ludwigs Arm ab und stieß ihn ein Stück von sich weg.

»Ihr denkt wohl, ihr könnt uns immer noch sagen, was wir zu tun und zu lassen haben«, sagte er auf Deutsch mit einem starken, fremdländischen Akzent. »Aber damit ist jetzt Schluss. Erst nehmen wir euch Albanien, dann stoßen wir euch vom Thron. Es lebe das Königreich Serbien!«, rief er und reckte die Faust nach oben.

Ludwig starrte ihn an. »Einen Teufel werdet ihr. Wer sind schon die Serben?«

Der Mann spuckte Ludwig ins Gesicht. Ich schrie

auf. Ludwig zögerte nicht lange und schlug ihn auf die Nase, sodass er zu Boden ging. Die anderen Gäste sprangen zur Seite. Viele flüchteten von der Tanzfläche, andere standen um Ludwig und den Fremden herum und sahen dem Spektakel mit leuchtenden Augen zu. Manch einer stürzte sich mit auf den Serben, andere auf Ludwig und ein paar Sekunden später war eine große Schlägerei zugange. Ich zog mich zurück an unseren Tisch. Ich hatte keine Lust, auf Ludwig zu warten. Mir schien, dass er sich gerne mit anderen anlegte und eine Prügelei billigend in Kauf nahm. Ich sah mich noch einmal um, dann verließ ich das Lokal. Sollten sie sich doch verhauen, ich wollte nach Hause.

Erst drei Tage später besuchte uns Ludwig und entschuldigte sich bei mir für den Abend. Mein Vater kam in den Salon und ich zog mich wortlos zurück auf mein Zimmer. So gut es ging, versuchte ich ihm aus dem Weg zu gehen.

———

»Mizzi, darf ich dir Marias Nichte Ilona vorstellen? Sie wird bei uns anfangen zu arbeiten«, sagte Carola und deutete auf das junge Mädchen, das schüchtern neben ihr stand.

»Und hoffentlich mal in meine Fußstapfen trrrreten«, hörte ich Maria sagen, die gerade aus der Küche gekommen war.

»Ein schwieriges Erbe«, sagte ich.

»Ich will es versuchen«, entgegnete Ilona schüchtern.

Sie war hübsch. Klein und schlank mit langen, glatten, schwarzen Haaren und einem hübschen Gesicht.

»Herzlich willkommen«, sagte ich, gab ihr die Hand und lächelte.

Der Herbst kam und brachte jede Menge Leckereien mit sich. Maria erntete im Garten Äpfel, Birnen, Pflaumen und was die Bäume sonst noch hergaben und kochte Marmelade und Kompott. Unsere Vorratskammer quoll über. Sie verwöhnte uns mit den leckersten Mehlspeisen mit Früchten aus dem Garten. Es war eine Wonne.

Als schließlich die Adventszeit nahte, begann Maria alle Frauen – ausgenommen Mutter – herumzukommandieren und Aufgaben an sie zu verteilen. Der Baum musste geschmückt, das Silberbesteck poliert, die Stube hergerichtet und die Betten frisch bezogen werden. Es war fast wie früher. Auch Gisela war nun häufiger da, je näher der Heilige Abend rückte.

Nur an den Abenden saß ich zurückgezogen in meinem Zimmer und malte. In diesen Stunden war ich ganz bei mir und genoss die Stille um mich. Ich hatte angefangen, Bücher über Aktmalerei zu studieren, auch wenn ich das nur heimlich in der Bibliothek tun konnte. Ich war fasziniert vom menschlichen Körper. Nächtelang arbeitete ich an meinen Skizzen. Doch ich brauchte eine wirkliche Person, ein lebendiges Studienobjekt. Zwei Tage vor dem Fest fasste ich mir schließlich ein Herz und fragte Ilona in einer ruhigen Minute, ob sie mir Modell stehen könne und ich ihren nackten Oberkörper abzeichnen dürfe. Anfangs war sie schockiert, doch da ich kein Mann war und sie mich mochte, willigte sie nach einer kurzen Zeit des Überlegens schließlich doch ein. Und so saß sie einen Tag vor Heiligabend mit bloßem Oberkörper in meinem Zimmer auf meinem Bett. Sie hatte einen zarten, schlanken Körper mit noch kleinen Brüsten, die kokett vorstanden. Ich wusste, dass sie erst im Sommer achtzehn Jahre alt werden würde.

Ich hatte längst begonnen, als plötzlich die Tür aufflog. Mein Vater stand dort und Ilona fuhr kreischend hoch. Er starrte sie entgeistert an. Ilona raffte schnell ihre Kleider zusammen und stürmte aus meinem Zimmer direkt ins Nebenzimmer.

Ich blickte meinen Vater entsetzt an. Er war noch nie einfach so in mein Zimmer eingedrungen. Jetzt knallte er die Tür hinter sich zu und brüllte mich an: »Was zum Teufel machst du hier? Ich brauche meine Magentabletten. Ilona sollte sie mir bringen. Stattdessen hockt sie hier nackt vor dir? Was für Schweinereien treibst du hier unter meinem Dach?«

Sein Gesicht war tiefrot angelaufen. Er bebte vor Zorn. Ich sammelte mich, dann trat ich auf ihn zu. Meine Stimme war ruhig und gefasst.

»Dieses hier ist mein Zimmer und ich möchte nicht, dass du unaufgefordert hier hereinplatzt. Das nächste Mal klopfst du bitte.«

Ich machte eine kurze Pause.

»Und zu deiner zweiten Frage kann ich nur sagen: Ich mache hier keine Schweinereien, ich betreibe Aktstudien.«

Er packte meinen Arm und hielt mich fest. Ich versuchte mich aus der Umklammerung zu lösen. Sein harter Griff schmerzte mich.

»Du hast mir nichts zu sagen in meinem Haus, Fräulein«, brüllte er. »Wenn ich dich noch einmal erwische, wie du hier Schweinereien hinter meinem Rücken treibst ...«

Ich riss mich los. »Schweinereien?«, schrie auch ich jetzt. »Ich studiere den menschlichen Körper. Du bist derjenige, der Schweinereien im Kopf hat. Oder wie soll ich es deuten, dass du damals Ludmilla geküsst hast?«, brachte ich zornig hervor.

Mein Vater verpasste mir so eine schallende Ohrfeige, dass ich taumelte. Mein Gesicht brannte. Ich fürchtete schon, dass ich aus der Nase bluten würde. Langsam hob ich den Kopf und starrte meinen Vater an. Vor lauter Zorn konnte ich kaum sprechen.

»Ab heute werde ich kein Wort mehr mit dir sprechen. Verlasse augenblicklich mein Zimmer.«

Mein Vater war wie versteinert, unfähig, dem etwas entgegenzusetzen. Ich sah, wie er nach Worten rang. Dann drehte er sich um und ging.

Tränenüberströmt warf ich mich aufs Bett und schlug wütend auf mein Kissen ein. Mein Kopf hämmerte, mein Gesicht spannte. Ich wollte weg. Weg aus diesem Haus, weg von diesem Mann, der sich mein Vater nannte. Einfach weg.

⸻

Weihnachten kam und ging und ich hielt mein Versprechen und bedachte meinen Vater mit keinem einzigen Wort. Beim Essen schaute ich auf meinen Teller, nur wenn ich von Mutter angesprochen wurde, sah ich auf und gab Antwort. In die Kirche war ich nicht mitgegangen, auch wenn ich sah, wie entsetzt meine Mutter darüber gewesen war. Und Gisela erst.

Doch Vater hatte nichts gesagt und so war ich zu Hause geblieben.

Am zweiten Weihnachtsfeiertag hatte sich Károly angemeldet und ich freute mich wie verrückt auf seinen Besuch. Alma war nach Wien zu ihrer Schwester gereist und hatte gescherzt, dass sie ja vielleicht Károly im Zug treffen werde.

Wir hatten uns in einem Café verabredet, und so saßen wir kurze Zeit später vor Kaffee und Kuchen und strahlten um die Wette. Als Károly allerdings meine immer noch leicht geschwollene Wange entdeckte, nahm sein Gesicht einen besorgten Ausdruck an.

»Was ist mit dir geschehen, Schwägerinchen? Hat dich jemand geschlagen?«

»Mein Vater«, presste ich hervor. »Es ist fast wie früher«, fügte ich schulterzuckend hinzu, doch den sarkastischen Unterton konnte ich nicht vermeiden. Károly war sichtlich entsetzt. »Komm nach Wien, Mizzi. Hier gehörst du nicht her. Du musst raus aus deinem Elternhaus.«

Ich schüttelte den Kopf. »Raus schon, aber ich habe noch eine Aufgabe zu erfüllen. Daher bleibe ich in Graz.« Ich machte eine kurze Pause. »Ich brauche aber trotzdem deine Hilfe. Ich will mir hier eine eigene Wohnung kaufen. Und dafür brauche ich Geld. Hilfst du mir, mein Haus in Wien zu verkaufen?« Károly stutzte. »Musst du denn unbedingt in Graz bleiben?«, fragte er und Kummer lag in seiner Stimme.

Ich legte meine Hand auf seine. »Ja, muss ich.« Károly seufzte. »Ein Sturkopf warst du ja schon immer. Ich werde dir helfen, auch wenn ich mir wünschen würde, dich doch noch umstimmen zu können. Gib mir etwas Zeit, dann mache ich das schon.«

Ich umarmte ihn zum Abschied. Ich wusste, dass ich mich auf ihn verlassen konnte.

Als ich zu Hause ankam, hörte ich Vater im Salon sprechen – und Ludwig. Offenbar war er zu Gast.

»Ich würde mich auf jeden Fall sehr freuen, dich als ein Familienmitglied bei uns willkommen heißen zu dürfen, lieber Ludwig«, hörte ich meinen Vater sagen.

Ich schluckte.

»Und sind sie nicht hübsch, meine Mädchen? Tugendhaft, ehrlich, treu. Das muss man in diesen Tagen zu schätzen wissen. Gisela ist dabei von allen dreien die, die mir am meisten Freude bereitet. Sie ist so gebildet und kann gut mit Kindern umgehen«, führte er weiter aus.

Gisela trat ein, offenbar hatte auch sie an der Tür von der anderen Seite des Salons aus gelauscht.

»Noch etwas Gebäck, die Herren?«, säuselte sie.

Konnte es sein, dass sie sich Hoffnungen machte, von Ludwig doch noch geheiratet zu werden? War das denn möglich bei ihrer Stellung als Lehrerin? Natürlich konnte Vater seine Beziehungen spielen lassen.

»Ach Gisela, sei doch so gut und hole eine Flasche Kattus aus dem Keller. Es gibt etwas zu feiern! Ludwig ist befördert worden. Darauf müssen wir anstoßen.«

Ich staunte. In den letzten Monaten waren die Preise für Lebensmittel, vor allem aber für Sekt und Champagner, drastisch gestiegen. Dass mein Vater so spendabel war, überraschte mich. Er musste Ludwig wirklich gernhaben. Ob er Angst vor einem Krieg hatte? Wollte er seine Mädchen noch rechtzeitig im schützenden Hafen der Ehe wissen?

Leise zog ich mich auf mein Zimmer zurück. Ich mochte nicht dabei sein, wenn mein Vater versuchte, eine von uns zu verkuppeln.

KAPITEL NEUNZEHN

Graz, April 1914

Ich lachte. Ich stand in meiner neuen Vierzimmerwohnung in der Reitschulgasse und drehte mich um meine eigene Achse. Ich breitete dabei die Hände aus und jubelte. Károly hatte mir geholfen, mein Haus in Wien für einen unverschämt hohen Preis zu verkaufen. Und er hatte sich darum gekümmert, mit mir in Graz eine neue Bleibe zu suchen. Ich war ihm zutiefst dankbar.

Ich strahlte, als ein Umzugsunternehmen schließlich meine Möbel und Sachen aus meinem Elternhaus holte und in mein neues Zuhause im dritten Stock eines Mehrfamilienhauses brachte. Natürlich war Carola sehr traurig gewesen, dass ich unsere Familie erneut verließ, doch ich wusste, dass ich gehen musste. Vater hingegen war wütend, dass ich wieder einmal eine Entscheidung ohne ihn gefällt hatte, aber das war mir egal.

Die Wohnung war hell und geräumig. Das hellste Zimmer mit gleich drei Fenstern wählte ich als mein Atelier aus. Ich hatte mir auch einen kleinen Ofen und eine Platte zum Töpfern gekauft. Ich wollte wieder einmal mit den Händen arbeiten und formen. Fühlen, was ich erschuf.

Alma hatte mir bei meinem Umzug geholfen. Sie war aus Wien zurück und freute sich mit mir, eine neue Bleibe beziehen zu können. Maria hatte sie nicht wirklich im Haushalt meiner Eltern mithelfen lassen. Jetzt wohnte sie zwar nicht mehr in der gleichen Wohnung wie ich, doch ein Stockwerk über mir war noch eine Anderthalbzimmerwohnung frei gewesen, die ich für sie mit angemietet hatte. So konnte sie bei mir ein und aus gehen und hatte doch etwas Privatsphäre für sich.

Als ich die Stiegen später am Tag abwärtslief, prallte ich im Hauseingang fast mit einem Mann zusammen. Er zog seinen Hut und entschuldigte sich überschwänglich. Er war groß und schlank mit dunkelblondem Haar, trug einen kurz gestutzten Schnauzer und hatte Lachfältchen um seine Augen. Wie sich herausstellte, waren wir Nachbarn. Julius Jessen war gelernter Kaufmann und hatte vor Kurzem seine Frau verloren. Jetzt stand er mit sechs Kindern allein da und hatte die Wohnung im Erdgeschoss, die größte in diesem Haus mit Garten, angemietet. Er schien etwas durcheinander und entschuldigte sich immer wieder für den Fast-Zusammenprall. Er lud mich zum Tee ein und ich willigte ein, weil ich ihn nicht noch mehr in Verlegenheit bringen wollte.

Als ich am darauffolgenden Nachmittag an seine Tür klopfte und sie sich öffnete, tobten mir zwei Jungen lautstark auf Steckenpferden entgegen. Ein kleines Mädchen saß heulend im Flur. Nur das älteste Kind bat mich höflich, einzutreten. Jessen stand mit einem Baby auf dem Arm, offenbar dem jüngsten Spross der Familie, in der Stube. Er schien mit den Gedanken weit weg zu sein. Ich klopfte an den Türrahmen, bevor ich eintrat.

»Herein, herein, wo war ich nur mit meinen Gedanken?«, stammelte er.

Eine Hausangestellte kam schnell herbeigelaufen und nahm ihm die Kleine ab. Im Flur hörte ich die anderen Kinder toben. Jessen drehte sich mir zu.

»Entschuldigen Sie. Ich war nicht bei der Sache.« Er schüttelte den Kopf, als ob er eine Fliege vertreiben wollte. »Haben Sie auch Kinder?«

Ich lächelte. »Nein«, sagte ich.

»Und wollen auch keine? Verzeihen Sie, das geht mich nichts an.« Er wurde rot. Seine Direktheit ließ mich schmunzeln.

»Ich bekomme keine«, sagte ich. »Ein Unfall, bei dem ich auch meinen ersten Mann verloren habe. Heute weiß ich nicht, ob ich mit Kindern überhaupt klarkommen würde.«

Ich lächelte. Mir fiel auf, dass ich seit Pauls Tod noch nie mit einem Mann darüber gesprochen hatte. Doch Jessen hatte eine Art, die Vertrauen weckte. Er war nicht der Mann, der über andere ein Urteil fällte. Ich war mir sicher, dass er Geheimnisse gut bewahren konnte. Jessen sah mich mitfühlend an.

185

»Das tut mir leid. Ich habe die Kinder gerne um mich herum, aber ich glaube, ich bin kein guter Vater. Ohne meine Frau weiß ich nicht, was ich tun soll.«

Er zog die Schultern hoch und lächelte. Doch seine Augen schauten traurig.

»Ich fühle mich so allein«, flüsterte er. »Sie kennen nicht zufällig eine Frau, die einen Mann mit sechs Kindern heiraten will?« Er seufzte und lachte gequält. »Verzeihen Sie. Ich bin ein Jammerlappen und kein guter Gastgeber. Möchten Sie Tee? Oder lieber etwas Stärkeres?«

Ich überlegte. Dann hatte ich plötzlich einen Gedankenblitz. »O doch, ich kenne eine«, sagte ich und musste nun fast lachen. »Kommen Sie doch morgen Nachmittag zum Tee in den Grünen Baum. Ich muss Ihnen jemanden vorstellen.«

Jessen schaute verwirrt. Ich entschuldigte mich und verließ beschwingt die Wohnung. Dann eilte ich zum Haus meiner Eltern.

Carola saß auf einem Schemel in ihrem Zimmer und stickte. Als ich den Raum betrat, sah sie mich überrascht an.

»Komm, Schwesterlein, ich mache dir Locken mit dem heißen Eisen. Morgen Nachmittag gehen wir aus. Ich muss dir jemanden vorstellen.«

Carola kicherte. »Was hast du ausgefressen?«, fragte sie. Jede Trübsal war aus ihrem Gesicht gewichen.

»Ich habe dir einen Mann gebacken«, sagte ich grinsend. »Blond, groß und gut aussehend.«

Dann lachten wir. Ich wusste, dass ich meine

Aufgabe gut meistern würde. Julius Jessen war genau der Richtige für Carola. Davon war ich überzeugt.

Carola und Julius Jessen heirateten am 6. Juni 1914 in der Herz-Jesu-Kirche. Es war eine schöne Trauung. Die Sonne schien, Julius' Töchter streuten vor der Kirche Blumen und die Buben machten vor Carola eine Verbeugung. Ich sah, wie glücklich Carola war. Jetzt hatte sie gleich eine ganze Familie. Sie strahlte übers ganze Gesicht und himmelte Julius an. Selbst mein Vater schmunzelte. Offenbar war er mit Julius einverstanden. Nur meine Mutter blickte etwas traurig drein.

Wenige Tage vor der Trauung waren die Möbelpacker erneut vor dem Haus meiner Eltern vorgefahren. Doch diesmal ging es nicht um mein Hab und Gut, sondern um das meiner älteren Schwester. Carola hatte Tränen in den Augen gehabt, als die Männer mit ihren Sachen aus dem Haus spaziert waren. Doch es waren Freudentränen gewesen. Sie konnte nicht glauben, dass ihr Traum wirklich in Erfüllung gehen sollte.

Ludwig hatte mich zur Hochzeit begleitet, nur Gisela ging neben Mutter und Vater den Kirchgang entlang. Sie tat mir leid, wie sie dort so allein lief. Doch konnte ich etwas dafür, dass Ludwig meine Nähe suchte und nicht ihre? Vor der Kirche nahm er mich ein Stück beiseite.

»Und, würde dir das nicht auch gefallen? Wieder eine Ehe zu führen?«

Ich sah, wie liebevoll seine Augen mich anblickten.

»Ludwig, lass mir noch ein wenig Zeit. Ich habe

gerade wieder angefangen allein zu leben und mein Leben neu zu ordnen.«

Ein Zucken ging über seinen Mundwinkel. Ich wusste, dass ihm mein Auszug und Einzug in eine eigene Wohnung nicht sehr gefiel. Doch ihm war klar, dass er mich nicht drängen durfte. Er nickte und wir kehrten zurück zur Hochzeitsgesellschaft, um Carola und Julius hochleben zu lassen.

Obwohl das Jahr 1914 ein schwieriges zu werden schien – die Lebensmittelpreise schossen in die Höhe, überall war von Krieg die Rede, die Angst vor einem Konflikt mit den Serben schien die ganze Stadt zu lähmen –, ließ es sich für mich eigentlich gut an. Die Galerie Reither wollte tatsächlich ein paar meiner Bilder ausstellen. Ich hatte den ersten Schritt gemacht. Lange hatte ich mit dem Besitzer verhandelt, bis ich ihn schließlich überzeugen konnte. Er galt zwar als modern und aufgeschlossen, doch hatte er bisher noch nie Bilder einer Frau gezeigt. Wir einigten uns schließlich darauf, eine thematische Ausstellung zu machen, bei der noch zwei weitere junge Künstler die Chance bekommen sollten, ihre Gemälde, die zu dem Thema passten, zu präsentieren.

Am 28. Juli 1914 war es schließlich so weit. Um Punkt 17 Uhr stand ich mit Carola, Julius und Ludwig in der Galerie und blickte mich stolz um. Ich hatte zwar schon in größeren Räumen in Berlin ausgestellt, doch dass ich es tatsächlich in meiner kleinen Heimatstadt Graz geschafft hatte, ließ mich vor Stolz fast platzen. Ich hatte auch meine Eltern und Gisela zur Ausstellungseröffnung eingeladen, doch sie waren nicht gekommen. Sie hatten auch keine Absage geschickt. Verwundert darüber war ich dennoch nicht.

Ludwig lächelte mich an. »Wirklich hübsch, die Bilder.«

Ich wusste, dass er sich nicht besonders für Kunst interessierte, aber er respektierte meine Leidenschaft für die Malerei. Als wir gerade mit einem Glas Champagner anstoßen wollten, wurde plötzlich die Eingangstür aufgestoßen und ein Zeitungsjunge kam hereingestürmt.

»Seit heute ist Krieg«, brüllte er und wedelte mit seinen offenbar noch druckfrischen Zeitungen herum.

Ich zuckte zusammen. Ludwig schritt schnell auf den Jungen zu und riss ihm ein Blatt aus der Hand. Er las laut vor:

»Österreich-Ungarn hat Serbien den Krieg erklärt. Die Schmach von Sarajevo wird unsere Monarchie nicht länger hinnehmen.«

Er blickte auf.

»Nach dem Attentat auf unseren Franz Ferdinand ist das auch nicht anders zu erwarten gewesen«, murmelte er.

Julius nickte nachdenklich. Carola machte ein besorgtes Gesicht.

»Dann ist jetzt Krieg«, sagte Julius leise.

»Aufs Vaterland«, sagte Ludwig mit geradem Rücken und hielt sein Glas hoch.

Doch mir war die gute Laune verdorben. Wir ließen die Gläser klirren, aber der Champagner hatte einen bitteren Geschmack. Kaum hatten wir angestoßen, hielt ein Wagen des Militärs vor dem Eingang. Ein Soldat sprang heraus, lief die fünf Stufen hoch zum Eingang der Galerie, wo wir standen, und salutierte vor Ludwig.

»Ich habe den Auftrag, Sie zum Stützpunkt zu bringen, Herr Hauptmann. Der General hat alle Offiziere für ein Krisengespräch einberufen.«

Ludwig wandte sich mir zu. »Verzeih, aber die Pflicht ruft«, sagte er knapp, verbeugte sich und ging.

Drei Tage später brachte mir der Postbote eine Nachricht von Károly. Er hatte endlich Heinrich in Berlin ausfindig machen können und ihm die Scheidungsunterlagen zustellen lassen. Näheres wollte er mir persönlich erzählen. Er kündigte sich für eine Woche später an.

Als wir schließlich bei einer Tasse Kaffee zusammensaßen, platzte ich fast vor Neugier.

»Er macht es uns nicht leicht«, sagte Károly. »Das Trennungsjahr ist um, also müsste die Scheidung eigentlich bald geschafft sein. Mein Anwalt sagt, es sei noch nicht einmal vonnöten, dass du selbst beim Scheidungsrichter erscheinst.« Er seufzte. Ich verstand nicht. Das waren doch eigentlich gute Nachrichten.

»Aber Heinrich kann in letzter Minute immer noch umschwenken und sagen, er habe es sich anders überlegt und wolle dir noch mal verzeihen. Dann ist das gesamte Trennungsjahr umsonst gewesen.«

Ich war entsetzt. Diesen Schock musste ich erst mal verarbeiten.

»Was mache ich denn jetzt? Werde ich denn nie wieder frei sein?«, fragte ich ihn und merkte, wie mir heiß und kalt wurde bei dieser Aussicht.

Die Türglocke schellte. Ich zuckte zusammen. Alma war heute früher gegangen, also öffnete ich. Ludwig stand vor der Tür, etwas außer Atem. Er war offenbar schnell die Treppe hochgerannt und konnte kaum sprechen. Er ergriff meine Hände.

»Ich muss in den Krieg, Mizzi. Schon morgen früh breche ich auf.«

Er lächelte, doch ich starrte ihn nur an. Das durfte doch alles nicht wahr sein.

»Mizzi, ich möchte noch ...«

Er brach ab und schaute an mir vorbei. Sein Gesicht verfinsterte sich. Ich drehte mich um. Hinter mir stand Károly und nickte ihm höflich zu.

»Mein Schwager«, sagte ich. »Aber willst du nicht hereinkommen?«

Ludwig blickte weiter Károly an. »Nein, ich wollte nicht stören. Ich kehre heute Abend zurück. Wenn dir das recht ist«, sagte er nun und schaute wieder mich an.

»Natürlich«, antwortete ich und lächelte. »Du bist mir jederzeit willkommen.«

Als Károly schließlich ging, überschlugen sich die Gedanken in meinem Kopf. Was würde passieren, wenn Heinrich nicht in die Scheidung einwilligte? Was, wenn er wieder untertauchte? Lange hatte ich nicht mehr an ihn gedacht, doch jetzt, wo sein Name gefallen war, wollte ich endlich mit ihm abschließen. Aber das konnte ich nur, wenn wir endlich geschieden waren. Warum war es Männern möglich, eine Ehe aufzugeben, aber Frauen nicht?

Um sieben Uhr klingelte es erneut an der Haustür. Ich hatte Alma gebeten, den Tisch für Ludwig und mich zu decken und ihm einen anständigen Braten zu servieren. Ich wusste, dass Ludwig eine gute Küche schätzte. Es missfiel mir, dass man ihn mir fortriss. Wenn ich es mir eingestand, mochte ich Ludwig doch sehr gerne. Mir gefiel die Art, wie er mich ansah und mich manchmal mit seinen Blicken auszuziehen schien. Sein Wesen war sicher ab und an sehr forsch, doch er war auch leidenschaftlich.

Alma hatte die Tür geöffnet und ich hörte sie mit Ludwig im Flur sprechen. Als er den Salon betrat, verbeugte er sich vor mir. Er lächelte freundlich, doch ich spürte eine gewisse Distanz.

»Was ist los, Ludwig? Heute so reserviert?«, neckte ich ihn.

Er sah ernst aus.

»Ist es, weil du morgen in den Krieg ziehst?«, fragte ich besorgt.

Ludwig packte meine Hand und riss mich an sich. Er hatte einen festen Griff, der mir wehtat.

»Was ist mit dir? Du tust mir weh.«

»Wirst du auf mich warten?«, fragte Ludwig.

Ich konnte sehen, wie aufgewühlt er war. Er ließ mich los. Sein Blick war ernst, aber auch flehend. Er kam mir vor wie ein Ertrinkender. Etwas quälte ihn.

»Oder liebst du deinen Schwager?«

»Was? Nein!«, entfuhr es mir.

Ich lachte auf. Doch Ludwig schaute weiter finster drein.

»Ludwig, sei nicht albern. Károly ist wie ein Bruder

für mich. Wir kennen uns schon ewig. Er ist keine Gefahr für dich. Wirklich nicht.«

Ludwig ging im Salon auf und ab. Er war sichtlich aufgewühlt. Dann drehte er sich abrupt wieder mir zu. »Mizzi, ich liebe dich. Werde meine Frau«, platzte es aus ihm heraus.

Ich blickte ihn überrascht an. Er kam auf mich zu und packte mich um die Taille.

»Bitte«, sagte er.

Ich sah, wie ernst es ihm war. Ich küsste ihn und er erwiderte meinen Kuss leidenschaftlich. Dann hob er mich hoch und trug mich in mein Schlafzimmer. Ich lachte auf. Wir küssten uns wild und gierig, ich wollte ihn spüren, mich mit ihm vereinen. Wir zogen uns gegenseitig hektisch die Kleider aus und ließen uns auf mein Bett fallen. Ludwig biss mich in mein Ohr. Dann drehte er mich auf den Bauch und glitt in mich. Ich stöhnte auf, spürte seinen schweren Körper auf mir.

»Mizzi, du bist mein, nur mein«, hörte ich ihn in mein Ohr keuchen. Dann kam er. Und ich auch. Als wir schließlich schwer atmend nebeneinanderlagen, drehte ich mich ihm zu und lächelte.

»Ich kann dich nicht heiraten, lieber Ludwig«, sagte ich sanft. »Ich bin noch nicht geschieden. Und wenn sich mein bisheriger Mann querstellt, werde ich auch in nächster Zeit nicht ledig sein.«

Ludwig schaute mich entsetzt an. Ich hatte ihm zwar schon einmal von Heinrich erzählt – wenn auch nur sehr oberflächlich - und gesagt, dass wir uns scheiden lassen wollten, doch wir hatten seitdem nicht wieder über dieses Thema gesprochen.

»Deshalb war Károly hier. Er hilft mir, zusammen

mit einem Anwalt, meine Ehe zu beenden. Aber wenn Heinrich den Scheidungsantrag zurückzieht, habe ich keine Chance, mich von ihm zu lösen«, fügte ich hinzu.

Ludwig schaute nachdenklich. Ein paar Minuten lang sagte er nichts. Dann küsste er mich.

»Ich kümmere mich darum«, erwiderte er plötzlich wieder in seinem dominanten Hauptmann-Ton. »Doch eines musst du mir versprechen.« Er machte eine Pause. »Dass du auf mich warten wirst.«

Ich küsste ihn. »Zu Befehl, mein Hauptmann!«, sagte ich.

Dann liebten wir uns erneut. Im Morgengrauen verschwand Ludwig und ich wusste nicht, wann und ob wir uns wiedersehen würden.

KAPITEL ZWANZIG

Graz, Anfang August 1914

Der August brach an und eine bleierne Hitze legte sich über die Stadt. Graz wirkte wie ausgestorben in diesen Tagen. In den Straßen war keine Menschenseele zu sehen, jeder suchte Schatten und etwas Abkühlung im Haus. Von der Euphorie, mit der wir unsere Soldaten verabschiedet hatten, war nichts mehr zu spüren, obwohl es noch gar nicht lange her war, dass sie in Scharen und mit lachenden Gesichtern in den Krieg gezogen waren. Damals hatten die zurückgebliebenen Ehefrauen, Väter, Mütter und Kinder in den Bahnhöfen ihren Lieben jubelnd zugewinkt, als diese in völlig überfüllten Zügen gen Süden fuhren. Jeder Mann über sechzehn Jahren war eingezogen worden, um für sein Vaterland zu kämpfen. Das Attentat von Sarajevo musste gerächt werden – so verlautbarten es die Zeitungen. Von einer unerhörten Provokation durch die Serben war dort zu lesen. Doch wann würden unsere Männer zurückkehren? Würden sie überhaupt zurückkehren? Ich war traurig, dass Ludwig weg war. Mir fehlte jede Antriebskraft.

Nur Alma war emsig wie immer und wirbelte summend durch die Zimmer. Wenn sie vom Markt kam, erzählte sie mir, was sie alles gehört hatte. Manchmal fluchte sie auch, weil es immer weniger zu kaufen gab, doch sie hatte wohl ihre Quellen. Sie berichtete, dass viele gar nicht mehr auf den Markt gingen. Die Frau am Verkaufsstand habe ihr erzählt, dass zahlreiche Frauen, Kinder und Alte auf den Feldern aushalfen und gar nicht mehr bis in die Stadt kamen. Es war schließlich die Zeit der Ernte und die Männer waren nicht da.

Als Alma einmal ihre Schwester besuchte und mit der Eisenbahn über Land fuhr, berichtete sie mir später, dass sie Frauen gesehen habe, die schwere Gerätschaften über die Felder gezogen hätten. Mit großen Strohhüten und geschürzten Kleidern hätten sie in der unnachgiebigen Hitze geschuftet.

In den Straßen bemerkte ich, dass viele Schulen geschlossen hatten, vielleicht weil die Kinder dringend auf den Feldern gebraucht wurden. Carola erzählte, dass auch meine Schwester Gisela freiwillig ihre Hilfe angeboten habe und mit ein paar ihrer Schülerinnen vor die Tore von Graz gefahren sei, um bei der Ernte mit anzupacken. Ich war erstaunt, als ich von ihrem Entschluss hörte.

Als wir uns eine Woche später beim Sonntagessen im

Haus unserer Eltern trafen, ging sie mich allerdings schroff an.

»Und du? Liegst auf der faulen Haut und malst ein paar hübsche Bildchen, während unsere Männer im Krieg und unsere Frauen auf den Feldern sind.«

»Was kann ich dafür, dass Krieg ist und unser Monarch beschlossen hat, unsere Männer lieber kämpfen als ernten zu lassen?«, gab ich barsch zurück.

»Wie kannst du das sagen? Willst du den Serben freie Hand lassen, bis sie in unsere Häuser eindringen? Oder möchtest du dir bloß deine Hände nicht schmutzig machen?«

»Und du? Spielst die Heilige! Ich gebe immerhin sonntags nach der Andacht Essen aus an Bedürftige«, entgegnete ich.

Das stimmte zwar nicht ganz, weil ich es nur ein einziges Mal getan hatte, als mich der Priester auf der Straße getroffen und inständig darum gebeten hatte, dennoch wollte ich nicht klein beigeben.

»Schluss damit!«, ging nun Vater dazwischen. »Wie hässlich ihr seid, wenn ihr zankt.«

Gisela und ich schauten betreten auf unsere Teller. Warum musste sie mich auch immer provozieren? Ich ärgerte mich über ihre Überheblichkeit, wenngleich ich sie für ihr Engagement im Stillen bewunderte. Es stimmte, ich riss mich nicht darum, auf den Feldern für mein Vaterland zu ernten. Viel mehr reizte es mich, in die Vororte zu fahren und das, was sich dort abspielte, in meinen Bildern festzuhalten. Einmal hatte ich es bereits getan, doch ein weiteres Mal wagte ich es nicht. Stattdessen ging ich in den Stadtpark, den ich noch immer liebte, setzte mich unter eine große Kastanie und fing an zu malen. Meine Bilder strotzten nur so von sommerlichen Landschaftsmotiven. Bunte Blumen, saftige Felder, Sonnenschein. Wie sah es wohl jetzt in Serbien aus? Bemerkten unsere Soldaten überhaupt die Schönheiten des Sommers? Blühten auch dort die Blumen? Oder lag alles in Schutt und Asche? Mich fröstelte.

Als ich später wieder zu Hause war, ging ich in mein Atelier. Es war heiß und ich zog mich bis aufs Unterhemd aus. Dann setzte ich mich vor meine Töpferplatte und begann Ton zu kneten. Ich formte eine Schale, dann eine Vase, schließlich eine Gestalt mit runden Formen. Es entstand eine Frau mit langen Haaren, großem Po und riesigem Busen. Ich heizte den Ofen an. Die dickliche Dame war meine erste Figur, die ich brennen wollte. Ich war zufrieden mit meinem Werk.

Da klingelte es an der Tür. Ich schreckte zusammen, warf mir schnell einen Morgenmantel über und lief zum Eingang.

»Wer ist da?«, fragte ich durch die Tür. Dann öffnete ich sie für einen Spalt. Draußen stand Ludwig. Er lächelte. Ich riss die Tür ganz auf. Er blickte irritiert an mir herunter.

»Begrüßt du so deine Gäste?«, fragte er.

»Nur die männlichen«, sagte ich und schmunzelte.

Ludwigs Ausdruck auf meine Antwort war nicht zu deuten. Schließlich hob er mich auf seine Arme, ließ hinter sich die Tür ins Schloss fallen und trug mich geradewegs ins Schlafzimmer. Wir liebten uns auf dem Bett und noch einmal auf dem Läufer vor dem Bett, bevor wir ganz aus der Puste schnauften.

»Ich weiß nicht, was ich mit dir machen soll, Frau von Axster. Ich bin hin- und hergerissen zwischen Hintern versohlen für dein freches Auftreten in absolut unangemessenem, aufreizendem Aufzug oder ob ich dich in den Arm nehmen soll, um dich zu beschützen«, sagte er kopfschüttelnd.

»Am besten beides«, sagte ich lachend und schmiegte mich an seine Brust. »Wann musst du wieder gehen?«

»In drei Stunden«, sagte Ludwig. »Nachschub holen und zurück an die Front.« Er blickte mich an. »Nun schau nicht so enttäuscht. Dafür bringe ich dir gute Nachrichten. Ich habe deinen Mann ausfindig gemacht in Berlin, und ich denke, meine Kumpel werden ihm schon ein bisschen auf die Sprünge helfen. Dann bist du bald frei.«

»Was hast du vor?«, fragte ich. Wollte er Heinrich verprügeln lassen? Oder gar Schlimmeres mit ihm anstellen?

»Sorgst du dich etwa um ihn? Was kümmert es dich? Ich denke, es ist dein sehnlichster Wunsch – dich scheiden zu lassen.« Ludwig klang verärgert.

»Natürlich, ist es ja auch«, versuchte ich ihn zu beschwichtigen. Dann gab ich ihm einen langen Kuss.

Als er sich verabschiedete, nahm er mich noch einmal in den Arm.

»Ich will, dass du meine Frau wirst, Mizzi. Ich liebe dich.«

»Ich weiß, Ludwig, ich weiß.«

Sechs Wochen später kündigte sich Károly für einen Besuch in Graz an. Er sagte, er habe gute Nachrichten. Der Sommer war nun dem Herbst gewichen und wir gingen auf den Oktober zu. Als Károly tatsächlich am 30. September mit einer Kutsche vor dem Haus vorfuhr, regnete es in Strömen. Als Alma ihn in den Salon führte, waren seine Kleider durchnässt und er nieste zweimal kräftig.

»Gesundheit! Mein Gott, Károly, hast du keinen Schirm dabei? Du holst dir ja den Tod!« Ich ging auf ihn zu und umarmte ihn. »Nass bist du. Komm, zieh deinen Gehrock aus und leg ihn auf den Kamin«, ermunterte ich ihn.

Alma brachte ihm zusätzlich ein Handtuch, mit dem er sich die Haare trocknen konnte. Er lächelte.

»Ich habe eine Überraschung für dich«, sagte er verschwörerisch und zwinkerte.

»Nun spann mich nicht so auf die Folter. Rück schon heraus. Geht es um Heinrich?« Károly griff in seine Aktentasche und holte schließlich ein Bündel Papiere hervor.

»Darf ich gratulieren? Ab dem 1. Oktober bist du eine geschiedene Frau.«

Ich sprang auf, lachte und fiel Károly um den Hals. »Das müssen wir feiern«, rief ich beglückt und klingelte nach Alma.

»Alma, Champagner!«, sagte ich beschwingt.

Sie blickte kritisch drein. »Ich hoffe, wir haben noch welchen. Alkohol ist knapp geworden in den Geschäften. Aber ich will gleich mal in den Keller gehen und nachsehen, was der Vorrat hergibt.«

Sie ließ die Haustür angelehnt und ich hörte sie die

Treppen hinunterlaufen. Dann umarmte ich Károly noch einmal.

»Ich kann es immer noch nicht glauben. Hat Heinrich tatsächlich eingewilligt?«

»Ja«, sagte Károly lachend. »Ich war auch bis zum Schluss nicht sicher, ob es klappen würde, doch nun hast du es schwarz auf weiß. Du bist frei!«

Wir lachten beide.

»Allerdings hat dein Anwalt erzählt, dass Heinrich nicht besonders gut ausgesehen habe beim Gerichtstermin. Er habe ein geschwollenes, blaues Auge und eine dicke Unterlippe gehabt. Auf Nachfrage habe er aber nur geantwortet, dass er vor Kurzem die Treppe hinuntergefallen sei. Auch habe er etwas nach Alkohol gerochen. Vielleicht eine Schlägerei unter Saufkumpanen?«

Jetzt tat mir Heinrich ein wenig leid. War er seit meinem Weggang abgerutscht und dem Alkohol verfallen? Ich zuckte mit den Schultern.

»Jeder hat auf sich selber achtzugeben«, sagte ich.

»Du sagst es, liebes Schwägerinchen. Ich freu mich für dich!«

Ich hörte, wie hinter mir die Tür aufging. »Ah, endlich kommt Alma mit dem Schampus«, sagte ich fröhlich und drehte mich um.

Doch im Türrahmen stand nicht etwa Alma, sondern Ludwig. Er sah müde aus und war dünner geworden. Tiefe Schatten lagen unter seinen Augen. Er blickte finster drein.

»Ludwig!«, rief ich, rannte auf ihn zu und umarmte ihn.

»Stell dir vor, mein Mann hat in die Scheidung eingewilligt. Endlich bin ich frei.«

Er schaute mich an, dann zu Károly. Sein Blick blieb an seiner aufgeknüpften Weste und dem nassen Hemd hängen. Károly bemerkte es auch.

»Ich grüße Sie, Herr Oberleutnant. Es ist etwas nass da draußen, daher entschuldigen Sie mein Auftreten. Wir haben uns noch nie richtig vorgestellt – Károly von Uhlár.«

Er machte eine knappe Verbeugung. Ludwig sagte noch immer kein Wort. Alma kam mit zwei Gläsern herein.

»Oh, der Herr Hauptmann. Ich habe Sie gar nicht kommen hören. Dann hole ich schnell noch ein weiteres Glas.«

»Nicht nötig«, brummte Ludwig. »Mir ist nicht nach Feiern zumute. Muss mich erst mal etwas ausruhen«, sagte er und ging zurück in den Flur. Ich rannte ihm hinterher.

»Ludwig, nun flüchte doch nicht gleich. Freu dich mit mir und stoß mit uns an.«

Er sah mich an. Sein Blick war finster. Er versuchte ein Lächeln. »Heute nicht. Aber ich werde auf dich warten«, sagte er. »Du weißt ja, wo du mich findest.«

Er ließ mich stehen und stieg die Treppen hinunter. Ich schaute ihm nach. Glaubte er immer noch, dass Károly ein Konkurrent war und um mich warb?

Am Abend ging ich zu ihm. Ich hatte zuvor nur einmal seine Wohnung betreten. Jetzt kam sie mir klein und dunkel vor.

»Stoßen wir jetzt auf meine Freiheit an?«, fragte ich und hielt ihm dabei eine Flasche Kattus vor die Nase.

Es war die letzte, die Alma in meinem Keller gefunden hatte.

»Auf deine Freiheit?«, sagte er und verzog seine Lippen zu einem verzerrten Lächeln. »Wie soll denn deine Freiheit aussehen?«

»Ich bin nun ungebunden, habe keinen Ehemann mehr, habe eine eigene Wohnung und kann malen, wenn es mir gefällt.«

Ich lachte. Ludwig schwieg. Dann räusperte er sich.

»Für einen Mann an deiner Seite ist wohl kein Platz in deiner neuen Freiheit«, sagte er mit einem bitteren Unterton.

Ich seufzte. »Nicht wenn er ein Griesgram ist und mich mit seiner Eifersucht wahnsinnig macht.«

Er blickte mich verwundert an, dann kam er auf mich zu und zog mich an sich. »Verzeih mir, Mizzi, verzeih. Manchmal geht es durch mit mir. Ich kann dich nicht gut mit anderen Männern sehen.«

»Károly ist wie ein Bruder für mich, das habe ich dir doch schon gesagt. Mach das nicht kaputt, was wir haben«, sagte ich sanft.

»Was haben wir denn?«, fragte Ludwig.

»Uns.«

Ludwig wollte etwas erwidern, doch ich legte ihm meinen Finger auf die Lippen. Dann küsste ich ihn, bevor wir uns auf sein Bett warfen und liebten, wie wir es bei unserem ersten Mal getan hatten.

Drei Tage später musste Ludwig wieder zurück ins Gefecht. Der Krieg hatte wie ein Lauffeuer um sich gegriffen. Es war längst kein Krieg mehr zwischen Öster-reich-Ungarn und Serbien, jetzt mischten auch Frank-reich, Russland, Deutschland, Bosnien und Großbritannien mit. Die erste Euphorie, mit der unsere Soldaten losgezogen waren, war wie weggeblasen.

»Was ist mit Károly? Wird dein lieber Ungar nicht eingezogen? Oder drückt er sich?«, fragte Ludwig an unserem letzten Abend.

»Nun hör schon auf mit ihm. Und er ist auch nicht mein Ungar, sondern mein Schwager.«

Es ärgerte mich, dass Károly für Ludwig immer noch ein Stein des Anstoßes war.

»Er muss sehr wohl an die Front. Ich glaube sogar, er untersteht deinem Regiment«, fügte ich hinzu und blickte Ludwig an.

Der sah mich überrascht an. Ich ging auf ihn zu und ergriff seine Hände. »Versprich mir, dass du ein Auge auf ihn hast. Ich will ihn nicht verlieren«, sagte ich.

Ludwig schnaubte, dann nickte er. »Gut, ich verspreche es. Aber denk auch an deine Zusage.«

»Ich warte auf dich«, sagte ich und lächelte.

Ludwig nahm seinen Mantel und wir küssten uns. Ich spürte seine Nähe und Wärme an meinem Körper.

»Und komm nicht zu spät«, sagte ich leise.

Er sah mich erstaunt an. »Zu spät zu was?«

Ich schmunzelte. »Zu spät zu unserer Hochzeit. Würde dir der erste Weihnachtsfeiertag passen?«

Ludwig strahlte, dann packte er mich um die Taille und wirbelte mich herum. »Ich werde pünktlich sein«, raunte er mir ins Ohr. Dann ging er.

Ich wollte keine pompöse Hochzeit. Ich war dreißig Jahre alt, hatte einen Mann verloren und war von dem anderen geschieden. Ich war oft genug umgezogen und hatte bereits vieles gesehen und erlebt. Jetzt sehnte ich mich nach Ruhe und Sicherheit, ganz besonders in dieser unruhigen Zeit. Ludwig war am 20. Dezember zurückgekehrt und so hatten wir noch ein paar Tage für letzte Vorbereitungen. Ich hatte mit einem Priester gesprochen und geplant, dass wir in einer kleinen Kapelle ganz in der Nähe unseres Hauses getraut werden würden. Anschließend sollte es eine kleine Feier in einem hübschen Gasthaus geben.

Mutter und Vater hatten gewollt, dass wir in ihrem Haus feiern, doch das hatte ich abgelehnt. Ich zog einen kleinen Rahmen vor. Ich hatte die Familie und ein paar Freunde eingeladen und war insgeheim froh, dass durch den Krieg nicht alle Kameraden bei uns zu Gast waren, um Ludwig hochleben zu lassen. Károly hatte leider abgesagt. Er meinte, dass er mit Ludwig nicht besonders gut auskomme und seine Anwesenheit diesen nur wütend machen würde. Er war und blieb ein Gentleman, auch wenn mich sein Entschluss traurig stimmte.

Als wir am 23. Dezember zu einem Adventskaffee im Haus meiner Eltern saßen, tat mein Vater geheimnisvoll.

»Ich freue mich, dass ihr zueinandergefunden habt und du, lieber Ludwig, nun endlich zu unserer Familie gehörst.«

Ich verdrehte innerlich die Augen. Gisela schaute mich an, als ob sie gleich ein Messer zücken und sich auf mich stürzen würde. Ich blickte zu Boden.

»Deshalb wollte ich es mir auch nicht nehmen lassen, das gebührend zu feiern. Ich weiß, ihr bevorzugt es, nur in kleinem Kreis nach der Kirche zu feiern.« Er machte eine Pause. »Trotzdem möchte ich euch auch eine große, dem Anlass angemessene Feier schenken. Nicht dass es noch heißt, ich wäre in meiner Mitgift geizig!« Er lachte über seinen Witz. »Deshalb habe ich – dein Einverständnis vorausgesetzt, lieber Ludwig – ein paar deiner Kameraden dazu geladen. Ich denke, sie wollen dir gerne ihre Ehre erweisen. Und auch dir, liebe Tochter« – nun sah er zum ersten Mal mich an – »zeigen, wie sehr sie sich mit euch freuen. Meine Freude ist nicht minder groß, dass du nun doch so eine weise Entscheidung getroffen und dir den besten Mann von allen ausgesucht hast.«

Er drehte sich wieder Ludwig zu, der aufsprang und meinem Vater kräftig die Hand schüttelte. Ich blieb sitzen und konnte es nicht fassen. Warum mischte sich mein Vater in mein Leben ein?

»Darauf wollen wir schon heute anstoßen!«, rief Vater und winkte Ilona herbei, die bereits hinter der Tür mit Gläsern gewartet hatte.

»Vielleicht wird mir dann ja auch noch ein Enkel zuteil«, sagte er, um dann zu Carola zu schauen, die die kleine Jutta auf dem Schoß wippte. Sie spielten leise Hoppe, hoppe, Reiter. »Also ein Enkel von meinem eigenen Fleisch und Blut.«

Ich starrte ihn an. Ich wusste nicht, was ich darauf sagen sollte, stand auf und lief schnurstracks aus dem Zimmer.

»Eine kleine Vorhochzeitspanik«, hörte ich Ludwig

entschuldigend sagen. »Oder der Umzugslärm der letzten Wochen.«

Vor Kurzem erst hatten Ludwig und ich mit Vaters Hilfe ein Haus gefunden. Es war recht hübsch, hatte sogar ein Atelier im Erdgeschoss mit Blick in den Garten, für meinen Geschmack nur etwas zu nah am Haus meiner Eltern.

Doch jetzt kochte ich vor Wut. Ich rannte aus dem Haus und trat voller Wucht gegen einen großen Schneehaufen, den ein Diener meines Vaters beim Schneeschippen zusammengekehrt hatte. Dann schrie ich laut auf und fluchte. Ich geriet ins Stolpern, trat noch mal gegen den Berg Schnee, dass mir etwas Eis ins Gesicht spritzte, und verwünschte alle Väter dieser Welt. Danach atmete ich ruhig durch, jetzt ging es mir etwas besser.

Als ich wieder das Haus betrat, hörte ich die anderen im Salon fröhlich plaudern. Ich sog die Luft ein und öffnete ich die Tür zur Stube.

KAPITEL EINUNDZWANZIG

Graz, 24. Dezember 1914

»Morgen wirst du endlich mir gehören«, flüsterte Ludwig in mein Ohr, als wir zwei Tage vor unserer Hochzeit nebeneinander im Bett lagen.

Es war ein wunderschöner Heiligabend gewesen. Wir hatten nur zu zweit gefeiert. Alma hatte uns ein fabelhaftes Festmahl gezaubert, draußen hatte es sogar ein bisschen geschneit und am Ende hatten wir Arm in Arm vor dem Kamin gesessen, bevor mich Ludwig ins Bett getragen hatte. Mutter hatte zwar gesagt, dass es Unglück bringe, vor der Hochzeit das Bett miteinander zu teilen, doch das war mir egal.

»Und wenn erst mal ein kleiner Bub durch unsere Wohnung läuft, ist mein Glück perfekt«, raunte er.

Ich erstarrte. Wir hatten nie darüber gesprochen,

dass ich keine Kinder würde bekommen können. Ob er auch ohne leben könnte? Panik stieg in mir auf.

»Ludwig, ich kann keine Kinder bekommen«, sagte ich leise.

Langsam drehte er sich zu mir um. »Was macht dich da so sicher?«, fragte er. Seine Stimme klang warm. Er lächelte.

»Als mein erster Mann starb, war ich gerade schwanger. Ich habe nach seinem Tod das Kind verloren. Seitdem kann ich keine Kinder mehr bekommen.«

Ich schluckte. Wie lange hatte ich diese Erinnerungen weggeschoben? Sie waren eingeschlossen gewesen unter einer großen Glasglocke, doch jetzt hatte Ludwig sie gelüftet und sie sprangen heraus und packten mich kalt im Nacken.

»Kannst du auch mit einer Frau leben, die dir keine Kinder schenkt?«, fragte ich. Mein Hals schnürte sich zusammen.

»Warum so trübsinnig, liebste Frau?«, fragte Ludwig und streichelte mir über den Kopf.

Ich sah ihn an. »Ich habe nie verhütet, auch in meiner Ehe mit Heinrich nicht und ...«, stotterte ich.

Ludwig lachte laut auf, sodass ich zusammenfuhr. »Heinrich! Nun vergiss mal diesen Nichtsnutz«, sagte er und zwinkerte mir zu. Dann küsste er mich und legte sich auf mich. »Und jetzt weg mit den Sorgen, Frau von Axster-Kabelmann. Morgen wird erst mal geheiratet. Und dann schauen wir weiter.«

Ludwig strahlte, als wir die kleine Kirche verließen, und auch ich lächelte. Im Gasthaus hatte Carola ihren Platz neben meinem, die Kinder saßen an einem kleineren Nebentisch. Wir tranken Champagner und es herrschte eine fröhliche, ausgelassene Stimmung.

»Und, bist du glücklich?«, flüsterte mir Carola beim Nachtisch zu.

»Sehr«, sagte ich und zögerte.

»Warum habe ich das Gefühl, dass dir trotzdem etwas auf dem Herzen liegt?«, gab sie zurück.

Ich seufzte und traute mich nicht, sie anzusehen. »Ludwig will Kinder«, flüsterte ich fast tonlos.

Carola schaute mich an. Es entstand eine kurze Pause. »Ludwig liebt dich«, sagte sie dann sanft und drückte meine Hand. »Und wenn er dich liebt, wird er auch ohne leben können. Wir Axster-Frauen sind offenbar nicht zum Kinderkriegen gemacht.«

Ich sah sie an. Sie lächelte. Ich erwiderte ihren Händedruck.

Mein Vater klopfte gegen sein Glas. Langsam richtete er sich auf – Bewegungen machten ihm seit einiger Zeit zu schaffen – und setzte zu einer Rede an. Ich war in Gedanken weit weg und hörte nicht zu. Immer wieder ging mir das Gespräch mit Ludwig durch den Kopf. Konnte er ohne Kinder leben? Oder würde er eines Tages nach der Scheidung verlangen, weil ich ihm keine schenken konnte? Ludwig lachte laut auf und ich zuckte zusammen. Offenbar hatte mein Vater einen Witz gemacht. Ich lachte mit, auch wenn mein Herz sich zusammenzog.

Die nächsten zwei Wochen gehörten nur Ludwig und mir. Vierzehn wunderbare, lange Tage, bevor er wieder an die Front musste. Es waren Flitterwochen, die kein Ende zu nehmen schienen – fernab aller Verpflichtungen und Alltagssorgen. Fast jeden Tag servierte uns Alma Frühstück ans Bett und wir blieben meistens auch danach noch in unserem Schlafgemach. Ludwig war ein wundervoller Liebhaber und oft fanden wir erst am späten Nachmittag aus unseren Federn. Wenn wir es dann ab und zu auch mal früher aus dem Bett schafften, flanierten wir durch den schneebedeckten Stadtpark oder durch die Stadt; und manchmal bekam ich Ludwig sogar in eine neue Ausstellung. Wir führten ein sorgenfreies Leben. Wir hatten genug Geld, zu essen, ein hübsches Haus und der Krieg schien weit weg.

»Ich muss zurück«, sagte Ludwig an einem regnerischen Februartag. Er hatte einen Brief bekommen, der ihn aufforderte, sich wieder bei seiner Truppe einzufinden.

»Das Vaterland braucht mich«, sagte er nicht ohne Stolz, doch mir war eher zum Heulen zumute.

Ludwig nahm mich in den Arm und versicherte mir, dass er bald wieder zurück sei. Ich wollte ihm gerne glauben.

Zwei Tage später kam ich nach Hause und schlug mit Schwung die Tür hinter mir zu, sodass Ludwig, der gerade im Flur stand, vor Schreck zusammenzuckte. Er machte sich abmarschbereit und obwohl ich deswegen traurig war, sprühte ich gerade vor guter Laune.

»Umarme mich, ich bin großartig!«, flötete ich und lachte.

Ich spürte, wie mir vor lauter Grinsen die Haut spannte. Ludwig schmunzelte irritiert. »Natürlich bist du großartig! Aber warum gerade jetzt? Bist du etwa froh, dass ich abreise?«

»Blödsinn.« Ich schüttelte heftig den Kopf. »Ich bin stolz, weil ich es geschafft habe, eine kleine Galerie davon zu überzeugen, meine Skulpturen zu zeigen! Es werden zwar nur etwa fünf sein, dafür darf ich ganz allein ausstellen!«

Ich machte einen kleinen Luftsprung und drehte mich einmal um die eigene Achse. Ich hätte platzen können vor Glück. Nicht nur dass ich meine eigene Präsentation ohne andere Künstler in Graz haben durfte, sondern weil es sich bei den Exponaten um meine ersten Gips- und Tonfiguren handelte. Sie waren fast mannshoch und mein ganzer Stolz.

Als wir ins Haus gezogen waren, hatte ich Ludwig erst davon überzeugen müssen, dass ich in unserem neuen Zuhause so einen riesigen Brennofen brauchte, aber nun erntete ich die Lorbeeren dafür. Es war einfach großartig.

»Das ist schön. Wann wird die Ausstellung sein?«, fragte Ludwig lächelnd.

»Vermutlich schon in acht bis zehn Wochen!«

Mir war von diesem Gedanken ganz schwindelig. Dann stutzte ich.

»Wirst du überhaupt dabei sein können?«

Ludwig zog seine Stirn in Falten. »Ich weiß es nicht. Morgen werde ich an die Grenze zu Italien reisen. Die Makkaronifresser machen nicht mit! Italien lässt nicht nur seine einstigen Verbündeten im Stich, jetzt will es uns auch noch angreifen!« Ludwig war außer sich. »Wenigstens Deutschland hält uns die Treue«, brummte er und glitt in seine Jacke. »Die Deutschen schicken uns ein Alpenkorps zur Verstärkung, damit die vermaledeiten Südländer nicht in unser schönes Land einmarschieren ... Aber das kann noch etwas dauern. Bis dahin müssen wir alle unsere verfügbaren Kräfte an der Grenze zusammenziehen und ...« Ludwig war sichtlich aufgebracht.

»Wann wirst du zurück sein?«, unterbrach ich ihn.

Ludwig blickte mich irritiert an. Er war offenbar noch ganz in seinen Gedankengängen versunken. »Ich weiß es nicht. Das kommt auf die Italiener an«, sagte er.

Ich ging auf ihn zu und umarmte ihn. »Musst du wirklich schon fort?«

»Ja, leider.«

Er zog mich nah an sich heran und küsste mich. Dann sah er mir tief in die Augen.

»Ich freue mich auf jeden Fall jetzt schon auf meine Rückkehr. Und vielleicht hast du ja dann noch mehr gute Nachrichten zu verkünden.« Er lächelte verschwörerisch.

»Gute Nachrichten? Ich verstehe nicht. Noch eine Ausstellung?«, fragte ich lächelnd.

Ludwig verdrehte amüsiert die Augen. »Du kannst wohl nur an deine Kunst denken. Deine Ausstellung in allen Ehren, aber ich dachte eher an etwas Kleines, das in deinem Bauch heranwächst. Wer weiß?«, sagte er und seine Stimme wurde ganz sanft.

Plötzlich hatte ich einen Kloß im Hals. »Ludwig, warum quälst du mich mit diesem Thema? Ich wünschte es mir so sehr, aber ich kann nun mal keine Kinder bekommen.«

Er hielt mich weiter an der Taille fest, doch sein Gesicht nahm einen merkwürdig ernsten, fast wütenden Ausdruck an. »Warum sagst du das immer wieder? Hat das ein Arzt bestätigt? Dein Vater hat mit seinem Hausarzt gesprochen und er hat gesagt, dass nach einer Fehlgeburt ...«

»Du hast mit meinem Vater über mich gesprochen?«

Ich konnte nicht glauben, was er da gerade von sich gab, und riss mich los.

»Warum nicht? Er sorgt sich um dich«, entgegnete Ludwig.

Ich atmete tief ein. Ich konnte kaum sprechen, so wütend war ich in diesem Moment. »Er sorgt sich nicht um mich, sondern um sein Enkelkind, das er unbedingt haben will.«

»Was ist so falsch daran?«, entgegnete Ludwig.

Ich drehte mich weg. Ich hatte keine Lust mehr, darüber zu reden.

»Lass uns nicht streiten, Liebling«, sagte mein Mann, doch ich war so verärgert, dass ich mich ihm nicht zuwenden konnte.

Warum redete er hinter meinem Rücken mit meinem Vater? Warum hatte er Zweifel an dem, was ich sagte?

Plötzlich packte mich Ludwig beim Arm und riss mich herum. Ich schrak zusammen.

»Schau mich wenigstens an, wenn ich mit dir rede! Warum wehrst du dich so dagegen? Willst du etwa keine Kinder mit mir haben?«

Ich versuchte den Handgriff abzuschütteln, doch er

ließ es nicht zu. »Du tust mir weh, Ludwig. Lass mich los.« Ich schaute ihn wütend an.

Ludwig blickte ebenso verärgert. Dann ließ er mich los und griff sich eine Vase. Voller Wucht warf er sie gegen die Wand.

Ich war so erschrocken, dass ich mich nicht rühren konnte.

»Ludwig, ich ...«

»Genug!«, sagte er. »Ich will davon nichts mehr hören. Ich muss jetzt los. Lebe wohl.«

Er drehte sich abrupt um und ging ohne ein weiteres Wort. Ich stand wie versteinert und wusste nicht, was ich denken sollte. Was war geschehen? Ich spürte es kaum, als Alma einige Minuten später ins Zimmer kam, etwas zu mir sagte und mich dann langsam zum großen Sessel am Fenster zog. Dort saß ich lange und blickte in den blau- und rosafarbenen Abendhimmel.

Es wurde Mai, Juni, Juli. Endlich brach der Sommer aus in all seiner Schönheit. Die warme Sonne und die Farbenpracht der Blumen gaben Hoffnung, dass dieser verdammte Krieg, der nun schon ein Jahr lang andauerte, doch endlich ein Ende nehmen würde. Aber die Nachrichten von der Front, die bei Freunden und Nachbarn eintrafen, verbreiteten nur Trauer und Sorge. Viele junge Männer waren schon gefallen, überall sah man alte Frauen mit Trauerflor, die Anzahl der Gräber auf den Friedhöfen wuchs.

Ich ertrug es kaum, sonntags bei meinen Eltern zu

sein, denn Vater sprach nur in den höchsten Tönen und Lobgesängen vom Krieg und unserer starken Nation.

An einem Sonntag, an dem wir gemeinsam mit Vater, Mutter und Gisela eine Runde durch den Stadtpark drehten, hakte sich Carola bei mir unter. Julius war mittlerweile an der Grenze zu Frankreich, doch er sollte in den nächsten Tagen zurück sein. Die Kinder spielten mit Ilona weiter vorne Fangen. Erst als ich mich ihr zuwandte, fiel mir auf, wie sehr sie strahlte. Carola sah so jung und glücklich aus, dass ich selbst lächeln musste. Irgendwas hatte sich verändert.

»Du siehst so glücklich aus, Carola. Dir tun die Ehe und das Muttersein offenbar sehr gut. Oder hast du einen Jungbrunnen gefunden, von dem du mir noch nichts erzählt hast?«

Carola zwinkerte mir verschwörerisch zu. »Oh, die Ehe tut mir gut. Und sie ist auch sehr fruchtbar.«

Sie lachte. Ich verstand nicht und zog fragend meine Stirn in Falten.

»Ich bin schwanger, du Blitzmerker«, sagte sie kichernd.

Ich blieb stehen und starrte sie an. Dann fiel ich ihr um den Hals. Nun lachten wir beide und hatten Tränen in den Augen.

Vater drehte sich zu uns um und schüttelte tadelnd den Kopf. Carola wollte Mutter und Vater die Nachricht erst überbringen, wenn Julius zurückgekommen war. Der wusste auch noch nichts von seinem Glück.

»Aber wenn ich es dir auch noch hätte verheimlichen müssen, wäre ich geplatzt«, sagte sie.

»Und ist denn alles gesund? Wann ist der Geburtstermin?«, fragte ich meine Schwester aufgeregt.

»Ja, der Arzt sagt, es sei alles gut. Es soll im März auf die Welt kommen«, sagte Carola, doch sie sah nachdenklich aus.

»Mizzi, aber ich habe auch große Angst. Ich bin neununddreißig Jahre alt und es ist mein erstes Kind. Ich kann nicht glauben, dass mir das Schicksal noch mal so ein Glück beschert. Ich hoffe so sehr, dass nichts passiert mit dem Baby«, sagte sie und schluchzte. Der plötzliche Gefühlswandel irritierte mich.

Ich nahm sie in den Arm. »Ach Carola, alles wird gut«, sagte ich leise. »Du wirst bestimmt eine wunderbare Mutter werden. Mit den anderen sechs kannst du ja schon mal üben.«

Carola blickte mich an, dann prusteten wir wieder los. Gott sei Dank waren Vater, Mutter und Gisela schon ein ganzes Stück vorausgegangen. Sonst hätten sie sich wieder nur tadelnd umgedreht und mit den Augen gerollt.

»Wer Patentante wird, ist dann ja wohl klar«, sagte sie, als wir uns endlich wieder gefangen hatten.

»Na, Gisela wohl kaum«, sagte ich.

Nun würde ich doch noch zu einem Kind kommen – als Patentante. Das machte mich unheimlich glücklich. Das musste ich unbedingt Ludwig erzählen.

KAPITEL ZWEIUNDZWANZIG

Graz, 15. August 1915

Am 15. August traf ein Brief von Károly ein. Ich freute mich, endlich wieder mal von ihm zu hören. Ludwig schrieb mir jede Woche, doch von Károly hatte ich schon seit Monaten nichts mehr gelesen.

Er hatte offenbar seinen Dienst geleistet und lag nun mit zwei gebrochenen Beinen in einem Lazarett nahe Linz. Bei einer heftigen Detonation sei er zwanzig Meter nach hinten geworfen worden und habe sich beim Aufprall »beide Haxen« gebrochen. Doch er sei sehr froh, dass nichts Schlimmeres passiert sei und er überhaupt noch Beine habe. Ich atmete erleichtert auf. Weiter schrieb er, dass er mich besuchen komme, sobald er wieder gehen könne. Mit dem Militärdienst sei es nun erst einmal vorbei für ihn.

»Ich muss dich aber noch um einen Gefallen bitten«,

stand weiter in dem Brief. »*Du weißt, dass ich so meine Schwächen habe. Aus der letzten Schlinge habe ich es nur dank unseres gerissenen Anwalts geschafft. Ich rühme mich nicht damit, trotzdem bin ich erleichtert über den Ausgang des Verfahrens. Ich will dich nicht mit Einzelheiten behelligen. Mir ist bewusst, dass ich mich verachtenswert verhalten habe, und darauf bin ich in keiner Weise stolz, doch ich bin nun mal kein Mann zum Heiraten. Und als Vater tauge ich auch nicht, sollten die Anschuldigungen wirklich stimmen.*

Nichtsdestotrotz habe ich ein Gewissen. Sei so gut und erkundige dich in Wien nach einem Mädchen namens Marianne Stegner. Bitte lass ihr anonym 500 Reichsmark zukommen. Ich verlasse mich auf deine Verschwiegenheit. Ich zahle dir das Geld zurück, sobald wir uns sehen.«

Ich seufzte laut. Hatte Károly wieder einmal seine Finger nicht bei sich lassen können? Ich erinnerte mich an das Streitgespräch zwischen Paul und Károly kurz vor unserer Hochzeit. Und offenbar hatte er einem jungen Mädel nun ein Kind gemacht. Sie tat mir leid. Wer war das arme Ding, das jetzt Mutter wurde? Und was geschah mit dem Kind, das nie einen Vater haben würde? Károly war ein feiner Kerl, doch sein Geschmack für Frauen war höchst fragwürdig. Ich war wütend auf ihn. Warum war er nicht in der Lage, Verantwortung zu übernehmen? Trotzdem wandte ich mich wieder seinem Brief zu.

»*Verachte mich nicht, Schwägerinchen. Doch. Verachte mich, aber hass mich nicht. Ich liebe dich. Dein Károly*«

Ich rief Alma und bat sie, meine Koffer zu packen.

»Versuch uns eine Fahrkarte nach Wien zu besorgen. Wir brechen so schnell wie möglich auf.«

Alma sah mich verwundert an: »Wie lange bleiben wir?«

»Ich hoffe, nicht zu lange, doch ich muss ein Versprechen halten.«

Als Alma aus dem Zimmer war, warf ich Károlys Brief in den Kamin. Die Seiten verbrannten sofort.

Als wir in Wien aus dem Zug stiegen, atmete ich tief ein. Ein Lächeln ging über mein Gesicht. Fast hatte ich vergessen, wie es war, in einer Großstadt zu sein. Die vielen Menschen, das laute Schreien der Markthändler, Kinder, die über den Bahnsteig liefen, und das aufgeregte Geplauder um mich herum machten mich fast trunken. Gott, wie hatte ich die Großstadt vermisst! In großen Zügen sog ich die Luft ein.

Es war nicht schwierig gewesen, Marianne Stegner ausfindig zu machen. Unser Anwalt hatte mir ihre Adresse verraten, auch wenn er von der Idee der anonymen Geldübergabe nichts hielt. »Das ist wie ein Schuldeingeständnis! Also seien Sie vorsichtig und lassen Sie sich nicht erwischen«, hatte er mit erhobenem Zeigefinger gesagt, als ich seine Kanzlei wieder verließ.

Doch ich hatte schon eine Idee, wie ich es machen wollte. Marianne Stegner arbeitete in der Waschküche einer Reinigung. Unser Hotel lag ganz in der Nähe. Ich bestach einen Hotelpagen, einen alten Mantel von mir gleich nach hinten in die Waschküche zu bringen und Marianne zu bitten, ihn so schnell wie möglich zu reinigen – ohne dass die Dame vorne an der Annahme es sehen würde. Es sei eilig, da ich diesen Mantel noch am

Abend tragen wolle. Für ihre Freundlichkeit gab ich ihm einen Umschlag mit siebzig Mark mit. Den sollte er ihr überreichen. Ich war mir sicher, dass er ihr nur zwanzig Mark überlassen und den Rest behalten würde. Die fünfhundert Mark versteckte ich in der Innentasche des Mantels. Ich bat den Pagen, den Mantel eine Stunde später wieder abzuholen. Dafür bezahlte ich ihm zusätzlich zehn Mark. Als er ihn schließlich zu mir zurückbrachte, sagte er, diese Marianne sei beim Abholen überschwänglich freundlich gewesen. Er schaute etwas skeptisch, offenbar ging ihm auf, dass noch etwas Kostbareres im Mantel gewesen sein musste. Ich lächelte ihn an und bedankte mich. Meine Mission war erfüllt.

Bevor wir nach vier Tagen wieder nach Hause aufbrechen würden, wollte ich wenigstens noch einmal in Wien eine Ausstellung besuchen. Ich wählte eine kleinere mit Werken von Ida Schwetz-Lehmann. Sie war Bildhauerin und Keramikerin von Kleinplastiken. Ich hatte über sie erfahren, dass sie der Produktionsgemeinschaft der Wiener Werkstätte angehörte. Staunend betrachtete ich die kleinen Figuren, die in ihren Bewegungen sehr lebendig aussahen. Im Vergleich zu meinen Plastiken kamen sie mir feingliedrig und elegant vor.

Als wir am Vormittag des übernächsten Tages wieder in den Zug stiegen, hatte ich viele neue Eindrücke gesammelt. Es drängte mich geradezu in mein Atelier, um Neues auszuprobieren. Trotzdem war ich auch traurig. Dass ich zurück ins kleine Graz musste, schnürte mir den Hals zu. Ich beschloss, Ludwig zu fragen, ob er sich einen Umzug nach Wien vorstellen könne, wenn der

Krieg vorbei war. Ich musste einfach wieder in einer Großstadt leben. Graz kam mir im aufgefrischten Eindruck von Wien nun noch kleiner und piefiger vor als damals, als ich als junges Mädchen davongelaufen war.

Auch in Almas Augen war eine Sehnsucht zu erkennen. Gestern waren wir noch einmal über den Naschmarkt und durch die schicken Kaufhäuser gezogen und ich hatte ihr ein neues Kleid samt Schuhen gekauft – sozusagen als nachträgliches Geburtstagsgeschenk. Sie strahlte vor Glück, und das machte auch mich froh.

Als ich schließlich die Tür meines Hauses aufschloss, war ich überrascht, dass sie nicht verriegelt war. Ich rief in die dunklen Räume, doch niemand antwortete. Hatte ich tatsächlich vergessen, bei meiner Abreise die Tür zu verschließen? Ich machte das Licht an und half Alma, unsere Koffer hineinzubringen. Als ich schließlich den Salon betrat und die kleine Tischlampe am Sofa anknipste, schrie ich erschrocken auf. Im Ohrensessel vor dem Fenster saß Ludwig. Er blickte starr hinaus.

»Ludwig, um Gottes willen, hast du mich erschreckt! Ich ...«

»Wo bist du gewesen?«, fragte er, ohne mich anzusehen.

Ich ging auf ihn zu und berührte ihn am Arm. »Ich komme aus Wien. Ich musste etwas für Károly erledigen. Wie schön, dass du wieder da bist.«

Langsam drehte er sich mir zu. Ich erschrak.

Er war dürr geworden, sein Bart stand ungepflegt und stoppelig ab, seine Augen hatten tiefe Schatten und auf seiner Wange war eine breite Narbe zu sehen. Ludwig sah meinen erschrockenen Blick. Ich wollte ihm vorsichtig über die Narbe streicheln, aber er wandte sich ab.

»Was musstest du denn für Károly erledigen?«, fragte er.

Seine Stimme hatte einen schneidenden Unterton. Mein Herz bekam einen Stich. Warum nahm er mich nicht in den Arm? Wir hatten uns so lange nicht mehr gesehen.

»Ludwig«, sagte ich und berührte ihn sanft an der Schulter. »Warum schaust du mich nicht an?«

Endlich drehte er sich mir zu.

»Ich musste Schulden begleichen. Károly liegt in einem Lazarett in Linz mit gebrochenen Beinen und kann es nicht selbst tun. Da bin ich gefahren.«

Langsam stand er auf. »Es tut mir leid, Mizzi. Ich wollte nicht so schroff sein. Ich hatte mich nur so auf dich gefreut und dann war keiner hier. Verzeih mir.«

Er umarmte mich und ich spürte, dass er auch am Körper stark abgenommen hatte.

»Hättest du geschrieben, dass du kommst, wäre ich nicht gefahren«, flüsterte ich und schmiegte mich an seine Brust. »Was hältst du davon, dass ich dir ein Bad einlasse und Alma bitte, uns ein leckeres Abendmahl zuzubereiten?«

»Eine gute Idee«, sagte er.

»Wie lange kannst du bleiben?«

Ich sah zu ihm hoch, doch sein Blick wanderte hinaus aus dem Fenster. Seine Gedanken schienen weit weg zu sein.

Als wir schließlich gemeinsam am Tisch saßen, fand

er zu seinem Plauderton zurück. »Und? Ist irgendetwas passiert in der Zeit meiner Abwesenheit?«

Ich überlegte kurz. »Meine Ausstellung war ein Erfolg«, sagte ich und strahlte. Ludwig nickte. Doch dann fiel mir noch etwas viel Wichtigeres ein.

»Und Carola ist schwanger! Ist das nicht fantastisch?«

Ludwig blickte überrascht auf. »Carola? Ist sie nicht schon vierzig?«

»Neununddreißig«, sagte ich leicht tadelnd und lächelte. »Das Kind kommt im Februar oder März nächsten Jahres. Carola tippt auf einen Jungen.«

Ludwig schwieg. Dann schaute er mich an und schmunzelte verschmitzt. Er stand auf, kam um den Tisch herum und hob mich auf seine Arme. Es ging so schnell, dass ich überrascht aufschrie.

»Na, dann lass uns doch auch mal ein Kindchen zeugen«, rief er und trug mich zielstrebig ins Schlafzimmer.

Wenige Minuten später lagen wir auf dem Bett und starrten an die Decke.

»Du bist müde und geschafft vom Krieg. Das kann passieren, ist doch nicht schlimm. Ich liebe dich, Ludwig.«

Ich berührte vorsichtig seine Hand, doch er zog sie weg. Er drehte sich zur Seite. Ich schaute aus dem Fenster. Der Himmel war fast rot gefärbt, die Sonne ging gerade unter. Als ich ihn ein paar Minuten später sanft an der Schulter berührte, merkte ich, dass er eingeschlafen war.

Ich hoffte, dass Ludwig beim Aufwachen diesen

Moment der Scham vergessen hatte. Es war ihm noch nie passiert, dass sein Körper ihm nicht gehorchen wollte. Doch nach den vielen Tagen Abstinenz, in denen er statt in unserem Bett im Schützengraben gelegen hatte, empfand er es vermutlich als Schmach, nicht mit mir schlafen zu können.

Leise stand ich auf, richtete mich kurz im Bad und ging dann in mein Atelier. Dort nahm ich mir Ton zur Hand und begann, eine neue Figur zu formen. Die Erinnerungen an Ida Schwetz-Lehmanns lebendige Plastiken waren noch frisch und ich war voller Tatendrang. Konnte ich diese Feingliedrigkeit und Bewegungen der Gestalten nicht auch auf meine lebensgroßen Skulpturen übertragen?

Als ich in der Nacht in mein Bett schlüpfte, schlief Ludwig immer noch. Kein Wunder, dass er nicht in der Lage gewesen war, mit mir Liebe zu machen. Der Krieg hatte ihm jede Energie genommen. Ich streichelte ihm sanft über die Haare. Dann schlief auch ich ein.

Auch am nächsten Morgen war ich die Erste, die das Bett verließ. Meine Eltern hatten uns zum Mittagessen eingeladen. Sie hatten offenbar gehört, dass Ludwig eingetroffen war. Ich staunte immer wieder über Vaters Kontakte. Er schien seine Ohren überall zu haben. Um kurz vor zwölf machten wir uns schließlich gemeinsam in einer Kutsche auf den Weg zum Haus meiner Eltern. Wir hätten zwar auch laufen können – die Entfernung war nicht ganz so groß –, doch Ludwig schien mir trotz der langen Nacht noch sehr erschöpft zu sein.

Mein Vater begrüßte Ludwig überschwänglich und

zog ihn sofort mit sich in den Salon. Er überfiel ihn mit seinen Fragen. Offenbar verfolgte er alle militärischen Schritte sehr genau. Körperlich wurde mein Vater zwar immer gebrechlicher – er ging kaum noch aus dem Haus, und wenn, dann nur mit Stock –, doch im Kopf war er noch klar bei Verstand.

Ich lief in die Küche und traf Carola an. Sie trat sofort auf mich zu und umarmte mich. Mittlerweile war bei ihr ein kleines Bäuchlein zu sehen. Ich freute mich und streichelte über ihre Rundungen. Sie zog mich ins Speisezimmer, wo Gisela bereits wartete – mit einem sehr gut aussehenden, jungen Mann.

»Sieht man dich auch mal wieder, Schwesterherz? So viel zu tun als Künstlerin?«, stichelte sie.

Ich setzte ein Lächeln auf. »Man schlägt sich so durch. Schade, dass du meine letzte Ausstellung verpasst hast.« Ich machte eine kurze Pause. »Genau wie alle anderen.«

Gisela lächelte kühl. Dann riss sie die Augen auf. »Wie unhöflich. Ich habe euch noch gar nicht diesen jungen Mann an meiner Seite vorgestellt – Ernst Leitmeyer. Ernst bringt meinen jungen Schülerinnen das Zeichnen bei. Er ist noch neu in Graz, und ich habe seiner Mutter versprochen, mich ein wenig um ihn zu kümmern. Deshalb habe ich ihn einfach eingeladen, mich zu begleiten.«

Der junge Mann verbeugte sich tief. Er sah gut aus – groß, schlank, mit welligen schwarzen Haaren und leuchtend blauen Augen. Ich lächelte ihn an.

»Ist mir eine Freude, Ihre Bekanntschaft zu machen, Herr Leitmeyer«, sagte ich.

»Und mir erst«, sagte er und gab mir einen Handkuss. »Ich hatte das Vergnügen, Ihre Bilder anzusehen, und bin beeindruckt«, sagte er und sah mir tief in die Augen.

Ludwig, Julius und mein Vater betraten das Esszimmer und Ludwigs Blick blieb sofort an Leitmeyer hängen.

Gisela stellte Leitmeyer noch einmal vor, dann nahmen wir Platz am großen Esstisch. Gisela setzte sich schnell links neben Ludwig, ich war an seiner rechten Seite. Neben mir nahm Leitmeyer Platz. Ich freute mich, ein wenig fachsimpeln zu können. Während ich mit Leitmeyer plauderte, hörte ich, wie Gisela immer wieder auflachte. Offenbar war Ludwig ins Erzählen gekommen. Sie kicherte und gackerte wie ein junges Mädchen.

Als die Männer später im Salon ihren Kaffee einnehmen und eine Zigarre rauchen wollten, baten meine Schwestern und ich darum, uns zurückziehen zu dürfen. Beim Hinausgehen blieb ich leider mit der Fußspitze am Teppich hängen und fiel ungeschickt vornüber. Doch Leitmeyer fing mich auf. Ich bedankte mich und lachte über mein Ungeschick. Er gab mir noch einen Handkuss und beteuerte, dass er mich jederzeit wieder auffangen würde. Ich spürte, wie mir die Hitze ins Gesicht stieg. Er hatte Charme, dieser Kunstlehrer.

Auf dem Weg nach Hause sagte Ludwig kein Wort. Er schien versunken in seine Gedanken, sein Ausdruck war ernst und abwesend. Als wir schließlich unser Haus betraten, fand er seine Sprache zurück.

»Er hat dir wohl gefallen, der Herr Kunstlehrer?«

Er versuchte ein Lächeln, doch es missglückte. Ich seufzte, ging auf ihn zu und streichelte über seine Haare.

»Nicht so sehr wie du. Bist du schon wieder eifersüchtig, mein Brummbär?«

Ludwig packte meinen Arm und hielt ihn fest.

»Aua, tu mir nicht weh ...« Ich wehrte mich.

Er lachte, warf mich über seine Schulter und schleppte mich ins Schlafzimmer.

»Na, Sie gehen ja ran, Herr Hauptmann«, rief ich.

Er warf mich aufs Bett, legte sich auf mich und küsste mich stürmisch. Ich ließ es geschehen. Ludwig zerrte meine Kleidung nach oben. Dabei riss mein Unterrock.

»Nicht so stürmisch, mein Herr«, raunte ich in sein Ohr. Doch er schien mich nicht zu hören.

Schwer keuchend wälzte er sich auf mich. Ich versuchte ihn zu küssen und zu streicheln, doch er hielt meine Hände fest. Als er in mich drang, stiegen Tränen in mir hoch. Doch ich schluckte sie herunter.

»Du gehörst mir, nur mir«, stöhnte er und stieß immer wieder in mich. Dann kam er mit einem lauten Stöhnen.

Als er sich schließlich von mir rollte, blieb ich ein paar Minuten reglos liegen. Dann ging ich ins Bad, um mir eine Wanne mit duftendem Schaum einzulassen. Ludwig löschte das Nachtlicht und fiel sofort in einen tiefen Schlaf.

»Wann muss er wieder fort?«, fragte mich Carola, als wir am folgenden Tag im Café saßen und an unserer heißen Schokolade nippten. Doch ich hörte ihr nicht richtig zu.

Immer wieder ging mir der gestrige Abend durch den Kopf.

»Was hast du gefragt?«

Carola lachte.

»Wo bist du mit deinen Gedanken? Wann Ludwig wieder zurückmuss, wollte ich wissen. Oder was lässt dich so trübsinnig dreinschauen?«

Plötzlich musste ich weinen. Carola sah erschrocken aus. Die Tränen schossen einfach nur so aus mir heraus. Ich hatte nicht vorgehabt, jemandem von Ludwig und mir zu erzählen, doch irgendwem musste ich meinen Kummer anvertrauen. Als ich endete, schaute mich Carola voller Sorge an.

»Du musst ihn verlassen. Er wird dir wieder wehtun.«

Ich schluchzte erneut. Wie sollte das funktionieren? Wir waren gerade erst getraut worden. Und ich liebte Ludwig. War nicht der Krieg daran schuld, dass er jede Zärtlichkeit verloren hatte?

KAPITEL DREIUNDZWANZIG

Graz, 6. September 1915

Ludwig war abgereist, und es war unklar, wann wir uns wiedersehen würden. Aber vielleicht tat uns eine kleine Pause ganz gut. Ich konnte nicht leugnen, dass ich froh gewesen war, als er fuhr.

Als ich im Atelier an der Tonscheibe saß, trat Alma ein.

»Gnädige Frau, wir haben keine Kohle mehr, und ich weiß nicht, wo ich noch welche herbekommen soll. Alle rüsten sich schon für den Winter, es ist alles ausverkauft.«

Ich schaute sie erschrocken an.

»Die Vorräte werden langsam knapp. Ich brauche mehr Geld, um einkaufen zu gehen«, fügte sie hinzu.

Ich seufzte. Ich wusste, dass Alma recht hatte. Lebensmittel waren in diesen Tagen ein rares Gut und kosteten viel Geld. Doch woher sollten wir neue Kohle bekommen? Ich würde wohl meine Eltern aufsuchen müssen. Vater würde mir sicher Heizmaterial besorgen.

Zwei Stunden später fuhr ich zum Kaffee in mein Elternhaus. Vater saß im Salon und hatte offenbar Besuch von einem anderen Offizier. Mutter war in ihrem Zimmer. Als ich klopfte und eintrat, drehte sie sich mir zu. Sie machte einen ausgeruhten und interessierten Eindruck.

»Mizzi, komm herein«, sagte sie leise und lächelte mild. »Wie schön, dass du mal wieder zu Besuch bist. Erzähl mir von dir. Ich weiß so wenig. Geht es dir gut? Ist Ludwig ein liebevoller Mann?«

Ihre Fragen überrumpelten mich. Obwohl ich nicht wollte, rollten mir plötzlich die Tränen übers Gesicht. Ich konnte sie nicht bremsen. Mutter kam und strich mir sanft über den Arm. So hatte ich sie noch nie erlebt. Zunächst etwas stockend, doch dann immer flüssiger erzählte ich ihr von meinem Kummer mit Ludwig und seiner Eifersucht. Und dass er mir sehr wehgetan habe. Sie sah erschrocken aus, sagte jedoch nichts. Sie drehte sich wieder zum Fenster um und schien in ihre eigenen Gedanken versunken. Ich stand leise auf und entschuldigte mich bei ihr. Es war mir peinlich, so offen zu meiner Mutter gewesen zu sein. Was war nur in mich gefahren, ihr das Ganze anzuvertrauen? Vielleicht war es besser, noch mal zu kommen, wenn Vaters Besuch weg war.

Am kommenden Tag fühlte ich mich wieder gut und ging beschwingt in mein Elternhaus. Vater saß in seinem

Sessel im Salon und paffte Zigarre. Als ich eintrat, sah er kurz auf. Ich schloss die Tür hinter mir. »Vater. Ich möchte dich um einen Gefallen bitten«, platzte ich heraus.

»Dir auch einen schönen Tag, Tochter«, brummte er.

»Verzeih, den wünsche ich dir auch«, stammelte ich und versuchte ein Lächeln.

»Und was für ein Gefallen ist das? Brauchst du Geld?«, fragte er schroff.

Ich schien ihn zu stören in seiner Lektüre.

»Wir haben keine Kohle mehr zum Heizen. Kennst du jemanden, der mir Kohle verkaufen und bringen könnte?«

Vater blickte mich an. »Du hast recht, Kohle zu bekommen ist in diesen Tagen schwer. Ich will mich umhören, wer noch etwas beschaffen kann. So lange nimm einen Vorrat von uns mit.«

Ich bedankte mich herzlich und wollte mich schon auf den Weg nach draußen machen, als Vater mich erneut rief.

»Maria, ich will dich auch um einen Gefallen bitten.«

Ich stutzte und drehte mich ihm erneut zu.

»Deine Mutter erzählte mir, dass du – wie soll ich sagen – Schwierigkeiten in deiner Ehe hast.«

Ich war wie versteinert. Was hatte sie ihm erzählt? Vater stand auf und kam langsam auf mich zu. Sein Gesichtsausdruck war streng.

»Nur dass du nicht wieder auf falsche Gedanken kommst - eine weitere Scheidung dulde ich nicht. Du wirst Ludwig eine gute und fürsorgliche Ehefrau sein, sonst -« Er machte eine Pause. Seine Augen funkelten böse. »Sonst werde ich dich enterben. Und glaub mir, mit den Gefallen ist es dann auch vorbei.«

Ich starrte ihn an und war außerstand, mich zu bewegen. Als ich nicht antwortete, redete Vater einfach weiter.

»Was er sich von Herzen wünscht, ist ein Kind. Maria, ich kenne dich und weiß, was für ein Sturkopf du sein kannst. Aber ich dulde nicht, dass du Ludwig diesen Wunsch verweigerst!«

Den letzten Satz hatte er gebrüllt.

Ich war so entsetzt, dass ich nur dastand, ohne etwas zu erwidern. Vater schien zu glauben, dass ich nur nicht schwanger wurde, weil ich nicht wollte. Ich war fassungslos.

Vater stützte sich auf seinen Stock, dann klingelte er nach Ilona. Für ihn war die Unterredung beendet. Ilona kam und führte ihn aus dem Raum. Ich stand weiter da und konnte mich nicht rühren. Erst Augenblicke später hatte ich die Kraft und rannte aus dem Haus.

Der Dezember kam und ich wartete auf Ludwig. Er hatte sein Kommen für den 15. Dezember schriftlich angekündigt. Seit dem Vorfall mit meinem Vater war ich nicht mehr in das Haus meiner Eltern gegangen. Doch Vater hatte dafür gesorgt, dass unser Keller mit Kohle gefüllt war, und dafür war ich ihm dankbar. Károly hatte sich für den vierten Advent angemeldet und ich freute mich riesig auf ihn. Wir hatten uns eine Ewigkeit nicht mehr gesehen.

In den nächsten Tagen fing ich an, das Haus weihnachtlich zu schmücken, schließlich wollte ich, dass es heimelig wirkte, wenn Ludwig aus dem Krieg nach Hause kam. Vielleicht hatte dieser Krieg auch bald ein Ende, so hoffte ich jedenfalls. Im Oktober hatte Serbien offiziell seine Kapitulation bekannt gegeben, doch mittlerweile kämpfte Österreich-Ungarn an mehreren Fronten. Neben Italien war nun wohl auch Russland unser Feind. Trotzdem war meine Hoffnung groß, dass wir schon bald wieder zur Normalität zurückfinden könnten.

Als ich gerade dabei war, ein paar Engelchen aufzustellen, klopfte Alma an die Tür.

»Komm nur herein. Schau, wie hübsch die kleinen Engel sind«, sagte ich.

Alma lächelte, doch ich sah, dass sie etwas auf dem Herzen hatte. Sie wirkte müde, und ich überlegte, wie alt sie jetzt sein musste. Sechzig? Oder älter?

»Meine Schwester hat mir geschrieben«, sagte sie leise. »Es geht ihr nicht gut. Sie hat seit Wochen eine Lungenentzündung und die Ärzte haben keine großen Hoffnungen mehr, dass sie wieder gesund werden wird.«

Alma fing an zu zittern. Sie kämpfte darum, nicht weinen zu müssen. Schnell lief ich auf sie zu und umarmte sie.

»Ich habe ihr versprochen, über Weihnachten zu kommen«, sagte sie. »Und zu bleiben, um mich um sie zu kümmern.«

Alma senkte ihren Blick. Jetzt schnürte sich auch mein Hals zu.

»Das heißt, du verlässt uns?«, flüsterte ich.

Alma nickte. Eine Träne rann ihre Wange herab. Mir schossen auch die Tränen in die Augen. Wie lange hatte mir Alma zur Seite gestanden? Mich begleitet in guten wie in schlechten Tagen? Ich nahm sie erneut in den Arm.

»Alma, liebe Alma, natürlich macht es mich traurig, dich gehen zu lassen. Aber du musst tun, was dein Herz dir sagt. Kümmere dich um deine Schwester.«

Meine Stimme war belegt. Alma schluchzte auf.

»Ich lasse Sie nicht gerne allein.«

Ich nickte. Sie drehte sich schon um zum Gehen, dann hielt sie noch mal kurz inne.

»Ich werde nach Silvester noch einmal kommen und meine Sachen abholen«, sagte sie und ich nickte erneut.

Am 15. Dezember traf Ludwig ein. Ich empfing ihn am Bahnhof und wir umarmten uns. Ich hatte das Gefühl, dass er noch dünner geworden war. Alma hatte uns ein besonderes Essen vorbereitet und die Betten frisch bezogen. Am 20. Dezember wollte sie zu ihrer Schwester aufbrechen.

Ich erzählte Ludwig, dass Alma uns verlassen werde, und er schien bestürzt. Er wusste, wie viel sie mir bedeutete. Zu Hause angekommen, streifte er seine Schuhe ab und ließ sich in den Sessel am Fenster fallen.

»Gib mir ein paar Minuten, ich bin so müde«, sagte er, dann fielen ihm schon die Augen zu.

Ich betrachtete ihn und fragte mich, ob unsere Liebe noch eine Chance hatte.

Am 19. Dezember kam Károly zum Adventskaffee. Als er eintrat, fiel ich ihm stürmisch um den Hals. Ludwig war zwar nicht begeistert gewesen, als ich ihm von seinem Besuch erzählt hatte, doch er gab sich an diesem Tag alle Mühe, ihn herzlich willkommen zu heißen. Seitdem er da war, hatten wir nicht miteinander geschlafen. Überhaupt gingen wir uns aus dem Weg. Ich fragte mich, ob er ebenfalls versucht hatte, den Abend nach dem Besuch meiner Eltern zu verdrängen. Károly wollte bis zum Donnerstag in der Stadt bleiben und dann zurückfahren.

»Warum feierst du nicht Weihnachten mit uns?«, fragte ich ihn. Károly schwieg.

»Bitte, ich würde mich so freuen, dich bei uns zu haben«, sagte ich und schaute Ludwig auffordernd an.

Der sagte erst nichts, doch dann nickte er. »Wir würden uns wirklich freuen, dich bei uns willkommen zu heißen, lieber Schwager«, sagte er leise.

Seine Stimme klang freundlich. Károly sah ihn überrascht an. Eine Pause entstand.

»Na gut«, stammelte er. »Wenn ihr mich so bittet, will ich mich nicht wehren.«

Er lächelte vorsichtig und ich jauchzte auf.

»Wie schön!«

Als ich tags darauf in der Stadt war, um Weihnachtsgeschenke zu besorgen, sah ich einen eleganten, hellbeigen Mercedes mit rotbraunem Dach um die Ecke biegen. Es war ein ungewohntes Bild, einen Wagen auf der Straße zu sehen. Deshalb schaute ich noch einmal. Er sah sehr schön aus.

Die meisten in Graz fuhren mit der Kutsche oder der

Straßenbahn. Der Wagen rollte sehr langsam, fast im Schritttempo die Straße entlang. Ich drehte mich wieder um, den Blick geradeaus gerichtet, und lief weiter. Doch nach ein paar Minuten hatte ich das Gefühl, dass der Wagen mich verfolgte. Erneut wandte ich mich um, doch das Auto war weg. Ich lachte auf. Jetzt spielten mir meine Gedanken aber einen Streich.

Ich ging in ein Lederwarengeschäft, wo ich Ludwig neue Handschuhe kaufen wollte. Der Verkäufer zeigte mir verschiedene Modelle. Als ich das Geschäft nach einer halben Stunde wieder mit einem Paar verließ, parkte der Mercedes ganz in der Nähe am Straßenrand. Ich lief die Straße weiter hinunter und kam an ein Geschäft mit erlesenen Seifen. Hier konnte ich noch eine Kleinigkeit für Mutter und für Alma besorgen. Doch auch als ich aus diesem Laden ging, sah ich aus dem Augenwinkel, dass der Mercedes nicht weit entfernt am Straßenrand wartete. Jetzt wollte ich es wissen. Zielstrebig lief ich auf den Wagen zu. Als ich näher kam, wurde plötzlich der Motor gestartet und das Auto fuhr los. Durch das Fenster hatte ich nur für einen kurzen Augenblick einen Mann gesehen mit rotbraunen Haaren und Bart. Mein Herz machte einen Satz. Konnte es sein, dass es Heinrich gewesen war?

KAPITEL VIERUNDZWANZIG

Graz, 27. Dezember 1915

Weihnachten kam und wir hatten zu dritt ruhige Tage vor dem Kamin genossen. Ludwig und Károly hatten viel über militärische Ziele und Strategien gesprochen und ich hatte versucht, sie ein bisschen zu verwöhnen. Mein Erlebnis mit dem Mercedes hatte ich mit keiner Silbe erwähnt. Ich war mir auch nicht mehr sicher, ob nicht meine Fantasie mit mir durchgegangen war.

Am 27. Dezember erschien Károly nachmittags zum Kaffee, um Abschied zu nehmen. Am kommenden Tag wollte er zurück nach Wien fahren.

»Wie sehr ich dich darum beneide, nach Wien zu reisen«, sagte ich. »Mir fehlt die Großstadt so sehr.« Károly sah mich erstaunt an. »Dann komm mich doch mal besuchen, Mizzi«, sagte er und lächelte. »Ich würde mich sehr freuen.«

Ludwig drehte sich zu uns um. Er stand am Kamin.

»Du bist natürlich auch eingeladen, lieber Ludwig«, fügte Károly hinzu. »Ein wenig Großstadtluft schnuppern.«

Beim Abschied umarmte ich ihn lange. Es fiel mir schwer, ihn wieder gehen zu lassen. Ludwig war schweigsam und schüttelte ihm kurz die Hand.

Als wir uns abends im Schlafzimmer für die Nacht vorbereiteten, musste ich über Wien nachdenken. Ob ich eines Tages dorthin zurückkehren könnte? Insgeheim träumte ich von einer großen Ausstellung. Eine Ausstellung, in der nur ich meine Bilder und Skulpturen würde zeigen können. Ich, Maria von Axster-Kabelmann.

»Mir geht Wien nicht aus dem Kopf. Wäre das nicht eine schöne Abwechslung für uns, dorthin zu fahren?«, fragte ich Ludwig und kämmte mir das Haar. »Wir könnten Károly besuchen und ein wenig auf andere Gedanken kommen. Ich würde dir die Stadt zeigen, ich kenne noch viele schöne Ecken und Orte.«

Der Gedanke begeisterte mich. Ludwig schwieg. Fröhlich plauderte ich weiter und schwärmte von den Parks und Cafés.

»Mizzi, wir haben Krieg! Wie kannst du da denken, dass ich herumfahre, um mich auf andere Gedanken bringen zu lassen?«, fuhr mich Ludwig an.

Erschrocken zuckte ich zusammen und sah, wie aufgewühlt er war. Seine Augen funkelten zornig.

»Entschuldige, ich wollte dich nicht verärgern. Mir fehlt die Großstadt nur manchmal und da dachte ich ...«

»Dir fehlt die Großstadt also? Reicht der Dame das kleine Graz nicht mehr? Zieht es dich auf die großen Boulevards? Während unsere Soldaten ihren Dienst an der Front tun, wäre dir mehr danach, Ausstellungen zu besuchen? Ist es das?«

Er sprach sich in Rage.

»Oder fehlt dir dein sogenannter Bruder? Würdest du vielleicht viel lieber ganz ohne mich zu Károly fahren?«

Verwirrt blickte ich ihn an. »Nein, ich dachte, eine schöne Reise würde uns guttun. Eine nachgeholte Hochzeitsreise. Ich kann nicht fassen, dass du schon wieder eifersüchtig auf Károly bist!«

Wut stieg in mir hoch. Voller Zorn starrten wir uns in die Augen. Dann legte ich mich in mein Bett und drehte mich zum Fenster. Sollte er mir doch den Buckel runterrutschen.

»Mizzi, verzeih«, hörte ich ihn plötzlich kleinlaut hinter mir.

Ludwig berührte sanft meine Schulter. Ich wandte mich um.

Sein Blick war nicht mehr verärgert, er sah traurig aus.

»Du musst das verstehen. Ich bin so oft weg und nachher kommt ein anderer und ... Ich will dich nicht verlieren ... Wenn nur endlich dieser Krieg zu Ende wäre.«

Er brach ab. Plötzlich tat er mir leid. Meine Wut war verflogen. Ich küsste ihn und er erwiderte meinen Kuss wie ein Ertrinkender. Gierig zog er mich an sich heran und fing an, mein Nachthemd herunterzuzerren. Ich wusste nicht, ob ich das wollte. Seine Berührungen waren schnell, drängend, fordernd. Mit fast tierischen Lauten wälzte er sich auf mich und drang in mich ein. Ich schnappte nach Luft. Es ging mir alles zu schnell. Ich wollte, dass er mich ansah, nahm sein Gesicht in meine Hände, doch er arbeitete sich zielstrebig dem Höhepunkt entgegen, seinen Blick auf die Wand gerichtet. Als er kam, entwich ein lautes, raues Stöhnen seinem Mund, dann ließ er sich zur Seite fallen. Ich lag starr neben ihm. Ludwig drehte sich zu mir, gab mir einen Kuss und löschte dann das Licht. Während er einschlief und ruhig atmete, lag ich noch stundenlang wach und starrte an die Decke.

Silvester feierten wir gemeinsam mit Carola und Julius. Sie waren in ein größeres Haus gezogen und wollten mit uns nun auf ihren Einzug anstoßen. Auch meine Eltern hatten sie eingeladen, doch Vater ging es schlecht. Er hatte sich eine starke Erkältung zugezogen, die Knochen taten ihm weh.

An diesem Abend versuchte ich, Ludwig, wo es ging, aus dem Weg zu gehen. Als ich mit Carola allein in der Küche stand, nahm sie mich in den Arm.

»Was ist los mit dir? Du bist so still und nachdenklich geworden. Du gefällst mir gar nicht, Liebes.«

Sie guckte mir in die Augen, doch ich senkte meinen Blick schnell. Ich wollte sie nicht mit meinen Sorgen belasten.

»Hat er dir wieder wehgetan?«, fragte sie besorgt.

Da schwang die Tür auf und Julius kam herein.

»Jetzt mal schnell, die Damen. Gleich ist es zwölf«, rief er und wir gingen mit auf den Balkon, um dem Feuerwerk zuzuschauen.

»Worauf sollen wir anstoßen?«, fragte Carola und hielt ihr Wasserglas in die Höhe.

»Auf die Liebe«, trällerte Julius und strich seiner Frau selig über den Kugelbauch.

»Auf die Liebe«, sagten Ludwig und ich in monotonem Einklang. Der Gong der Kirche war zu hören. Der Schluck Sekt schmeckte schal. Das Jahr 1916 hatte begonnen.

Am Neujahrstag ging ich zu meinen Eltern, um ihnen ein frohes neues Jahr zu wünschen. Vater lag in seinem Bett und wollte auf seinem Zimmer bleiben.

Auch Carola und Gisela waren zum Mittagessen erschienen. Doch Mutter schien an diesem Tag wieder weit weg zu sein mit ihren Gedanken. Sie zog sich gleich nach dem Dessert in ihr Mansardenzimmer zurück.

Als wir zum Kaffee im Salon saßen, erschien Vaters Arzt an der Haustür. Ilona hatte ihn kontaktiert, da Vaters Husten sich nicht bessern wollte. Er stieg sofort hinauf, um Vater zu untersuchen. Als er fertig war, kam er zu uns in die Stube.

»Ich glaube nicht, dass Ihr Vater es noch lange schaffen wird«, sagte er ohne große Umschweife. »Er ist kurzatmig und kämpft mit einer schweren Lungenentzündung.«

Carola schluchzte auf und schlug sich die Hand auf den Mund.

»Sie sollten sich mit dem Gedanken vertraut machen, dass er bald von uns gehen wird. Nutzen Sie die Gelegenheit, Abschied zu nehmen.«

Nun weinte auch Gisela. Ich schaute zu Boden.

Hatte ich ihm nicht oft genug den Tod gewünscht? Nun, da es so weit war, tat er mir leid. Wie sollte ich mich von ihm verabschieden? Hatten wir uns überhaupt noch etwas zu sagen? Ich war durcheinander und schaute hinaus. Das Wetter war grau und trüb und passte zu meiner Stimmung. Gisela, Carola und ich beschlossen, nacheinander zu Vater zu gehen. Jede wollte noch einmal mit ihm sprechen. Gisela war die Erste. Danach kam Carola. Als schließlich ich die Stufen zu seinem Schlafzimmer emporstieg, fühlten sich meine Beine schwer an, so als hätte ich Blei an den Füßen. Ich hatte einen Stein im Magen. Was sollte ich ihm ausrichten? Dass es mir leidtat, dass wir so oft gestritten hatten? Tat es mir denn leid? Hatte ich mich nicht wehren müssen? Wollte ich mich versöhnen? Von Schritt zu Schritt wurde ich langsamer. Erinnerungen stiegen in mir auf. Vater, wie er vor uns hergelaufen war auf unseren gemeinsamen Spaziergängen – allein, in weiter Ferne, unnahbar. Vater, wie er meinen Engel an die Wand geworfen hatte. Wie er mich mit dem Gürtel geschlagen hatte. Vaters Wutausbrüche. Als ich schließlich meine Hand auf die Türklinke legte, fehlte mir die Kraft, sie hinunterzudrücken. Ich hielt inne und lauschte. Ich öffnete die Tür vorsichtig einen Spalt. Als ich nichts hörte, wollte ich sie schon schließen, da rief er plötzlich meinen Namen. Ich zuckte zusammen. Es war nicht ganz so laut und resolut, wie ich es kannte, aber doch gut zu verstehen. Dann erneut: »Maria!«

Es war keine Frage, es war eine Aufforderung. Ein Hustenanfall folgte. Ich öffnete die Tür.

»Wo ist Maria?«, herrschte er mich an und hustete weiter.

»Vater, ich bin doch hier«, sagte ich vorsichtig und trat etwas näher.

Er starrte mich wütend an. »Nicht du, unsere Maria.« Dann hielt er inne.

»Ilona meine ich.«

Offenbar war ihm wieder eingefallen, dass Maria seit zwei Jahren nicht mehr hier arbeitete. Sie war zu alt und Ilona hatte jetzt ihre Stelle im Haus eingenommen. Sie kümmerte sich Tag und Nacht um Vater.

»Was willst du?«, fragte er mich barsch.

Ich wusste nicht, was ich darauf antworten sollte. Ich fühlte mich unwohl, wollte einfach nur weg, raus aus diesem Zimmer, fort aus diesem Haus. Als ich nicht antwortete, übernahm mein Vater die Konversation.

»Setz dich«, befahl er und ich setzte mich zögernd auf einen Stuhl neben seinem Bett. Er blickte mich an. Wir schwiegen.

»Sonst machst du den Mund auf, wenn du nicht gefragt wirst, und jetzt schweigst du wie ein stummer Fisch?«, raunzte er.

Offenbar war er in Angriffslaune. Ich dachte nach. Mir fiel nicht ein, was ich ihm noch sagen sollte. Mein Kopf war leer.

»Der Doktor sagt, dass es dir nicht gut gehe und dass wir ...«, versuchte ich es.

»Ach was, der Doktor hat keine Ahnung. Ich bin noch nicht tot«, brummte er. »Jetzt kommt ihr alle an, um Abschied zu nehmen? Dass ich nicht lache.« Wieder hustete er.

»Ich wollte nur schauen, wie es dir geht und ob du noch etwas brauchst. Aber ich will nicht weiter stören«, sagte ich und erhob mich.

Da packte er plötzlich meinen Arm und hielt mich fest. Ich war überrascht, wie viel Kraft er noch hatte. Er deutete mit dem Zeigefinger an, dass ich mich zu ihm hinunterbeugen sollte. Offenbar fiel ihm das Sprechen schwer. Ich tat es, auch wenn ich einen großen Widerwillen verspürte. Als ich mit meinem Kopf nah an seinen Lippen war, flüsterte er: »Du hast mir nur Ärger gemacht. Weiß der Teufel, warum Richard gehen musste und deine Mutter dich auf die Welt gebracht hat.«

Alles in mir krampfte sich zusammen. So sah also die große Versöhnung aus. Ich wollte meinen Kopf schon wieder heben, doch er hielt mich weiter fest.

»Ich will dir verzeihen, Maria. Wenn auch spät, hast du doch noch einen anständigen Mann geheiratet. Nun mach mir keine Schande und schenke ihm ein Kind.«

Ich schnellte hoch und riss mich von ihm los. Dann sah ich ihm fest in die Augen.

»Ich kann keine Kinder bekommen, Vater.«

Er bekam einen neuen Hustenanfall, dass ich dachte, er würde ersticken. Ich stand da und wartete ab. Als er sich wieder gefangen hatte, nahm sein Gesicht einen wütenden Ausdruck an.

»Nichts hast du zustande gebracht, nichts«, sagte er. »Durch und durch eine Enttäuschung.« Er funkelte böse.

»Ich bin Künstlerin«, antwortete ich.

Da brach er in Lachen aus. Seinem dröhnenden Lachen folgte ein weiterer schlimmer Husten. Ich hatte kein Interesse daran, mich weiter auslachen zu lassen, und wandte mich um zum Gehen.

»Du bleibst hier, wenn ich mit dir rede«, krächzte Vater.

Erneut drehte ich mich zu ihm.

»Du kannst malen, wie es dir beliebt. Doch vergiss nicht, wo dein Platz ist im Leben. Du bist Ehefrau und hoffentlich bald Mutter. Sonst nimmt sich Ludwig eine andere. Ihm steht ein Kind zu – vergiss das nicht!«

»Und mir steht ein Leben zu!«, schrie ich.

Tränen stiegen in mir auf und ich rannte aus dem Zimmer. Unten knallte ich die Eingangstür zu und lief weg. Ich würde nie wieder hierher zurückkehren. Wie sehr ich das alles hasste. Blind vor Tränen und Wut lief ich die Straße hinunter, bis ich in einen Mann hineinrannte. Als ich aufblickte, erschrak ich. Vor mir stand Heinrich.

Er schaute mich an und lächelte sanft. Um seine Augen waren kleine Lachfältchen, sein Blick war warm und besorgt. Ich starrte ihn an wie eine plötzliche Marienerscheinung.

»Mizzi, ich bin so froh ...«, fing er an.

Schnell legte ich ihm meine Hand auf den Mund. Ich war so perplex, ihn hier zu treffen, dass ich außerstand war, etwas zu sagen. Ich wollte ihn nicht sehen, seine Stimme nicht hören. Heinrich schaute mich erstaunt, aber amüsiert an. Dann riss ich meine Hand weg, drehte mich um und lief davon. Ich hörte Heinrich noch hinter mir meinen Namen rufen, aber ich wollte einfach nur weg. In meinem Kopf rauschte es. Als ich hinter der nächsten Ecke zum Stehen kam, ging mein Herz rasend schnell, nur langsam bekam ich wieder Luft. Aus Angst, dass Heinrich mir hinterherkommen würde, streckte ich meinen Körper durch und ging schnellen Schrittes weiter. Meine Gedanken überschlugen sich: Was um alles in der Welt wollte er hier?

KAPITEL FÜNFUNDZWANZIG

Graz, immer noch am Neujahrstag 1916

Als ich endlich zu Hause ankam, ließ ich die Tür laut ins Schloss fallen und lehnte mich mit dem Rücken gegen sie. Ich musste erst einmal durchatmen. Mein Kopf dröhnte, ich hielt mir die Schläfen und schloss die Augen. In meinen Ohren rauschte es immer noch.

»Mizzi, was ist mit dir?«, hörte ich Ludwigs Stimme.

Ich öffnete die Augen. Er kam auf mich zu, sein Blick war voller Sorge.

»Willst du dich erst mal ausruhen? Du siehst ja aus, als hättest du ein Gespenst gesehen!«

Ich ließ mich von Ludwig zu einem der Sessel führen und setzte mich. Ich fühlte mich elend. Ein neuer Schmerz zuckte durch meine Schläfen, sodass ich zusammenfuhr.

»Mein Gott, Mizzi. Möchtest du ein Glas Wasser?«

Ich nickte. Dann wurde mir schwarz vor Augen.

Als ich aufwachte, lag ich auf meinem Bett. Ludwig hatte mich offenbar in unser Schlafzimmer hinübergetragen, mir Mantel und Schuhe abgenommmen und die Vorhänge zugezogen. Meine Kopfschmerzen waren noch da, aber lange nicht mehr so stark. Ich drehte mich zur anderen Seite und schlief wieder ein. Als ich erwachte, saß Ludwig auf meinem Bettrand und lächelte. Er hatte die kleine Nachttischlampe am Bett angeschaltet.

»Jetzt hast du über vier Stunden geschlafen. Geht es dir besser?«

Ich nickte vorsichtig. Doch ich fühlte mich immer noch schläfrig. Ludwig nahm meine Hand.

»Ich war in deinem Elternhaus. Gisela hat mir erzählt, wie es um deinen Vater bestellt ist. Es tut mir leid, Mizzi. Er ist ein großartiger Mann.«

Ludwig brach in Tränen aus. Ich war so überrascht, dass ich nichts sagen konnte. Ich hatte ihn noch nie weinen sehen. Schnell wischte er seine Tränen weg.

»Verzeih. Jetzt lade ich auch noch meinen Kummer bei dir ab, obwohl du es bist, die getröstet werden muss. Aber ich habe ihm viel zu verdanken. Er war wie ein Vater für mich.«

Er zitterte. Doch dann fing er sich. Ich wollte etwas sagen, Ludwig hob die Hand.

»Nein, sag nichts. Ruh dich aus. Gesund bist du deinem Vater sicher lieber.«

Tot wäre ich ihm am liebsten, dachte ich, schwieg

aber. Ludwig ging aus dem Zimmer und ich machte
erneut die Augen zu.

Am nächsten Morgen waren meine Kopfschmerzen
verflogen. Ich stand auf und lief in unseren Salon.

»Ludwig?«

Keine Antwort. Er war offenbar nicht im Haus. Ich
machte mich im Bad frisch und zog mich an. Als ich
gerade die Tür öffnen wollte, ging sie auf. Herein trat
Alma. Sie strahlte mich an und ich warf sofort meine
Arme um ihren Hals.

»Alma, liebe Alma, bist du es wirklich?«

Sie lächelte. »Ich hatte der gnädigen Frau doch
gesagt, dass ich noch mal kommen würde, um meine
Sachen zu holen.«

»Schön, dass du da bist«, sagte ich.

»Aber Sie sehen nicht gut aus, gnädige Frau. Ganz
blass und erschöpft. Soll ich nachher eine gute Hühner-
suppe kochen? Der Metzger hat gewiss noch ein paar
Knochen zum Auskochen für mich.«

Ich lachte. »Du weißt, dass ich deine Suppe liebe.
Aber nur, wenn Zeit ist.«

Sie lächelte, dann schob sie mich aus der Tür. »Sie
gehen jetzt ein wenig frische Luft schnappen und ich
besorge die Zutaten. Nachher packe ich«, kommandierte
sie.

Ich ließ es gerne geschehen. Draußen stürmte es,
doch das machte mir nichts. Ich wickelte den Mantel
enger um meine Taille, hielt meinen Hut fest und stapfte
los. Ich wusste nicht genau, wo ich hinsollte, doch ich

brauchte frische Luft. Auch wenn der Wind eisig war, tat es mir gut, mich so durchpusten zu lassen.

Als ich schließlich an einem kleinen Café nahe der Herz-Jesu-Kirche vorbeikam, ging ich hinein und orderte einen kleinen Braunen. Ich brauchte dringend einen Kaffee. Während ich umrührte, starrte ich auf die kleine Schaumkrone, die sich auf der Oberfläche gebildet hatte.

»Immer noch so gerne im Kaffeehaus? Vielleicht nicht ganz das Café des Westens, aber doch gemütlich«, hörte ich plötzlich jemanden sagen.

Ich konnte es nicht fassen. Vor mir stand Heinrich. Er lächelte und um seine Augen erschienen wieder die Lachfältchen, die seinem nur wenig gealterten Gesicht immer noch etwas Spitzbübisches verliehen. Er war in einen grauen Mantel gekleidet und trug eine karierte Schiebermütze. Er sah gut aus. Doch ich hatte keine Lust, mich mit ihm zu unterhalten. Ich erhob mich und schickte mich an zum Gehen.

Heinrich berührte meinen Arm. »Mizzi, bitte lauf doch nicht immer von mir fort. Gib mir wenigstens ein paar Minuten. Ich will nur mit dir reden.«

Ich wischte seinen Arm weg und starrte ihn wütend an. »Was willst du? Warum verfolgst du mich?«

Der Kellner kam zu uns an den Tisch. »Alles zu Ihren Wünschen, Madame? Möchte der Herr auch einen Kaffee?«

»Nein danke, der Herr wollte gerade das Lokal verlassen«, sagte ich schroff.

»Nein, der Herr hätte auch gerne einen Kaffee«, erwiderte Heinrich freundlich, ohne den Kellner anzusehen.

»Gut, dann gehe ich und der Herr zahlt«, sagte ich, griff meinen Mantel und schob mich an den Männern vorbei, doch Heinrich stellte sich mir in den Weg.

»Nur eine Minute. Dann bin ich weg, wenn du mich nicht mehr sehen willst. Versprochen.«

Ich zögerte. Heinrichs Blick nahm einen flehenden Ausdruck an. Langsam setzte ich mich wieder.

»Eine Minute«, knurrte ich.

»So hat es auch angefangen, nicht? In einem Café. Weißt du noch? Damals hatten wir allerdings Schnaps, der Idiot und du.«

Heinrich versuchte ein Lachen. Der Kellner stellte einen Kaffee vor ihn hin und verschwand sofort wieder. Heinrichs Finger spielten nervös mit dem Löffel.

»Bist du hier, um in Vergangenem zu schwelgen? Eine Minute ist kurz. Was willst du?«

Ich war drauf und dran, wieder aufzuspringen und das Lokal zu verlassen. Plötzlich ergriff Heinrich meine Hand.

»Mizzi, ich bin ein Idiot. Ein riesengroßer. Du bist das Beste, was mir je passiert ist, und ich habe dich gehen lassen. Gib mir noch eine Chance, bitte. Ich habe mich geändert. Komm zu mir zurück. Ich liebe dich.«

Ich glaubte meinen Ohren nicht zu trauen. Ich riss meine Hand weg und sprang auf.

»Zu dir zurückkommen? Was willst du? Brauchst du etwa Geld? Tut mir leid, ich kann dir nicht weiterhelfen.«

Ich griff nach meinem Mantel und meiner Tasche. Ich war wütend auf mich, dass ich mich auch nur eine Minute auf ihn eingelassen hatte. Heinrich erhob sich auch, sein Gesichtsausdruck war verletzt. Jetzt redete er sehr schnell.

»Du hast recht. Du hast allen Grund, mir zu misstrauen. Aber ich habe mich geändert.«

»Leb wohl, Heinrich.«

»Mizzi, bitte, gib uns noch eine Chance. Hier bist du doch nicht glücklich – das sehe ich. Willst du wirklich in diesem Kaff bleiben, in der Hoffnung, ab und zu ein paar Bilder ausstellen zu können? Komm mit mir nach Berlin. Du gehörst in eine Großstadt. Du bist eine große Künstlerin. Was bist du in Graz? Ein Nichts. Du hast mehr verdient. Mit deinem Talent liegen dir die Kunstliebhaber in Berlin zu Füßen.«

Ich sah ihn wütend an. »Ich bin verheiratet und lebe jetzt in Graz. Ich komme bestens ohne dich zurecht. Mehr musst du nicht wissen. Und jetzt ist die Minute um.«

Ich trat einen Schritt vor, doch Heinrich umarmte mich schnell und hielt mich fest. Ich war so erschrocken, dass ich mich für einen Augenblick nicht lösen konnte. Dann wand ich mich und schlug um mich.

»Dass du das wagst!«, zischte ich. »Du hast mich verkauft. Unsere Liebe verkauft für vierhundert Reichsmark! Du hast kein Recht, in mein Leben einzudringen. Verschwinde und lass dich hier nie wieder blicken!«

Ich stieß ihn weg, dann lief ich hinaus. Ich stürmte die Straße hinunter ohne rechtes Ziel. Ich wollte nur weg.

An der nächsten Ecke stieß ich mit einer Frau zusammen.

»Autsch. Du Trampel, kannst du nicht aufpassen?«

»Gisela?«

Es war tatsächlich meine Schwester.

»Was machst du hier?«, fragte ich. »Ist was mit Vater?«

»Kümmert es dich? Nun spiel nicht die besorgte Tochter. Statt für ihn zu beten, scheinst du dich ja gut zu amüsieren. Oder war das eben nicht Heinrich im Café?«

Entsetzt starrte ich sie an. »Spionierst du mir nach?«, brachte ich stotternd heraus.

Gisela lachte hämisch. »Habe ich das richtig gesehen? Dass du dich nicht schämst, deinen Ehemann zu betrügen und dich heimlich mit deinem Ex-Mann zu treffen.« Ihre Augen blitzten kampfeslustig.

»Ich betrüge meinen Mann nicht!«, brüllte ich und stieß sie kurzerhand weg.

Dann rannte ich weiter. Nur sehr gedämpft konnte ich Gisela hinter mir zetern hören. Sollten mir doch alle den Buckel herunterrutschen. Ich lief so lange, bis ich zum Stadtpark kam. Wie viel Zeit war vergangen, seit ich im Winter hier gewesen war? Ich verlangsamte meine Schritte, dann betrat ich den Park. Mein Atem ging schnell und in meiner Brust pochte es schmerzhaft.

Warum kreuzte Heinrich hier wieder auf? Was wollte er? War er eine Gefahr? Und sollte ich Ludwig von seinem Erscheinen im Kaffeehaus erzählen? War es nicht sogar meine Pflicht als Ehefrau, ihn davon in Kenntnis zu setzen? Andererseits – würde das nicht seine Eifersucht erneut anheizen?

Langsam schlenderte ich zurück zum Ausgang des Parks. Ich könnte mir eine Kutsche rufen und nach Hause fahren. Doch mein Drang nach frischer Luft war noch nicht befriedigt. Oder wollte ich einfach nicht nach Hause gehen? Statt mich zu den Kutschen zu bewegen, die am Rand parkten, lief ich die Straße in Richtung meines Zuhauses hinunter.

Berlin fiel mir ein und der Tiergarten, meine Staffelei, mit der ich schon so lange nicht mehr draußen gesessen hatte. Ich dachte an meine Ausstellungen. An Heinrich und unsere erste Begegnung vor der Schiele-Ausstellung.

War ich in Berlin glücklicher gewesen? Konnten Menschen sich ändern? Innerlich schüttelte ich den Kopf. Nein, ich wollte nicht zurück. Zu Heinrich und in mein altes Leben. Berlin war Vergangenheit. Doch wo lag meine Zukunft? Wie würde es mit Ludwig weitergehen? Hatten wir überhaupt noch eine gemeinsame Zukunft? Was würde geschehen, wenn der Krieg endlich zu Ende war? Würde ich zurück nach Wien ziehen? Derzeit fuhren dort noch nicht einmal Züge hin. Oder wenn, dann nur sehr wenige. Die Eisenbahnen wurden gebraucht, um Soldaten an die Front zu bringen oder sie von einem Kriegsschauplatz zu einem anderen zu verfrachten.

Jetzt stand ich wieder vor der Herz-Jesu-Kirche. Ich blickte hinauf zu ihrem riesigen Portal, doch plötzlich waren meine Beine schwer. Wie lange war ich nicht mehr in der Kirche gewesen? Ich stieg auf die erste Stufe, doch etwas hielt mich zurück. Da zog mich jemand am Rock, sodass ich zusammenschrak. Ein altes Weiblein stand neben mir und hielt seine alte, welke Hand auf.

»Einen Taler für eine Hungernde und Frierende. Bitte, mein hübsches Kind. Haben Sie Mitleid mit einer alten Frau.«

Ich wich zurück und starrte sie entsetzt an. Ihre Kleider waren zerrissen, sie humpelte. Sie erinnerte mich an Ilse. Tränen stiegen in mir auf. Ich drehte mich um und rannte weg. Ich hörte die alte Frau hinter mir schimpfen, doch ich lief und lief, bis ich schließlich an unserer Haustür zum Stehen kam. Die Fenster waren dunkel. Ich zögerte. Dann schloss ich auf.

Im Haus war es still. Ich zog meinen Mantel aus und ging ins Wohnzimmer. Ich war froh, dass niemand da war. Ich bog ins Schlafzimmer ab und zog meinen Koffer vom Schrank. Dann riss ich ihn auf und warf wahllos ein paar Sachen hinein. Mir schwindelte. Ich musste mich erst mal setzen, legte meinen Kopf in den Schoß und ließ meinen Tränen freien Lauf. Ich musste hier weg, das wurde mir in diesem Augenblick klar. Irgendwohin, wo mich keiner fand. Weg von Ludwig, weg von Heinrich, weg von meinem Vater.

Langsam erhob ich mich und wandte mich wieder dem Kleiderschrank zu. In diesem Augenblick erschrak ich. In der Schlafzimmertür stand Ludwig, sein Gesicht war wutverzerrt.

»Du willst weg?«

Ich brachte vor Schreck keinen Ton heraus.

Ludwigs Gesicht nahm einen hässlichen, hasserfüllten Ausdruck an.

»Dass du es wagst ... Also stimmt es, dass du mich mit Heinrich betrogen hast? Spielst hier die trauernde Tochter und hintergehst mich?«

Mit einem Satz trat er an mich heran und verpasste mir eine Ohrfeige, die mich auf den Boden warf. Dann packte er meinen Arm, zog mich hoch und schlug mir erneut ins Gesicht. Ich spürte einen stechenden Schmerz in meiner Nase und bemerkte eine Flüssigkeit, die mir langsam über den Mund lief. Entsetzt blickte ich Ludwig an. Ich war starr vor Schreck, außerstand mich zu wehren. Ludwig packte mich an den Haaren und schleuderte mich Richtung Bett. Ich schrie.

»Mich verlässt keine Frau. Auch du nicht«, zischte er. Er zerrte mich vom Bett und verpasste mir einen Stoß, der mich gegen die Wand schleuderte. Ich keuchte. Ich hatte das Gefühl, keine Luft zu bekommen.

»Ludwig, nicht. Ich ...«

Weiter kam ich nicht. Vor meinen Augen flimmerte es. Ich sah auf und erkannte meinen Vater. Meinen Vater mit Gürtel. Ich schloss die Augen und wisperte.

»Nicht, nicht, bitte ...«

Dann hörte ich Ludwig brüllen. »Du wirst nirgendwohin gehen, du Hure. Du gehörst mir!«

Wieder traf mich seine Hand im Gesicht, sodass mein Kopf gegen die Wand knallte. Mir wurde schwarz vor Augen. Als ich auf den Boden rutschte, setzte sich Ludwig auf mich. Ich keuchte. Sein Gewicht nahm mir jede Luft. Er riss an meiner Kleidung und schob meinen Rock hoch. Ich versuchte mich zu wehren. Doch Ludwig gab mir erneut eine Ohrfeige.

»Halt still. Du gehörst mir! Und ich werde dich jetzt nehmen.«

Ich konnte mich nicht rühren. Ich schmeckte Blut in meinem Mund. Mein Kopf hämmerte, ich hatte das Gefühl, mich übergeben zu müssen.

»Ich werde dich lehren, was ...«

Ich hörte einen dumpfen Schlag. Dann fiel Ludwig mit seinem ganzen Gewicht auf mich. Ich keuchte, konnte mich unter seinem Gewicht kaum regen. Mit letzter Kraft schob ich ihn zur Seite. Er war schwer und rührte sich nicht. Dann erst nahm ich die Gestalt wahr, die im Zimmer stand. Ich zuckte zusammen. Voller Entsetzen starrte ich wieder Ludwig an. Er bewegte sich nicht mehr. Blut lief ihm vom Kopf übers Gesicht.

»Der wird dir nie mehr wehtun«, hörte ich es hinter mir.

KAPITEL SECHSUNDZWANZIG

Graz, 7. Januar 1916

Es war der erste schöne Tag des Jahres. Vorsichtig lugte die Sonne hinter den dicken Wolken hervor, die Luft war kalt und klar. Auf der Treppe des Kommissariats blinzelte ich noch einmal in den Himmel, bevor ich die schwere Eichentür aufstieß. Ich trug ein langes, taubenblaues Kostüm, das meine Augenfarbe unterstrich. Weil mein Gesicht immer noch bräunliche Flecken von Ludwigs Schlägen aufwies, hatte ich einen besonders hoch stehenden Kragen gewählt und etwas Schminke aufgelegt. Mithilfe des Puders war es mir gelungen, die schlimmsten Stellen gut zu übertünchen.

Als ich das Zimmer des Kommissars betrat, erhob er sich langsam. Ich war überrascht, wie jung er war, dazu hochgewachsen, schlank, mit dunkelbraunen Haaren, die sorgfältig nach hinten gekämmt waren. Er trug einen schmalen, leicht taillierten braunen Anzug und lächelte mich freundlich an. Er streckte mir die Hand entgegen. Ich musste zugeben, er gefiel mir. Ein angenehmes Kribbeln ging durch meinen Körper. Ich war irritiert. Ich wusste nicht, wen ich erwartet hatte, aber vermutlich eher einen schlecht gelaunten und unmodern gekleideten Kommissar. Auf jeden Fall einen älteren. Dass er in mir ein Kribbeln auslöste, verwirrte mich, gleichzeitig ärgerte ich mich auch über mich. Ich musste mich jetzt konzentrieren.

»Kommissar Franz Falkner«, stellte er sich vor.

»Sehr erfreut«, sagte ich und lächelte.

Wir setzten uns und ich ließ meinen Blick umherwandern. Auf dem Schreibtisch des Kommissars türmten sich Papierberge neben leeren Zigarettenpackungen, der Aschenbecher war fast bis an den Rand gefüllt. Ein Mann, der für seinen Beruf lebte und sich ein eigenes kleines Universum geschaffen hatte.

Mein Stuhl war unbequem. Ich spürte eine Sprungfeder, die sich mir in den Rücken bohrte. Wie viele Verdächtige auf diesem Sitz wohl schon Platz genommen hatten?

»Zigarette?«, riss Falkner mich aus meinen Gedanken.

Er streckte mir seine Packung entgegen. Eckstein – eine deutsche Marke. Jetzt, wo der Krieg tobte, war sie fast mehr wert als Geld und Wertmarken. Sie war quasi eine eigene Währung, weil jeder sie wollte und sie nur schwer zu bekommen war. Als er meinen erstaunten Blick sah, lachte er.

»Verzeihen Sie, ein Laster von mir. Oder darf ich Ihnen etwas anderes anbieten?«

Ich nahm mir eine und lächelte. »Nein, ganz nach meinem Geschmack«, sagte ich leise.

»Sie sind seit 1914 verheiratet mit Ludwig Johann Kabelmann. Ist das korrekt?«, eröffnete Falkner nun das Gespräch. Er beugte sich über seinen Schreibtisch und zündete mir die Zigarette an.

»Das ist richtig«, antwortete ich knapp.

»Und Sie sind Künstlerin, auch recht erfolgreich, wenn mich meine Nachforschungen nicht täuschen. Liebt Ihr Mann Ihre Kunst?«

Die Frage überraschte mich. »Ich denke, ihm gefallen meine Bilder«, sagte ich zögernd. »Aber er hat sicher andere Vorlieben als die Kunst«, fügte ich etwas leiser hinzu.

Falkner nahm einen Zug. »Frauen?«

Ich blickte ihn irritiert an. Worauf wollte er hinaus? Als ich nicht antwortete, sprach der Kommissar weiter.

»Würden Sie Ihre Ehe als glücklich bezeichnen?«, fragte er und stützte seine Arme dabei auf dem Schreibtisch auf. Er blickte mir tief in die Augen. Er hatte schöne Augen – rehbraun und leuchtend. Ich spürte, wie mir eine leichte Hitze in den Kopf stieg.

»Ich glaube, schon«, stammelte ich.

Seine Art brachte mich ganz durcheinander. Falkner lächelte.

»Ich kenne Ihren Mann. Wir haben im vergangenen Jahr gemeinsam im Gebirgskrieg gegen Italien gedient. Ein tüchtiger Mann, sehr verlässlich.«

Er machte eine Pause und schaute auf seine Hände.

»Leider auch sehr launenhaft, jähzornig, eifersüchtig – um nicht zu sagen, hin und wieder ein Schwein.«

Er hielt inne und blickte mich an. Ich war so überrumpelt, dass es mir die Sprache verschlug.

»Entschuldigen Sie«, sagte er schnell. »Ich wollte Sie nicht kränken.«

Eine Pause trat ein. Ich schaute zur Seite und nahm einen Zug.

»Sie sind eine sehr attraktive Frau«, sagte er und musterte mich genauer.

Ich spürte, wie sein Blick an mir heraufwanderte. Wieder ging ein Kribbeln durch meinen Körper. Dann blieben seine Augen an meinem Kinn und meiner Nase hängen. Doch ich hoffte, dass mein Puder ganze Arbeit erledigt hatte.

»War Ludwig sehr eifersüchtig?«, fragte Falkner.

»Ja«, entfuhr es mir.

Etwas zu schnell. Ich biss mir auf die Lippen.

»Sehen Sie, das habe ich mir gedacht. Hat er Sie auch geschlagen?«, fragte er eine Spur leiser.

Ich sah ihn an, sagte aber nichts. Falkner lächelte mitfühlend. Er stand auf, kam um den Tisch gelaufen und lehnte sich an ihn.

»Aber eine Sache begreife ich noch nicht. Ich habe Ludwig am zweiten Januar zufällig getroffen. Er war sehr aufgewühlt und sagte, dass er gerade aus dem Haus seines Schwiegervaters gekommen sei, dem es sehr schlecht gehe.«

»Er ist vor vier Tagen verstorben«, sagte ich knapp.

Falkner schaute betreten. Doch ich sah, dass er diese Information schon kannte.

»Das tut mir leid.«

Er nahm einen Zug von seiner Zigarette, bevor er weitersprach.

»Ludwig war sehr aufgebracht, fast hätte er mich draußen umgerannt. Es war aber keine Trauer, sondern vielmehr unbändige Wut, die aus seiner Mimik sprach.« Falkner blies seinen Rauch in die Luft und blickte ihm nach. »Er wollte mir zwar nicht sagen, was ihn wütend machte, doch er meinte, dass er schnell nach Hause zu seiner Frau müsse. Oder nein, nach Ihnen schauen müsse, so waren seine Worte. Und im Weggehen murmelte er noch: Ich bringe sie um.«

Falkner machte eine Pause und schaute mich prüfend an. Ich blieb steif sitzen.

»Was meinte er damit? Warum drohte er so etwas an?«

Eine drückende Stille trat ein.

»Sie müssen sich verhört haben«, sagte ich vorsichtig.

Falkner nickte, als grübelte er über eine Sache nach.

»An diesem besagten Tag sollten Ludwig und ich in der Militärkaserne am Nachmittag vorstellig werden, um die Lage zu besprechen. Doch Ludwig ist nicht gekommen. Ich habe vor der Tür auf ihn gewartet. Ich wusste ja, dass er nur kurz zu Ihnen nach Hause wollte.« Falkner räusperte sich. »Es sah ihm gar nicht ähnlich, seine Kameraden im Stich zu lassen und nicht zu erscheinen«, sagte der Kommissar nachdenklich. Wieder nahm er einen Zug. »Ich habe ihn entschuldigt. Spätestens am nächsten Tag, so dachte ich, würde er zurückkommen. Aber - Fehlanzeige.«

Falkner beugte sich nun vor zu mir und suchte meinen Blick.

»Und da frage ich mich doch, was passiert ist. Sie leben offenbar. Aber was ist mit Ludwig?«

Ich schaute ihn schweigend an. Hart und erbarmungslos bohrte sich die Sprungfeder in meinen Rücken.

»Wo ist er?«, wiederholte er nun lauter. Seine Augen blitzten.

Ich schwieg, wandte meinen Blick aber nicht ab. Dann lächelte Falkner wieder. Seine Gesichtszüge entspannten sich.

»Wissen Sie, ich war auch mal verheiratet. Hat leider nicht gehalten«, sagte er mit einem Schulterzucken. »Wenn Sie wissen, wo er ist, müssen Sie es mir sagen. Sie entlasten sich damit selbst.«

Er trat näher an meinen Stuhl heran und stützte sich auf meiner Lehne ab. Sein Oberkörper war nun zur Hälfte über mir. Ich roch seinen zarten Duft nach Moschus. Dann beugte er sich ein Stück zu mir herab.

»Offenbar treibt Sie die Frage nach Ludwigs Verschwinden aber gar nicht um. Sie machen sich keine Sorgen, Sie toben auch nicht und suchen nach dem Schweinehund. Sie machen einfach weiter wie bisher, als wäre nichts passiert«, sagte er nun fast im Flüsterton. Er atmete tief ein und erhob sich wieder.

Das Lächeln war aus seinem Gesicht verschwunden. Falkners Augen funkelten zornig.

»Also, wo ist er? Warum ist er nicht gekommen?«

Seine direkten Fragen waren wie Backpfeifen in mein Gesicht, die mich aus meiner Trance weckten.

»Mir ging es nicht gut in den letzten Tagen. Mein Vater ist gestorben, wie Sie wissen, und wir haben ihn am 4. Januar beerdigt. Ich hatte einfach keine Zeit, nach Ludwig zu suchen«, sagte ich leicht gereizt.

»Und Ludwig ist nicht da gewesen in den letzten Tagen? Nicht einmal zur Beerdigung seines Schwiegervaters?«, setzte Falkner nach.

»Nein. Er machte sich nicht viel aus Familie«, sagte ich.

»Blödsinn!«, brüllte Falkner plötzlich los.

Ich zuckte zusammen.

»Er hat Ihren Vater verehrt! Soll ich Ihnen sagen, was passiert ist? Er ist bei Ihnen aufgetaucht und hat Sie erwischt mit einem anderen Kerl.«

Bei den letzten Worten knallte er seine Hand auf den Schreibtisch.

»Und dann haben Sie ihn getötet. Oder war es Ihr Liebhaber?«

Ich starrte ihn an. Seine Augen blitzten wütend, hungernd nach einem kleinen Einknicken, einem Augenzucken, irgendeinem Zeichen des Schuldbewusstseins.

»Nein«, sagte ich laut.

Wie in Zeitlupe erhob ich mich, unsere Blicke trafen sich jetzt auf Augenhöhe. Du kannst mir keine Angst einjagen, dachte ich. Du nicht. Ich atmete tief ein. In mir war alles ruhig.

»Wo ist denn die Leiche von Ludwig?«, fragte ich kühl.

Im Blick des Kommissars lag Überraschung.

»Kann ich sie sehen? Wenn Sie doch so sicher sind, dass ich ihn umgebracht habe.«

Jetzt war es Falkner, der schwieg.

»Ich habe meinen Mann nicht getötet. Ja, er kann

ein Schwein sein. Aber ich hatte schon viele Schweine in meinem Leben. Ich weiß mit ihnen umzugehen«, sagte ich.

Ich blickte ihm weiter in die Augen. Sein Lid zuckte fast unmerklich.

»Ich vermute, dass Ludwig vielleicht einen Sonderauftrag erhalten hat, von dem er Ihnen nicht mehr erzählen konnte. Er wird sicher bald wieder zurück sein«, fügte ich hinzu und warf meine Zigarette in den Aschenbecher. »Wenn Sie keine weiteren Fragen haben ...«

»Setzen Sie sich!«, brüllte Falkner.

Ich blieb stehen. Sein Gesicht war wutverzerrt.

»Eine Zeugin hat gesehen, wie Ludwig Ihr Haus betreten hat. Er ist aber nicht wieder herausgekommen. Wieso haben Sie keine Antwort darauf, wo er steckt? Als gute Ehefrau müssen Sie doch wissen, wo sich Ihr Mann aufhält!«

Ich lächelte ihn an und zuckte mit den Schultern. »Eifersucht kann auch anregend sein. Ja, er kam ins Haus gestürmt, aber wir haben uns versöhnt und leidenschaftlich geliebt. Danach bin ich leider eingeschlafen. Das passiert mir nach dem Beischlaf immer. Dumm, was? Als ich erwachte, war Ludwig verschwunden.«

Mit dieser Antwort hatte er nicht gerechnet. Er blickte betreten aus dem Fenster und schwieg. Ich sah, wie er seine Stirn rieb. Dann wandte er sich wieder mir zu. Seine Stimme war nun eisig.

»In diesem Moment wird Ihr Haus auf den Kopf gestellt. Und glauben Sie mir, Frau von Axster, wir werden etwas finden.« Er machte eine kurze Pause. »Und Sie behalten wir erst mal hier.«

Ich hielt seinem Blick stand und streckte ihm meine

Arme für die Handschellen entgegen. Zwei Kollegen traten ein und banden sie mir auf den Rücken.

»Tun Sie, was Sie nicht lassen können«, sagte ich und lächelte kühl. »Und falls Ihre Kollegen Ludwig zu Hause antreffen, sagen Sie ihm, dass er mich bitte hier herausholen soll.«

KAPITEL SIEBENUNDZWANZIG

Graz, immer noch der 7. Januar 1916

Es war fast dunkel in der Zelle, in die mich die beiden Soldaten führten. Nur langsam gewöhnten sich meine Augen an das dämmerige Licht. Ich hörte gedämpfte Stimmen von draußen durch das kleine vergitterte Fenster dringen. Ein paar Jungen sangen auf der Straße Kriegslieder. »Mein Arm wird stark und groß mein Mut, gib, Vater, mir ein Schwert ...« Herrje. Nur noch selten erklangen solche Lieder in den Straßen. Die erste Euphorie, mit denen unsere Soldaten im vergangenen Sommer in den Krieg gezogen waren, war längst verflogen.

»Na, Schätzchen, was hast du angestellt?«

Ich zuckte zusammen. Als ich herumfuhr, sah ich hinter mir auf einer morschen Holzpritsche eine alte Frau. Sie hatte sich an die Wand gelehnt und ihre Beine hochgelegt. Ihr Busen hing schwer auf ihren dicken Bauch, ihre Fußknöchel waren geschwollen. Sie lächelte mich schief an. Drei Zahnlücken kamen zum Vorschein. Die grauen Haare hatte sie zu einem Dutt hochgesteckt, ihre Kleidung war abgewetzt und schmutzig. Als sie sich schwerfällig aufrichtete, entfuhr ihr ein lautes Ächzen. Sie erinnerte mich an ein Walross, das sich mit letzter Kraft auf eine Eisscholle hievt.

»Ich soll meinen Mann umgebracht haben«, sagte ich knapp.

Die Frau runzelte die Stirn. Dann lachte sie. »Hätte er es denn verdient?«

»Ja«, entfuhr mir.

Wir schauten uns beide an und prusteten los. Ich mochte sie. Ich ging einen Schritt auf sie zu und streckte ihr meine Hand entgegen. »Mizzi.«

Sie zögerte einen Moment. In meinem langen, pelzbesetzten grauen Mantel, den weichen Lederhandschuhen und hohen Stiefeletten musste ich ihr wie eine überhebliche Grande Dame vorkommen. Doch dann nahm sie meine Hand und drückte sie fest.

»Olga.«

Eine kurze Pause entstand.

»Warum sitzt du hier?«

»Ich soll beim Bauern Rabisch Kartoffeln geklaut haben. Einen ganzen Sack.«

»Und, hast du?«

»Aber ja«, sagte sie voller Inbrunst.

Wieder mussten wir lachen.

»Im Krieg müssen wir schauen, wo wir was zu fressen herkriegen. Und die Bauern sind reich. Sie haben genug. Ist dein Mann Bauer?«

»Nein, Oberstleutnant.«

Sie zog scharf die Luft durch die Zähne ein. »Dann wirst du hier nicht so leicht wieder herauskommen, Schätzchen. Ihre Kameraden geben sie nicht so schnell verloren.«

»Da können sie lange suchen«, sagte ich trotzig.

Olga sah mich von der Seite an. »Ich kenne dich ja nicht gut, aber lass dir eines gesagt sein: Im Krieg ist sich jeder selbst der Nächste. Ob dein Mann tot ist oder nicht, ist am Ende nicht wichtig. Wenn du rauswillst, nenne ihnen einen Namen. Eine so schöne Frau wie dich wollen sie doch nicht wirklich hier drinnen festhalten.«

Verdattert starrte ich sie an. Was meinte sie damit? Sollte ich einfach jemanden beschuldigen, und Kommissar Falkner würde mich gehen lassen? Ich überlegte. Nannte ich Falkner Heinrichs Namen, war er geliefert. Und ich ihn für immer los.

Wie einfach wäre es, ihn zu beschuldigen und den eigenen Hals aus der Schlinge zu ziehen! Aber würden sie mich dann wirklich gehen lassen? Traute man mir einen Mord nicht zu? Oder würden sie uns dann beide festhalten?

Ein Schlüssel schepperte im Schloss. Olga fasste mich am Arm.

»Gib Falkner das, was er hören will, und du bist raus. Du bist nicht gemacht für die Zelle, Kleines. Und der Kommissar ist ein schlauer Mann. Aber eine Frau zur Schlachtbank führen, da zögert selbst er«, sagte sie.

Die Tür ging auf und ein bärtiger, kurz geratener Soldat trat ein.

»Besuch für dich«, schnauzte er und zeigte mit dem Finger auf mich.

Ich folgte ihm. Wir gingen in das Zimmer nebenan. Es sah nicht ganz so karg aus wie die Zelle von eben. Die Wände waren weiß getüncht, wenn auch hier und da etwas abgeblättert, und ein paar Sonnenstrahlen schienen durch das schmale Fenster am oberen Ende der Wand. An einem wackeligen kleinen Holztisch saß ein Mann – groß, schlank, gut gekleidet, kurze schwarze Haare. Ich erkannte ihn sofort und mein Herz machte einen Satz.

»Károly! Wie wunderbar, dich zu sehen! Was machst du hier?«

Mein Schwager drehte seinen Kopf zu mir, erhob sich und nahm mich in die Arme. Dann bot er mir den Platz gegenüber an.

»Liebes, warum hält man dich hier fest? Du hast doch nichts verbrochen.«

Ich lächelte. »Ich fürchte, der Kommissar hängt an mir«, sagte ich verschmitzt.

»O nein. Schon wieder ein Verehrer?« Károly schaute belustigt. »Ich habe mir Sorgen um dich gemacht, weil dein Vater vor Kurzem gestorben ist. Da dachte ich, ich schau mal nach dir, und bin hergereist. Und da höre ich von Alma, dass man dich zum Verhör geladen hat.« Er zog die Augenbrauen hoch, dann lächelte er. »Aber offenbar hast du jetzt andere Verehrer, die nach dir sehen. Ist der Kommissar nett zu dir?«

»Nein, so kann man es nicht sagen«, sagte ich kichernd. »Der Kommissar sucht nach Ludwig und glaubt, dass ich ihn umgebracht habe.« Károly lachte kurz auf. »Was? So ein Unsinn! Wo ist Ludwig? Nicht dass ich ihn vermissen würde, aber kann er das Ganze nicht aufklären?«

»Nein, leider nicht. Er ist weg. Für immer«, antwortete ich. Károly war verwirrt. »Weg für immer? Dann habt ihr euch getrennt? Hat er dich gehen lassen, der grobe Kerl?«

Ich schüttelte den Kopf. »Nein, nicht so richtig. Aber wehtun wird er mir nicht mehr. Nie wieder«, sagte ich nun etwas leiser. Károly musterte mich eindringlich. Sorgenfalten machten sich auf seiner Stirn breit. »Jetzt mal Hand aufs Herz, liebe Schwägerin. Wo ist Ludwig? Brauchst du einen Anwalt?«

»Mach dir um mich keine Sorgen. Ich habe ihn nicht umgebracht. Sie können mich nicht mehr lange hier festhalten. Ich bin sicher bald wieder draußen«, sagte ich siegessicher, doch meine Stimme klang nicht so fest und überzeugend, wie ich es wollte. Károly blickte mich eindringlich an. »Ich mache mir aber Sorgen. Du bist nicht dafür gemacht, eingesperrt zu sein. Was werfen sie dir denn vor?«

»Eine Zeugin sagt, sie habe Ludwig in unser Haus gehen sehen. Ich sei auch da gewesen. Aber er sei nie wieder herausgekommen. Seitdem ist er verschwunden.« Ich machte eine kurze Pause, um Luft zu holen. »Und jetzt glauben sie, dass ich ihn umgebracht habe, vielleicht sogar in gemeinsamer Sache mit einem Liebhaber.« Károlys Augen weiteten sich. Ich legte meine Hand auf seine.

»Károly, ich habe Ludwig nicht umgebracht. Dennoch weiß ich, dass er nicht mehr zurückkehren wird. Er ist an einem Ort, von dem keiner zurückkehrt.«

»Mizzi, um Gottes willen, wo ist er?«, flüsterte Károly.

Ich sah ihn lange an. »Weg. Genau wie mein Vater.

Nun gibt es keinen Mann mehr, der mir noch wehtun kann. Und jetzt frag nicht weiter. Lassen wir die Toten ruhen«, sagte ich.

Es war mir klar, wie mystisch und abstrakt das alles klang, doch mehr konnte ich nicht sagen. Die Tür schwang auf und Kommissar Falkner kam herein. Seine braunen Augen blitzen, sein Blick hatte einen bedrohlichen Ausdruck angenommen.

»Frau von Axster. Besuch? Vielleicht haben Sie ja auch uns noch etwas zu sagen?«, fragte er mit einem dunklen Grollen in der Stimme und schaute zwischen mir und Károly hin und her.

Ich hob den Kopf und blickte ihn kämpferisch an. »Nein. Alles, was ich zu sagen hatte, habe ich gesagt.«

»Dann bleiben Sie hier«, sagte er knapp und bedeutete Károly zu gehen. »Wenn Ihre Freundin erst im Gefängnis sitzt, haben Sie noch genügend Zeit, sie zu besuchen«, sagte er und lächelte kühl. Dann sah er Károly direkt in die Augen. »Natürlich nur so lange, bis das Urteil rechtskräftig ist. Auf Mord steht Todesstrafe.« Károly stand auf. »Was wollen Sie von Maria? Was werfen Sie ihr vor? Wahrscheinlich ist Ludwig untergetaucht. Oder einen trinken gegangen. Lassen Sie sie gehen.«

»Untergetaucht? Saufen?« Falkner brach in schallendes Gelächter aus. »Da kennen Sie Ludwig aber schlecht.« Von einer Sekunde zur anderen wurde er wieder ernst. »Nein, Frau von Axster bleibt hier. Bis wir sichergehen können, dass sie mit seinem Verschwinden nichts zu tun hat.«

Falkner fixierte nun mich.

»Frau von Axster, eine Frage noch. Kennen Sie einen Heinrich Altrichter?«

Mein Augenlid zuckte unmerklich. »Ja, das ist mein geschiedener Mann.«

Falkners Blick durchbohrte mich. »Und Sie wissen nicht zufällig, wo er sich gerade aufhält?«

Ich zögerte einen kurzen Augenblick. »Nein, bedaure.«

Falkner lächelte böse. »Schade. Sie scheinen ja nicht viel zu wissen von den Aufenthaltsorten Ihrer Ehemänner.« Er machte eine kurze Pause. »Dann freut es mich, dass ich Ihnen weiterhelfen kann. Herrn Altrichter trafen wir gerade in Ihrer Wohnung.«

KAPITEL ACHTUNDZWANZIG

Graz, 8. Januar 1916

Die Dunkelheit war das Schlimmste. Oder die Geräusche? Unruhig rutschte ich auf meiner Pritsche hin und her und lauschte. Der Wind pfiff ums Haus. Es war kalt. Meinen Kopf hatte ich an die Wand gelehnt. Sie war hart und es tat weh, doch ich brauchte etwas zum Anlehnen. Mein Kopf wog schwer und mein Nacken schmerzte. Müde blinzelte ich ins Dunkel. Ich hörte Olga leise vor sich hin schnarchen. Ab und zu hüstelte sie, um dann wieder ruhig weiterzuatmen. Sie schien sich mit ihrem Dasein in der Zelle abgefunden zu haben. Zu essen gebe es ja und auch ein Dach über dem Kopf – was will man mehr?, hatte sie noch vor dem Einschlafen erklärt.

Nie hätte ich gedacht, einmal in einem Gefängnis nächtigen zu müssen. Früher war dieses Gebäude eine

Schule gewesen. Ich war oft an ihr vorbeigelaufen. Diese Verliese waren Karzer gewesen für ungehörige Kinder, so erzählte man. Doch seit der Krieg tobte, gab es keine Kinder mehr. Zumindest nicht in den Schulen. Sie waren auf der Straße, spielten Soldaten, stahlen Lebensmittel oder tobten in den Trümmern. Ihre Schule war jetzt ein Gefängnis. Ob es geheime Gänge nach draußen gab? Ich schielte zur Tür. Sie war fest verschlossen. Nein, wer hier einsaß, konnte sich nur durch seine Unschuld befreien. Wenn überhaupt. Wie viele Kriegsverbrecher, Fahnenflüchtige und Diebe saßen hier schon seit Monaten ein? Wer hatte womöglich sein Leben hier drin verloren? Mein Hals fühlte sich plötzlich trocken an. Wie lange würde mich Falkner festhalten?

Ich blickte zu den vergitterten Fenstern hoch und sah ein paar Mondstrahlen hindurchscheinen. Wie spät mochte es sein? Drei Uhr? Oder vier? Ich musste an mein weiches Bett denken, an die vertrauten Gerüche und Geräusche. Tränen stiegen in mir auf. Doch dann sah ich das Blut. Viel Blut. Das Blut von Ludwig und seine starren, toten Augen.

Warum war er so plötzlich aufgetaucht? Warum hatte er mich nicht einfach gehen lassen? Wir hatten uns kein Glück gebracht. Hattest du geglaubt, mich einsperren zu können, Ludwig? Ich wollte dich nicht verletzen.

Ich musste meinen Kopf frei bekommen. Die Gedanken an diesen furchtbaren Abend machten mich noch verrückt. Da hörte ich etwas rascheln. Mäuse? Käfer? Diese Geräusche ... Ich zitterte. Am liebsten hätte ich losgeschrien. Konnte mich überhaupt jemand hören? Ich musste hier raus. Keine Nacht länger würde ich es hier aushalten. Doch wie entkam ich diesem Loch? Was wollte der Kommissar von mir?

Er wollte einen Namen, einen Mörder. Oder eine Mörderin? Einen Mörder konnte ich ihm doch bieten. Warum nannte ich ihm nicht einfach Heinrichs Namen? Traute man einem Mann einen Mord nicht viel eher zu als einer Frau? Wäre es nicht ein Leichtes, einen Namen preiszugeben und damit den eigenen Kopf zu retten? Wieder musste ich an mein Zuhause denken. Raus, nur raus hier, schrie eine Stimme in meinem Kopf. Doch würde ich so einfach weitermachen können, wenn ich jemand anderen verriet, um meine eigene Haut zur retten? Würde Falkner mich überhaupt gehen lassen? Passte ein Pärchen nicht viel eher in sein Bild? Eine eiskalte Ehefrau und ihr Liebhaber, die gemeinsam den Ehemann um die Ecke gebracht hatten?

Wieder ein Rascheln. Tränen stiegen in mir auf. Nur einen Namen, Heinrichs Namen, und ich wäre hier raus. Olga grunzte, dass ich zusammenfuhr. Ich musste an Heinrichs Lügen denken, an seinen Verrat, als er das Geld gegen mich getauscht hatte. Hatte er es nicht eigentlich verdient, bestraft zu werden? Plötzlich hörte ich Vogelgezwitscher, ganz leise, aber deutlich. Die Nacht war gleich vorbei. Der Tag brach an.

Ich kuschelte mich enger in meinen Wollmantel. Die Füße zog ich zu mir hoch auf die Pritsche. Die Kälte kroch mir von unten in den Rock. Wieder ein Rascheln. Diese verdammten Biester. Leise fing ich an, ein Schlaflied zu summen. »Schlaf, Kindlein, schlaf, dein Vater hüt ´ die Schaf, deine Mutter schüttelt´s Bäumelein ...«

Im Morgengrauen döste ich schließlich doch ein. Ich träumte von meinem Vater. Groß und bedrohlich stand er vor mir und schwang seinen Gürtel. Er lachte höhnisch und seine Augen traten bedrohlich aus seinem Kopf. Plötzlich war es nicht mehr sein Kopf, sondern Ludwigs. Er lachte mit seinen toten, starren Augen. Im letzten Moment, bevor die Gürtelpeitsche auf mich niederging, hielt ihn jemand am Arm fest. Ein Engel, mein Engel, der Engel mit nur einem Flügel. Ich schreckte hoch. Ich war nass geschwitzt und mein Kopf hämmerte. Dann hörte ich Schlüssel im Schloss.

»Endlich was zu futtern«, grunzte Olga, die plötzlich wach war und sich schwerfällig auf ihrer Liege aufrichtete. Doch statt Essen stand Kommissar Falkner in der Tür. Auch er schien in der Nacht nicht geschlafen zu haben, so dunkel waren seine Schatten um die Augen.

»Gut geschlafen, Frau von Axster?«

Er lächelte kühl. Ich schwieg.

»Wenn es Sie beruhigt, ein Anwalt ist schon auf dem Weg. Das soll ich Ihnen von Herrn Uhlár ausrichten.«

Wieder grinste er. Doch seine Augen lächelten nicht mit.

»Wir haben in Ihrem Haus nichts gefunden, deshalb haben wir keinen Grund mehr, Sie hier festzuhalten.« Er machte eine kurze Pause. »Zu meinem Bedauern.«

Langsam erhob ich mich. Meine Beine fühlten sich taub und kalt an.

»Bleiben Sie doch sitzen, es wird noch dauern, bis Ihr Anwalt hier eintrifft. Kaffee?«, fragte Falkner mit einer plötzlich sanften Stimme.

Einem heißen Kaffee konnte ich nach dieser Nacht nicht widerstehen. Ich nickte kurz, setzte mich wieder und blickte zu Boden. Falkner setzte sich in angemessenem Abstand neben mich.

»Und was krieg ich zum Frühstück?«, wetterte Olga.

»Ruhe!«, brüllte der Soldat, der die Tür aufgeschlossen hatte, doch ich merkte, wie Falkner ihm ein Zeichen gab. Offenbar sollte er etwas zum Essen und zum Trinken holen.

Als der Soldat gegangen war, kehrte Stille ein. Keiner sagte ein Wort. Olga legte sich wieder auf ihre Pritsche und drehte uns den Rücken zu.

»Nun ja. Ich muss gestehen, dass Sie mir Rätsel aufgeben«, begann Falkner das Gespräch.

Ich traute mich nicht, ihn anzusehen.

»Eine wunderschöne Frau wie Sie und ein eifersüchtiger Ehemann. Das riecht doch geradezu nach einer großen Tragödie.«

Er rückte ein Stückchen näher. Mich fröstelte.

»Sind Sie nicht froh, dass er weg ist? Das muss doch eine große Erleichterung sein«, setzte Falkner nach. »Aber ganz ehrlich ...« Wieder eine Pause.

Ich spürte, wie er mich von der Seite ansah. Er lauerte. Er prüfte, wie ich auf seine Worte reagierte. Ich starrte weiterhin zu Boden.

»Eine Frau wie Sie ist zu schwach, um sich ihn vom Hals zu schaffen. Sie braucht Hilfe, Hilfe von jemandem, der sie beschützt, der sie inständig liebt ...«

Falkner rutschte noch näher an mich heran. Jetzt konnte ich seinen Atem spüren. Ich roch sein Parfüm. Doch ich rührte mich nicht. Falkner wartete auf etwas.

»... ein Mensch, der für Sie da ist im richtigen Augenblick.«

Ich spürte, wie mich Falkners Blick durchbohrte. Heinrichs Name, nur Heinrichs Name, dann wäre ich frei. Ich würde als freie Bürgerin aus diesem Gefängnis gehen. Nichts würde mich aufhalten. Heinrich, Heinrich, Heinrich, schrie es in meinem Kopf. Ich schloss die Augen. Dann hörte ich meine Stimme, leise, fast geflüstert, aber klar und deutlich.

»Ich weiß nicht, wovon Sie reden.«

Falkner packte mich am Arm, sodass ich zusammenschreckte. Da schwang die Tür auf und der Soldat kam herein. Mit einem Tablett mit Brot und Kaffee.

Auch Falkner hatte sich erschreckt. Er starrte auf seine Hand und ließ schließlich los. Ich zitterte. Dann sammelte ich mich und erhob mich sehr langsam. Es war schwer, doch ich schaffte es. Ich drückte meinen Rücken durch, dann schaute ich Falkner an.

»Wenn Sie keine weiteren Fragen haben, werde ich jetzt gehen. Ich möchte mich frisch machen zu Hause. Bitte bestellen Sie meinem Anwalt, dass er mich dort aufsuchen soll.«

Falkner sagte nichts, machte aber auch keine Anstalten, mich aufzuhalten. Ich ging auf den Soldaten zu, nahm eine Tasse Kaffee von seinem Tablett, nippte kurz daran, dann stellte ich ihn zurück.

»Vielen Dank für den Kaffee«, sagte ich. Meine Stimme war wieder laut und fest.

»Raus«, entgegnete Falkner kurz und scharf.

Ich verabschiedete mich knapp von Olga und lief dann schnell die Stufen hinauf in Richtung Freiheit.

Als ich vor der Tür stand, atmete ich tief ein. Feuchte Luft stieg mir in die Nase. Es fing gerade an zu regnen. Ich sehnte mich nach einer warmen Wanne. Ob Alma mir eine einlassen konnte? Oder war sie schon zurück zu ihrer kranken Schwester gefahren? Als ich schließlich die Wohnungstür aufschloss, hörte ich sie leise in der Küche summen. Ich lächelte erleichtert. Schnell ging ich zu ihr und umarmte sie von hinten. Sie war gerade dabei, die Fensterbänke abzustauben. Erschrocken fuhr sie herum. Doch als sie mich sah, warf sie ihre Arme um mich.

»Gott sei Dank! Sie leben. Und Sie sind frei. Dann will ich Ihnen gleich mal eine schöne heiße Wanne einlassen«, sagte sie.

Ich war nicht in der Lage zu antworten und so trottete ich hinter ihr her ins Bad. Sie half mir beim Entkleiden und wir schwiegen. Nach der Wanne fühlte ich mich bedeutend wohler. Aller Dreck und all die Kälte aus dem Karzer schienen von mir abgewaschen.

In der Badewanne kehrten allerdings auch die dunklen Gedanken wieder zurück. Ich musste an Ludwig denken, wie er mich beim Packen überrascht hatte, an seinen hasserfüllten Blick, seine Wut, seine Schläge, sein Blut. Das viele Blut neben dem Bett. Blut, Blut, Blut. Mein Hals fühlte sich eng und trocken an. Ich verließ die Badewanne und hängte langsam mein Handtuch auf. Meine Hände zitterten. Ich hatte beim Hereinkommen gar nicht auf den Teppichboden geachtet. Waren Ludwigs Blutflecken noch zu sehen? Zumindest zart und abgeschwächt? Aber hatte Falkner nicht gesagt, dass sie nichts gefunden hatten in der Wohnung? War das eine Lüge gewesen, um mich aufs Glatteis zu führen? Vorsichtig drückte ich die Klinke hinunter und wagte ein paar Schritte ins Schlafzimmer. Vor dem Bett blieb ich stehen. Wo genau war es noch mal passiert? Auf dem Fußboden war nicht die kleinste Spur zu erkennen. In den Tagen nach der Beerdigung hatte ich in meinem Atelier übernachtet. Das gemeinsame Bett gruselte mich.

Doch Alma hatte ganze Arbeit geleistet und Bettvorleger und Flecken auf dem Holzboden komplett entfernt. Ich staunte. Auch all meine Kleider und der Koffer, den ich hatte packen wollen, waren nicht mehr da. Ich öffnete die Schranktür und sah, dass Alma sie fein säuberlich zurückgehängt hatte.

Als ich mich gerade angezogen hatte, klopfte es zaghaft an meine Tür. Vorsichtig steckte Alma den Kopf herein.

»Verzeihen Sie, gnädige Frau, dass ich Sie störe ...«

»Du störst nie, liebe Alma«, sagte ich und versuchte ein Lächeln. »Könntest du mir eine Kutsche rufen? Ich werde bei meiner Mutter vorbeischauen, um zu sehen, wie es ihr geht«, sagte ich ernst.

Nach dem Tod meines Vaters verbrachte sie ihre Zeit fast ausschließlich oben in ihrem Erkerzimmer. Carola hatte sich kurz nach Vaters Tod rührend um sie gekümmert. Mir widerstrebte immer noch, das Haus meiner Kindheit zu betreten. Doch heute wollte ich mich überwinden.

Alma nickte, blieb aber stehen.

»Ist noch etwas, Alma?«, fragte ich.

Sie zögerte. »Ich muss heute abreisen«, sagte sie leise, als wollte sie niemanden aufwecken. »Meine Schwester ...«

Ich sprang auf und umarmte sie schnell. Ein Kloß blieb mir im Hals stecken. »Ja, brich auf, es ist schon spät und deine Schwester braucht dich«, sagte ich, dann wischte ich mir schnell die Tränen weg. »Vielen Dank, dass du auf mich gewartet hast. Du hast so viel für mich getan ...«

Alma nickte nur. »Leben Sie wohl«, sagte sie, und

auch ihre Augen waren feucht. »Ich werde Sie nicht vergessen.«

Ich nahm ihre Hand und drückte sie. »Ich danke dir für alles, was du für mich getan hast.«

Alma drückte auch meine Hand. Anschließend umarmte sie mich noch einmal. Als sie nahe an meinem Ohr war, hörte ich sie leise raunen.

»Ich habe alles in Ordnung gebracht. Die Polizei weiß nichts.«

Dann ging sie und zog die Tür hinter sich zu.

KAPITEL NEUNUNDZWANZIG

Graz, 8. Januar 1916

Mutter war aschfahl. Sie saß am Tisch und rührte gedankenverloren in ihrer Tasse Tee, als ich den Salon betrat. Gisela und Carola waren bei ihr. Carola schob ihr gerade den Zuckertopf hin. Gisela würdigte mich keines Blickes.

»Zucker, Mutter?«, fragte Carola. Dann drehte sie sich mir zu. »Möchtest du auch eine Tasse Tee, Liebes?«

Ich nickte vorsichtig. Carola stand auf und schob mich zu ihrem Platz. Mutter saß am Kopfende und starrte in ihre Tasse. Ich saß nun Gisela genau gegenüber. Sie war in Schwarz gekleidet, ihr Gesicht sah müde und hart aus. Als sie merkte, dass ich sie musterte, blickte sie auf. Ihr Blick traf mich wie ein Pfeil. Ihre Augen funkelten böse, doch sie sagte nichts. Offenbar wollte sie mir vor unserer Mutter keine Szene machen.

Als Carola mit einer weiteren Tasse im Zimmer erschien, klingelte es an der Haustür Sturm. Carola fuhr so zusammen, dass ihr die Tasse aus der Hand glitt und zu Boden fiel. Das Porzellan zersprang in kleine Teile.

»Du Tollpatsch! Ich mache auf«, herrschte Gisela Carola an.

Dann eilte sie aus dem Salon zur Tür. Ich sprang auf, um Carola zu helfen. Sie kam mit ihrem dicken Bauch nicht mehr hinunter. Als ich mich gerade mit den Scherben in meiner Hand erhob, stand Gisela mit Kommissar Falkner und zwei Polizisten in der Tür. Ich konnte in Giselas Gesicht eine gewisse Häme aufblitzen sehen.

Falkner grüßte knapp in die Runde und deutete in Richtung meiner Mutter eine Verbeugung an. Diese schien aus ihrer Lethargie erwacht und schaute ihn interessiert an. Falkner wandte sich mir zu.

»Es tut mir leid, dass ich Sie schon wieder behelligen muss, Frau von Axster-Kabelmann, aber wir haben neue Erkenntnisse, die ich Ihnen nicht vorenthalten wollte.« Er machte eine kurze Pause, um Luft zu holen. »Da wir Ihren Mann bisher nicht gefunden haben und es keinen Hinweis darauf gibt, dass er die Stadt verlassen hat, gehen wir von einem Verbrechen aus. Wir müssen zumindest in Betracht ziehen, dass wir nicht nach einem Lebenden suchen, sondern möglicherweise nach einer Leiche.«

Ich sah, wie Mutter sich entsetzt die Hand vor den Mund schlug. Falkner reagierte nicht darauf, sondern schaute mich prüfend an. Ich schwieg, hielt aber seinem Blick stand.

»In Ihrer Wohnung haben wir, wie Sie wissen, nichts

gefunden. Das entlastet Sie.« Er machte eine erneute Pause. »Aber jetzt ist ein weiterer Zeuge aufgetreten, der mich auf eine ganz neue Idee gebracht hat.« Falkner lächelte kühl. »Er hat mir einen Hinweis gegeben, wo ich nach Ihrem Gatten suchen könnte.« Der Blick des Kommissars bohrte sich in mich. Spannung lag in der Luft. »Haben Sie keine Idee, was er meinen könnte?« Er starrte mich prüfend an.

»Nein, aber Sie werden es mir bestimmt gleich sagen«, fauchte ich zurück.

In Falkners Augen stand ein triumphierendes Lächeln. »Auf dem Friedhof. Der Zeuge meint, dass Sie sich bei der Beerdigung Ihres Vaters der Leiche entledigt haben.«

Meiner Mutter entfuhr ein Schrei, meine Schwester Carola wurde aschfahl. Ich hielt dem Blick des Kommissars stand, obwohl es mich für einen Bruchteil einer Sekunde durchzuckt hatte. Ich war nicht sicher, ob Falkner das wahrgenommen hatte. Eine bedrückende Stille legte sich über den Raum. Als ich nichts sagte, sprach Falkner weiter, seine Stimme klang bedrohlich.

»Wir werden jetzt gemeinsam zum Friedhof fahren.« Er holte tief Luft. »Und das Grab Ihres Vaters öffnen.«

Carola wurde ohnmächtig und sank zu Boden.

Es dauerte eine gute Stunde, bis wir schließlich auf dem Friedhof ankamen. Mutter war nicht mitgekommen. Die Nachricht mit dem Sarg hatte sie derart aufgeregt, dass sie auf ihrem Stuhl zusammengebrochen war. Sie hatte gejapst, als bekäme sie keine Luft. Wir riefen den Doktor an, der ihr ein mildes Schlafmittel und viel Ruhe verordnete. Dann hatten wir sie zu Bett gebracht.

Auch Carola hatte der Arzt dringend Ruhe empfohlen, doch sie wehrte sich und bestand darauf, mich zu begleiten. Selbst das gute Zureden von Gisela und mir stimmte sie nicht um.

Gisela hatte sich selbstverständlich dafür entschieden, mit auf den Friedhof zu kommen. Zu groß war ihre Neugier, ob der Vorwurf stimmen könnte.

Und so standen wir drei Frauen der von Axsters wieder einmal auf dem Friedhof und sahen zu, wie die Polizisten langsam die schwere Grabplatte wegschoben und Vaters Sarg Millimeter für Millimeter wieder ans Tageslicht beförderten. Es dauerte ewig, so kam es mir zumindest vor. Die Luft war eisig und in der Gruft herrschten Temperaturen wie am Nordpol. Carola zitterte am ganzen Körper und ich stützte sie.

»Warum gehst du nicht nach Hause? Du holst dir hier noch den Tod«, redete ich auf sie ein.

Doch Carola starrte nur zu dem Sarg, der langsam wieder ans Tageslicht kam.

»Ich bleibe hier«, knurrte sie. »Ich lasse dich nicht allein.«

Endlich hatten die Polizisten Vaters Sarg ganz aus dem Grab geholt und vor der Gruft auf zwei großen Holzstößen aufgebahrt. Wir bildeten eine Art Kreis drum herum. Ich stand mit Carola in einem kleinen Abstand zum Sarg. Ich wusste nicht, ob ich hineingucken sollte. Mein Herz ging schnell. Ich fühlte mich wie ein Kind, das gleich ertappt werden könnte. In meinen Finger- und Fußspitzen kribbelte es vor Anspannung, doch ich versuchte, mich nicht zu regen. Meine Augen richtete ich starr auf den Sarg. Ich spürte, dass Falkner mich genau beobachtete.

Aus dem Augenwinkel nahm ich wahr, dass er sich die Hände rieb. Es war nicht klar, ob vor Kälte oder aus Vorfreude auf einen möglichen Fund. Carola stützte sich schwer auf meinen Arm. Auch sie zögerte, näher heranzutreten. Ich konnte ihre Anspannung spüren und hatte Sorge, dass sie erneut in Ohnmacht fallen könnte. Als schließlich der Deckel vom Sarg gehoben wurde, hielt sie sich entsetzt die Augen zu. Nicht so Gisela. Sie preschte nach vorne und drängelte sich neben Falkner. Gemeinsam mit den Polizisten lugte sie gierig über den Rand. Ich nicht. Carola rang mit sich, näher zu treten, doch ich hielt sie zurück. Es dauerte keine fünf Sekunden, bis Falkner den Blick wieder hob. Die Enttäuschung auf seinem Gesicht im nächsten Augenblick war nicht zu übersehen. Ich unterdrückte ein Lächeln.

»Nichts«, sagte er kurz.

Noch einmal ein prüfender Blick tiefer in den Sarg, dann gab er seinen Männern ein Zeichen, den Sarg wieder zu schließen und zurück in die Gruft zu bringen. Er wandte sich dem Eingang zu und blickte seinen Männern nach. Über irgendetwas schien er zu grübeln. Das Kribbeln in meinen Fußspitzen wurde unerträglich, doch ich rührte mich immer noch nicht.

Dann wandte sich Falkner langsam mir zu. In seinem Blick lagen nun Resignation und Enttäuschung. Er atmete noch einmal tief ein, dann sagte er:

»Frau von Axster-Kabelmann, ich muss mich entschuldigen. Mein Verdacht hat sich nicht bestätigt. Es tut mir leid, dass ich Ihnen erneut solche Umstände machen musste.«

Er machte eine knappe Verbeugung. Jetzt erst schaute ich ihn an. Es war, als rollte jemand einen riesigen Stein von meinem Herzen.

»Dann darf ich gehen?«, fragte ich leise.

»Sie dürfen. Doch halten Sie sich bitte für weitere Fragen zur Verfügung.«

Wir verabschiedeten uns und ich lief mit Carola Richtung Ausgang. Das heißt, eigentlich schob und zog ich meine Schwester mehr, die sich nur sehr langsam wie in Trance bewegte. Als die Ausgangspforte schon in Sichtweite war, hörte ich meine Schwester Gisela hinter uns meinen Namen rufen. Wir blieben stehen und ich blickte mich um.

»Bleib stehen«, schrie sie. »Die Polizei wird dich noch überführen. Verlass dich drauf!«

Ich hatte keine große Lust, auf sie zu warten, doch Carola rührte sich kein Stück. Als Gisela vor mir stand, fuchtelte sie mit ihrem Finger zornig vor meiner Nase herum.

»Du hältst dich wohl für schlau. Ich weiß, dass du Ludwig auf dem Gewissen hast. Bestimmt hast du ihn umgebracht«, wetterte sie hysterisch. Ihr Blick war hasserfüllt.

»Woher willst du denn wissen, dass Ludwig tot ist?«, entgegnete ich.

Gisela lächelte nun siegesgewiss. »Tja, das fragst du dich, was? Wer der Zeuge ist, der dich verraten hat«, sagte sie jetzt mit einem Siegerlächeln. »Willst du hören, wer den Kommissar auf die Idee gebracht hat, auf dem Friedhof zu suchen?«, fragte sie mit einem provozierenden Unterton in der Stimme.

Ich sagte nichts.

»Dann dreh dich doch mal um«, sagte sie und zeigte in Richtung des Kommissars, der noch immer vor der Familiengruft stand und einem Mann die Hand schüttelte. Er hob gerade den Kopf und drehte sich dann in meine Richtung. Ich erstarrte. Ich blickte in die Augen von Károly.

Ich geriet ins Schwanken. Carola hielt mich fest.

»Da staunst du, was? Er hat dich verraten, dein schöner Ungar. Oder ihr habt Ludwig beide umgebracht und nun rettet er seinen Kopf«, höhnte Gisela lautstark.

»Ich glaube dir kein Wort«, flüsterte ich fast tonlos.

»›Ludwig wird mir nie mehr wehtun. Er ist weg wie mein Vater. Lassen wir die Toten ruhen‹ – kommt dir dieser Text bekannt vor? Er hat dich verraten. Und wenn du mir nicht glaubst, frag ihn doch selbst!«

Gisela winkte Károly zu, der uns entgegeneilte. Ich sah, wie bleich und aufgeregt er aussah – gehetzt wie ein Tier. Doch bevor er uns erreichen konnte, drehte ich mich um und lief so schnell ich konnte davon.

KAPITEL DREISSIG

Graz, 10. Januar 1916

Es hämmerte gegen meine Tür. Ich saß zusammengekauert auf einem Sessel und rührte mich nicht. Einge-
hüllt in meinen Morgenrock war ich in den Polstern
versunken und starrte aus dem Fenster.

Zwei Tage lang hatte ich geweint, gejammert, mich
gewunden. Jetzt hatte ich keine Tränen mehr übrig. Ich
fühlte mich leer, schutzlos, ausgeliefert, verletzt.

Nicht die Nacht im Gefängnis war meine Strafe
gewesen, sondern das Gefangensein in meinen Gefühlen
und Gedanken. Jetzt war es still in mir, der Schmerz
hatte sich ausgebreitet wie ein böses Geschwür und
klebte fest in meinem Körper. Er lähmte mich und zog
mir die Eingeweide zusammen, sobald ich an ihn dachte.

Wieder ein Hämmern gegen meine Tür.

»Mizzi, mach jetzt endlich diese Tür auf«, hörte ich Carola von draußen poltern.

Gestern schon hatte sie um Einlass gebeten. Und vorgestern. Ich hatte nicht reagiert. Ich konnte nicht. Ich schloss meine Augen. Der Schmerz holte mich erneut ein, überrollte mich. Mein Kopf hämmerte. Nur ein Wort reichte, um mich wieder hinab in die Tiefe zu ziehen: Károly.

Warum hatte er mich bei der Polizei angeschwärzt? Warum hatte er nicht geschwiegen? Waren wir nicht stets füreinander da gewesen wie Geschwister? Immer hatte ich mich auf ihn verlassen können. Was hatte sich geändert?

»Mizzi!«, hörte ich Carola erneut schimpfen. »Es reicht mir jetzt. Wenn du nicht augenblicklich aufmachst, bekomme ich mein Kind hier vor deiner Tür.«

Es klang, als meinte sie es ernst. Ich seufzte tief. Dann versuchte ich mich zu bewegen. Der Schmerz durchfuhr mich, dass mir fast schwarz vor Augen wurde. Doch irgendwie schaffte ich es schließlich doch, mich zu erheben. Mit Füßen so schwer wie zwei Zentnersäcke Kartoffeln schleppte ich mich zum Eingang. Ich taumelte. Ich hatte seit zwei Tagen nichts gegessen.

Dann öffnete ich die Haustür. Alles erschien mir verschleiert, versunken wie in einem Nebel. Nur schemenhaft nahm ich meine mittlerweile kugelrunde Schwester wahr. Sie schob mich beiseite und führte mich zurück in den Salon. Ich ließ es geschehen. Angekommen an meinem Sessel sank ich hinein und schloss die Augen. Als ich sie wieder öffnete, stand Carola direkt vor mir. Ich blinzelte, konnte aber von unten nur ihren dicken Bauch erkennen.

»Du siehst schrecklich aus«, sagte sie, zog sich einen Stuhl heran und setzte sich zu mir. Dann streichelte sie meinen Arm. »Liebes, es tut mir so leid.«

Ich lächelte leicht. Carola war immer für mich da gewesen.

»Aber du darfst jetzt nicht in Trübsal versinken«, sagte sie mit sanfter Stimme. »Du bist enttäuscht worden. Und ja, das tut weh«, sagte sie. »Aber jetzt musst du darüber hinwegkommen und endlich wieder ins Leben treten.«

Ich blinzelte sie an, doch ich konnte nichts sagen.

»Károly hat einen Fehler gemacht, aber er ist sicher kein schlechter Mensch.«

Ein Schmerz durchzuckte mich bei diesem Wort. Ich spürte, dass mir erneut die Tränen in die Augen stiegen.

»Nenn seinen Namen nicht«, flüsterte ich und vergrub meinen Kopf in meinen Armen. »Warum hat er mich verraten?«

Carola holte tief Luft. »Károly war gestern bei mir.«

Ich riss meinen Kopf herum und starrte sie an.

»Ich wollte hören, was er zu sagen hat. Ich finde, er hat es verdient«, sagte Carola entschuldigend.

Ich konnte es nicht fassen. Ich war nahe daran, mir wie ein kleines Kind die Ohren zuzuhalten. Ich drehte mich weg und starrte aus dem Fenster, doch Carola sprach leise weiter.

»An dem Tag, als dich Károly im Gefängnis besucht hat, ist er hinterher beschattet worden. Und du glaubst nicht, von wem!«

Carola machte eine kurze Pause, die Spannung erzeugen sollte. Ich schwieg. Es war mir egal.

»Von Gisela.«

Ich drehte mich schlagartig wieder zu ihr. Gisela? Jetzt hatte sie meine volle Aufmerksamkeit.

»Und er hat Gisela verraten, worüber wir gesprochen haben?«

Ich zitterte am ganzen Körper, so entsetzt war ich von dem, was ich da hörte.

»Ja und nein«, entgegnete Carola.

»Was soll das bedeuten?«, fuhr ich sie an.

Es ärgerte mich, dass ich mich nun doch auf dieses Gespräch einließ.

»Károly ist nach eurem Gespräch zur nächsten Poststation gelaufen, um dort mit einem Münzfernsprecher seinen Anwalt anzurufen. Danach hat er sich – und das war ihm sehr unangenehm – mit einem sehr jungen Fräulein im Stadtpark getroffen.«

Ich verdrehte die Augen. Ich ahnte schon, was jetzt kam.

»Gisela hat ihn wohl die ganze Zeit verfolgt, aber er hat es nicht bemerkt.« Carola seufzte. »Als er sich von dem jungen Mädchen – offenbar ein Fräulein aus gutem Hause, aber lange noch nicht volljährig – getrennt hatte, stand plötzlich Gisela vor ihm. Ihm sei der Schrecken in die Beine gefahren, sagt er.«

Ich hatte kein Mitleid, rieb meine Stirn. Ich konnte und wollte nicht glauben, dass Károly schon wieder mit einem zu jungen Mädchen angebandelt hatte. Hatte er denn aus seiner letzten Affäre nichts gelernt?

»Gisela drohte ihm, das kleine Techtelmechtel auffliegen zu lassen. Dummerweise kannte sie das Fräulein.

Sie hatte ihr vor einiger Zeit Französischstunden gegeben. Károly hat sich gewunden.« Sie machte eine Pause. »Aber aus Angst, für diese Dummheit bestraft zu werden, hat er schließlich von eurem Gespräch im Gefängnis erzählt.«

Carola schwieg jetzt und ich schwieg auch. Wieder schaute ich aus dem Fenster.

»Károly bereut es zutiefst, dass er dich so verletzt hat. Er leidet wie ein Hu...«

»Schweig! Ich will kein Wort mehr hören«, fuhr ich sie an.

Carola rutschte unruhig auf ihrem Stuhl herum. »Mizzi, was hast du ihm denn erzählt? Warum hat der Kommissar gedacht, dass Ludwigs Leiche in Vaters Sarg wäre? Hast du Károly gesagt, dass Ludwig bei Vater auf dem Friedhof ist?«

»Hör auf. Dring nicht weiter in mich. Ich möchte jetzt allein sein«, sagte ich gereizt. Im nächsten Moment tat mir meine Grobheit schon leid. »Verzeih, aber ich muss nachdenken«, flüsterte ich.

»Ich muss wissen ...«, sagte Carola, als es plötzlich an der Tür Sturm klingelte.

Ich verdrehte die Augen und vergrub meinen Kopf stöhnend im Polster. Warum ließ mich keiner in Ruhe? Ich wollte niemanden sehen oder hören.

Carola stand auf.

»Wenn es Károly ist, darf er nicht herein!«, knurrte ich. »Ich bin nicht zu sprechen.«

Das durfte doch alles nicht wahr sein. Ich hörte Carola zur Tür gehen und leise im Flur sprechen, dann schloss sie die Tür wieder. Einen Moment später stand sie im Zimmer. Sie griff ihre Handtasche.

»Ich muss gehen«, sagte sie knapp und strich mir über die Wange. »Aber ich komme wieder.«

»Wer war das?«, fragte ich sie, doch sie war schon auf dem Weg zur Haustür.

»Ich kläre das«, sagte Carola, bevor die Tür erneut hinter ihr ins Schloss fiel.

Am nächsten Tag beschloss ich, meinem Leiden endlich ein Ende zu machen und mich wieder unter Leute zu trauen. Außerdem musste ich mir dringend eine neue Haushälterin suchen. Seit Alma weg war, verlotterte alles. Ich wollte meine Mutter aufzusuchen. Vielleicht hatte Ilona eine Idee, wer bei mir Ordnung halten könnte.

Als ich vor meinem Elternhaus vorfuhr, waren im oberen Schlafzimmer immer noch die Vorhänge zugezogen. Ich betrat das Haus und hörte Gisela im Salon mit Ilona sprechen. Vorsichtig öffnete ich die Tür. Gisela hielt sofort im Satz inne und schaute mich an.

»Was machst du hier?«, herrschte sie mich an.

»Ich wünsche dir auch einen guten Tag, liebe Schwester. Und um deine Frage zu beantworten – ich besuche Mutter.«

Sie blickte misstrauisch. »Plötzlich so viel Sorge?«

Ich ignorierte ihre zynische Antwort und wandte mich Ilona zu, die gerade das Zimmer verlassen wollte.

»Ilona! Ich bin froh, dass ich dich hier antreffe. Ich suche nämlich dringend eine neue Zugehfrau. Seit Alma weg ist, verlottere ich«, sagte ich lächelnd.

Gisela stieß ein klar vernehmbares Zischen durch

ihre Zähne. Ich würdigte sie keines Blickes. Ilona schaute mich scheu an.

»Ich dachte, vielleicht kennst du jemanden, der bei mir arbeiten könnte?«, setzte ich nach.

Ilona schien nachzudenken. »Vielleicht. Ich muss fragen ...«

»Nun geh und mach deine Arbeit. Das ist jetzt erst mal wichtiger«, fiel Gisela ihr ins Wort. Dann wandte sie sich mir zu. »Aber ich kann ja mal überlegen, ob mir jemand einfällt. Jemand, der in deinem Sauhaufen überhaupt arbeiten will«, fügte sie noch an.

»Danke, das ist zu gütig von dir«, sagte ich spitz.

Drei Tage später hatte mir Gisela tatsächlich eine Zugehfrau vermittelt, und ich war ihr dankbar dafür. Sie kam aus einem der Häuser, in denen sie Französisch unterrichtete. Die Familie musste wegziehen und Adele – so hieß ihre Haushälterin – wollte in Graz bleiben. Sie war etwas jünger als Alma, hatte braune, lockige Haare, die sie unter einer Haube zu verbergen versuchte, einen wachen Blick und schiefe Zähne. Alles in allem machte sie einen netten Eindruck. Ich stellte sie sofort ein.

Als ich zwei Tage darauf gerade in meinem Atelier arbeitete, klingelte es an der Tür Sturm. Ich hörte, wie Adele zur Tür eilte. Sie war neugierig, aber nicht aufdringlich dabei. Ich hörte sie an der Tür sprechen. Dann kam sie ins Atelier gestürmt.

»Draußen steht ein Herr, der Sie unbedingt sprechen will, gnädige Frau«, sagte sie. »Heinrich Altrichter.«

Bei diesem Namen zuckte ich unwillkürlich zusammen. Was um alles in der Welt machte Heinrich noch immer in Graz? Was wollte er von mir? Ich hatte kein Interesse, ihn zu sehen. Mir war danach, ihn abzuwimmeln, schließlich hatte ich in wenigen Wochen eine neue Ausstellung und noch viel zu tun. Doch wenn ich ihn nicht empfangen würde, würde er es immer wieder versuchen. Ich seufzte.

»Gut, Adele, führen Sie Herrn Altrichter bitte herein. Ich komme gleich in den Salon.«

Adeles Augen blitzten. Ihre Neugier schien geweckt. Schnell ging sie zur Tür.

Ich seufzte noch einmal, dann huschte ich ins Bad, um mir kurz die Haare zu richten und meine Hände vom Gips zu befreien. Als ich den Salon betrat, strahlte Heinrich über beide Ohren.

»Was bist du hübsch, Mizzi. Kommst du gerade aus deinem Atelier? Wusstest du, dass man dir ansehen kann, wenn du dich in eine Arbeit verbissen hast?«

Ich lächelte. »Nun komm zum Punkt, Heinrich. Was machst du hier?«

Ich drehte mich zu Adele, die immer noch in der Tür stand.

»Danke, Adele, ich brauche dich gerade nicht. Mach nur weiter in der Küche oder wo du gerade zu tun hast.«

Sie schaute beleidigt, sagte aber nichts und verschwand.

Ich wandte mich wieder Heinrich zu. »Ich meine es ernst. Was willst du von mir? Warum bist du immer noch in Graz?«

Heinrich trat einen Schritt auf mich zu, ich wich unwillkürlich einen zurück.

»Mizzi, ich will wieder Teil deines Lebens sein. Wir

gehören zusammen. Wir haben schon so viel miteinander erlebt, so viele Schwierigkeiten gemeinsam überstanden.«

»Das kannst du dir abschminken, Heinrich. Wir sind geschiedene Leute.«

»Warum vertraust du mir nicht? Komm mit mir.« Er machte eine kurze Pause. »Jetzt, wo Ludwig weg ist.«

Ich schaute ihn entsetzt an. »Warum sagst du das? Woher willst du das wissen?«

Er lächelte verschwörerisch. »Deine Schwester Carola hat es angedeutet. Ich war neulich schon einmal hier, aber sie sagte, du seiest unpässlich. Sie ist dann mit mir draußen auf und ab gelaufen und sie hat viele Fragen gestellt.« Er holte tief Luft. »Wenn ich dir helfen kann, dann sag es mir. Ich bin für dich da.«

Ich schwieg. Mir verschlug es glatt die Sprache. Warum mischten sich alle in mein Leben ein?

Heinrich wertete mein Schweigen offenbar als Zustimmung. »Sag nur ein Wort, und ich gehe für dich ins Gefängnis. Nur versprich mir, dass du auf mich warten wirst.«

Am liebsten hätte ich ihm eine Ohrfeige verpasst, doch ich beherrschte mich gerade noch. Ich wurde richtig wütend. »Was fällt dir ein?!«, brüllte ich. »Ich habe meinen Mann nicht umgebracht. Und ich brauche keine Hilfe. Nicht von dir und auch sonst von niemandem.« Es war unglaublich. Was bildete sich Heinrich bloß ein? »Und jetzt verlass bitte augenblicklich mein Haus.«

»Mizzi, bitte, ich stehe zu dir. Egal was passiert.«

»Ach ja? Du hast mich schon mal verkauft, warum sollte ich dir trauen?«

»Weil ich dich liebe«, flüsterte er.

Es knarzte leise an der Tür. Ich wirbelte herum und bemerkte einen Schatten. Offenbar hatte Adele gelauscht.

»Gut, dass du da bist, Adele. Bitte geleite doch diesen Herrn hinaus. Er wollte gerade gehen«, sagte ich.

Adele nickte stumm und machte einen Schritt auf Heinrich zu.

»Schon gut, ich verlasse ja dieses Haus. Aber sag mir ins Gesicht, dass du mich nicht mehr wiedersehen willst. Dann lass ich dich für immer in Ruhe.« Er schaute mich flehend an.

»Ich will dich nie wiedersehen. Leb wohl, Heinrich«, sagte ich bestimmt.

Ich sah, wie in ihm eine Welt zusammenbrach. Er nickte kurz, dann ging er zur Tür hinaus. Ich atmete erleichtert auf.

KAPITEL EINUNDDREISSIG

Graz, 19. Januar 1916

Fünf Tage später hatte ich Heinrichs Besuch schon wieder vergessen, als es an der Tür klingelte. Da Adele gerade einkaufen war, öffnete ich selbst. Ich erwartete eigentlich keinen Besuch.

»Kommissar Falkner?«, fragte ich irritiert.

Hinter ihm standen noch fünf weitere Polizisten.

»Ja, ich weiß, mit mir haben Sie nicht gerechnet. Aber Ihr Fall lässt mich einfach nicht los«, sagte er mit einem gespielten Lächeln.

In seinen Augen blitzte etwas auf – war es Schadenfreude oder das Blitzen eines triumphierenden Siegers?

»Kommen Sie doch herein«, sagte ich seufzend und hielt die Tür weit offen. »Sie kennen sich ja aus.«

Die Männer betraten den Flur. Auf ein kurzes

Nicken hin verteilten sie sich in sämtlichen Zimmern. Ich schaute ihn fragend an.

»Schon wieder? Sie haben doch meine Wohnung bereits durchsucht. Wonach suchen Sie jetzt?«

Er lächelte wieder, ließ sich aber Zeit mit der Antwort.

»Was ist am 2. Januar hier passiert?«, sagte er gedehnt wie zu sich selbst und ließ seine Augen durch den Flur schweifen, als suchte er hier nach der Antwort. »Ludwig ist wütend, um nicht zu sagen, er tobt vor Eifersucht. Er will so schnell wie möglich zu Ihnen, um Sie womöglich in flagranti mit einem Liebhaber zu erwischen.« Falkner fing an, im Flur auf und ab zu gehen. Ich schaute ihm dabei zu. Ich hatte ein mulmiges Gefühl im Bauch.

»Er stürmt also hier herein. Was findet er vor? Sie? Oder Sie und einen Liebhaber? Nehmen wir mal an, Sie waren nicht allein. Was würden Sie auf diesen Schrecken hin tun? Oder anders – wenn Sie nicht allein waren, würde ein Liebhaber sich nicht mit dem Ehemann duellieren? Oder zumindest prügeln?« Falkner blieb stehen. »Und wenn es hier einen Kampf gab, dann wird es auch Spuren geben.« Er drehte sich mir zu. »Danach suchen wir.«

Er zog ein Papier hervor und reichte es mir. »Hausdurchsuchung« stand darauf, es war mehrfach gestempelt und mit Unterschriften versehen. Es wirkte hochoffiziell. Plötzlich tauchte ein schnauzbärtiger Polizist im Entree auf.

»Herr Kommissar? Wir haben etwas im Schlafzimmer gefunden.« Mein Herz machte einen kleinen Sprung. Ich versuchte, normal weiterzuatmen und mir meine Unruhe nicht anmerken zu lassen. Doch Falkner sah mich ohnehin nicht an. Er eilte dem Mann hinterher. Ich blieb im Flur zurück. Meine Gedanken schlugen Purzelbäume. Hatte Alma nicht alle Spuren beseitigt? Was konnten sie entdeckt haben? Ich lehnte mich an die Wand und hielt mir den Bauch. Mir war schlecht. Doch ich musste mich zusammenreißen. Kurz schloss ich die Augen und sammelte mich.

Eine gefühlte Ewigkeit später erschien Falkner wieder im Entree. Er schaute mich freundlich an. Er war Profi durch und durch und ließ sich nicht anmerken, ob er weitergekommen war.

»Wir haben neben dem Bett eindeutige Kratzer an der Wand gefunden. So als wäre das Bett verschoben worden oder«, er machte eine vielsagende Pause, »bei einem Kampf dagegengeschrammt.«

Ich sagte nichts, sondern schaute ihn nur an. Er sah aus wie eine Raubkatze, die jeden Augenblick zum Sprung ansetzen würde.

»Hat in Ihrem Schlafzimmer ein Kampf stattgefunden, Frau von Axster-Kabelmann?«

Ich schwieg weiter. Gedanken rasten durch meinen Kopf. Was wusste er? Was hatte er bereits herausgefunden?

»Wie wäre diese Variante: Ludwig kommt in Ihr Haus. Sie hören ihn zunächst nicht, plötzlich steht er in Ihrem Schlafzimmer, wo Sie gerade mit Ihrem Liebhaber zusammen sind. Ludwig wirft sich auf ihn, es kommt zu einem Kampf und beide landen auf dem Boden. Dabei wird das Bett gewaltsam zur Seite geschoben.« Falkner schaute auf den Teppich, der unter seinen Füßen lag. »Ludwig rutscht aus oder schlägt irgendwie mit dem

Kopf auf. Blut spritzt auf den Teppich. Vielleicht war das nicht gewollt, aber jetzt liegt der tote Ludwig da. Die Leiche muss weg.«

Falkners Augen blitzten triumphierend. Er glaubte die Maus in der Falle zu haben. Ich war die Maus.

»Ach so, wie ich auf den blutverschmierten Teppich komme ...« Falkner machte eine Pause. »Ihrer riecht wunderbar nach Seife. Als wäre er erst vor Kurzem gut und gründlich gereinigt worden. Ich habe selbst eine Geruchsprobe genommen«, sagte er lächelnd. »Oder wollen Sie mir sagen, dass Sie Teppiche immer so gründlich mit Seife säubern?«

Die Vorstellung, dass Falkner sich schnüffelnd über unseren Teppich bewegte, brachte mich fast zum Lachen. Doch ich riss mich zusammen und holte tief Luft.

»Alma hat ihn gesäubert. Ich habe den Kaffee verschüttet, als ich neulich im Bett gefrühstückt habe.«

Ich hatte diese Worte leise, aber bestimmt gesagt. Kein Zittern lag in meiner Stimme. Ich hoffte, Falkner würde diese Lüge schlucken. »Und was Ihre Theorie zu einem Kampf angeht: Wie ich Ihnen bereits sagte, kann Eifersucht auch in Leidenschaft umschlagen. Wir haben uns geliebt – Ludwig und ich. In unserem Schlafzimmer auf dem Bett. Schon möglich, dass wir es dabei zum Rutschen gebracht haben. Danach bin ich eingeschlafen. Mehr kann ich dazu nicht sagen.«

»Und das soll ich Ihnen glauben?« Falkners Augen funkelten zornig. »Nun gut«, er sammelte sich, »ich will Ihre Zeit nicht zu lange in Anspruch nehmen. Meine Leute sehen sich nur noch in Ihrem Atelier um.« Er machte eine Pause und kramte in einer seiner Manteltaschen. Dann zog er einen kleinen Gegenstand heraus, der in einer Tüte steckte, und hielt ihn mir unter die Nase. »Kommt Ihnen das hier bekannt vor?«

Es war ein Skalpell, das ich für meine Arbeiten mit Gips gerne verwendete. An seiner Klinge waren allerdings nicht nur Gipsreste, sondern auch dunkelbraune Spuren zu erkennen.

»Blut«, sagte Falkner, obwohl es dieser Erklärung nicht bedurfte. Er beobachtete meine Reaktionen, doch ich hatte mich im Griff.

»Richtig, das ist Blut«, sagte ich langsam.

Falkner schaute amüsiert. »Sie leugnen das gar nicht?«

»Nein«, antwortete ich. »Weil es mein Blut ist.«

Falkners Gesicht nahm jetzt einen wütenden Ausdruck an. »Wie viele Märchen wollen Sie mir noch auftischen?«, polterte er.

»Ich bin Künstlerin und arbeite viel mit scharfen Geräten. Ich brauche sie für meine Arbeiten«, sagte ich ruhig. »Da kann es schon mal passieren, dass mir beim Arbeiten eines dieser Geräte entgleitet und ich mich dabei verletze. Meistens schneide ich mir in den Finger.«

»Und wo haben Sie sich geschnitten? Zeigen Sie mir doch mal Ihre Wunden«, knurrte Falkner.

Ohne lange nachzudenken, streckte ich ihm meine Handinnenseiten entgegen. Da ich gestern ausgiebig gearbeitet hatte, waren sie wie immer rissig und ausgetrocknet vom Gips. Fast an jedem Finger war eine kleine Schramme zu erkennen.

»Suchen Sie sich eine Stelle aus. Ich weiß, Künstlerhände sind keine Schönheiten«, sagte ich lächelnd und zuckte entschuldigend mit den Schultern.

Falkner schluckte und schwieg. Sein Blick war finster. Offenbar hatte er keine weiteren Trümpfe in der Hand.

»Ist das alles, was Sie haben, Herr Falkner?«, fragte ich ruhig.

In diesem Moment betrat Adele den Flur, dicht gefolgt von Gisela.

»Hätte ich es mir denken können«, sagte ich und schaute Gisela wütend an.

»Erst beschattest du Károly und nötigst ihn dazu, eine Falschaussage gegen mich zu machen. Und jetzt vermittelst du mir eine Haushälterin, die meine privaten Sachen durchsucht und mir Arbeitsmittel entwendet?« Wut stieg in mir auf. »Dass du dich nicht schämst!«

»Ich soll mich schämen?«, ging Gisela mich an. »Du hast deinen Mann ermordet! Du hast ihn betrogen und dann kaltblütig umgebracht.« Ihr Ton nahm einen hysterischen Klang an.

»Wo ist dann die Leiche, liebe Schwester? Wenn du mich schon beschattest und ausspionieren lässt, dann weißt du doch das bestimmt auch!«, hielt ich dagegen.

Gisela schwieg jetzt, hielt aber meinem Blick stand. Wütend standen wir uns gegenüber. Die Luft war explosiv aufgeladen. Es bedurfte nur eines Funkens, und wir würden uns gegenseitig an die Gurgel gehen. Es reichte mir. Seit ich denken konnte, hatte mir Gisela das Leben zur Hölle zu machen versucht. Sie kannte nur Eifersucht und Missgunst.

»Da haben wir es. Es gibt nämlich keine Leiche. Und ich mache jetzt ein für alle Mal eine Aussage: Ich habe Ludwig nicht umgebracht. Und ich habe auch keinen Liebhaber. Nehmen Sie das bitte ins Protokoll auf, Herr

Kommissar!« Ich wandte mich Falkner zu. »Haben Sie noch Fragen? Ansonsten würde ich jetzt weiterarbeiten, wenn Sie gestatten«, zischte ich. »Mit meinen verbliebenen Arbeitsutensilien.«

»Heinrich war hier und ihr habt gestritten«, schrie Gisela jetzt noch hysterischer. »Adele hat es gehört. Ist er der Liebhaber, der dir geholfen hat? Gib es doch endlich zu! Was habt ihr mit Ludwig gemacht?«

Ich blickte weiter den Kommissar an. »Herr Falkner, haben Sie noch irgendwelche Beweise, die mich belasten? Ansonsten möchte ich Sie bitten, jetzt umgehend mein Haus zu verlassen. Und bitte – nehmen Sie meine Schwester mit.«

Ich hörte, wie Gisela nach Luft schnappte, doch da kamen die Polizisten zurück. Sie redeten leise mit Falkner, der drehte sich dann zu mir um.

»Wir haben nichts mehr gefunden, Frau von Axster-Kabelmann. Sie sind fürs Erste entlastet. Verzeihen Sie die Umstände, die wir Ihnen gemacht haben.« Er deutete eine Verbeugung an. »Trotzdem behalte ich Sie im Auge«, fügte er leise hinzu.

Er wies seine Männer an hinauszugehen, dann nahm er Gisela vorsichtig beim Arm.

»Es ist Zeit zu gehen«, sagte er zu ihr und schob sie langsam aus der Tür.

»Niemals«, sagte Gisela gereizt. »Irgendwo muss die Leiche versteckt sein. Ich weiß das!«, krächzte sie.

»Leben Sie wohl, Herr Falkner«, sagte ich. Falkner drängte meine Schwester mit Nachdruck hinaus. Es dämmerte offenbar auch ihr, dass sie verloren hatte.

Erst als die Tür sich schloss, fiel mir auf, dass Adele wie versteinert mit ihrem Einkaufskorb neben mir stand.

»Was machst du noch hier?«, fragte ich gereizt.

Sie stotterte. »Es tut mir leid ... Ich ...«

»Geh jetzt. Du bist entlassen«, sagte ich und wollte mich gerade wegdrehen, als sie wieder das Wort erhob.

»Ich habe Herrn Kabelmann vor Kurzem gesehen.«

Ich starrte sie an. Eine Pause trat ein, ich konnte mich kaum rühren.

»Was redest du da? Warum sagst du das?«, fragte ich.

Adele blickte auf ihre Füße. »Das ... Das könnte ich doch aussagen. Dass ich ihn gesehen habe. Dann wären Sie frei und niemand beschuldigt Sie mehr«, sagte sie nun den Tränen nahe.

Ich schloss die Augen. »Geh jetzt, Adele«, sagte ich ruhig.

Sie schluchzte. Sie wusste, dass sie nicht bleiben konnte. Ich hörte noch, wie die Tür hinter ihr ins Schloss fiel.

KAPITEL ZWEIUNDDREISSIG

Graz, 5. Februar 1916

Ich strahlte, wie ich seit Langem nicht mehr gestrahlt hatte. Zwölf große Skulpturen und fünf kleinere Plastiken füllten die Räume der kleinen, aber feinen Galerie im Joanneumsviertel. Sie gehörte August Paul von Rittersberg. Er hatte mir auf Vaters Beerdigung seine Aufwartung gemacht und mich gebeten, ja fast bekniet, bei ihm auszustellen. Er hatte seitdem nicht lockergelassen und mir jede Woche Telegramme geschickt, bis ich mich endlich darauf eingelassen hatte, ihn zu treffen. Dass mich die Polizei zeitweise verdächtigte, meinen Mann umgebracht zu haben, und ich sogar eine Nacht im Gefängnis verbracht hatte, steigerte von Rittersbergs Interesse nur noch mehr.

»Sie haben es wohl faustdick hinter den Ohren«,

neckte er mich lachend. »Womöglich haben Sie die Leiche in einer Ihrer Gipsfiguren versteckt?«

Er lachte über seinen Witz und ich lachte laut mit.

Sein Assistent, Werner Heudtlass, selbst ein junger, aufstrebender Künstler, hatte mir bei der Erarbeitung meiner Ausstellung geholfen. Ich mochte ihn. Sehr sogar. Er war höflich, charmant, gut aussehend, zupackend und strotzte nur so vor Enthusiasmus. Seine Begeisterung riss mich mit. Zu meiner großen Überraschung flirtete er mit mir, obwohl ich elf Jahre älter war als er. Es schmeichelte mir, und ich musste zugeben, dass auch er mir gefiel. Er war geistreich und hatte inspirierende Ideen. Dass er noch nicht in den Krieg eingezogen worden war, lag an von Rittersbergs guten Kontakten. Er hielt seine Hand über seinen Schützling.

Die Ausstellung war an diesem sonst trüben Februartag gut besucht. Die Leute sehnten sich nach Zerstreuung. Trotz Krieg oder vielleicht auch gerade wegen des Krieges besuchten viele Ausstellungen oder Theateraufführungen. Diese Vernissage zeigte ausschließlich meine Werke. Ich hörte, dass auch in anderen Städten ein paar Galerien Kunstwerke von Frauen zeigten. So bitter es klang, aber der Krieg war eine Chance für alle Künstlerinnen, denn er hatte die meisten Männer fortgerissen und nicht viele ließ er wieder aus seinen Klauen. Dabei machte er keinen Unterschied zwischen Künstlern, Bauern oder Lehrern. Die Anzahl der Witwen stieg von Tag zu Tag.

»Bist du stolz auf dich?«, fragte plötzlich eine vertraute Stimme hinter mir.

Julius und Carola lächelten mich an. Julius stützte

seine Frau, die mit ihrem dicken Bauch offenbar nach Luft rang.

»Wird Zeit, dass das Kleine endlich herauskommt«, sagte sie und hielt sich den Bauch. »Ich habe das Gefühl, als würde ich bald platzen.«

»Glückwunsch zu dem, was du geschafft hast«, sagte Julius und schaute sich fasziniert um.

Ich hatte ihn lange schon nicht mehr gesehen. In den letzten Wochen war er an die Italienfront beordert worden. Dort tobte seit Monaten ein hartes Gefecht. Er war mager geworden, doch seine Augen wurden immer noch von Lachfältchen umspielt.

»Kannst du länger bleiben?«, fragte ich ihn.

»Ich will doch erleben, wie mein siebtes Kind zur Welt kommt«, sagte er lachend und sah seine Frau verliebt an.

Carola lächelte erleichtert. Dann wurde ihr Blick wieder besorgt. Sie nahm meine Hand.

»War die Polizei noch einmal bei dir? Sie waren neulich bei Mutter, und Falkner hat sie zum Zustand deiner Ehe mit Ludwig befragt.«

»Er lässt nicht locker«, sagte ich schulterzuckend. »Kommt, davon lassen wir uns nicht die gute Laune verderben. Stoßt mit mir auf meine Ausstellung an«, sagte ich und schob die beiden zu einem improvisierten kleinen Buffet. Da die Lebensmittel knapp waren, gab es nur die üblichen Sachen – Kaffeeersatz und Brote mit Rübenmus.

»Kleiner Brauner gefällig, die Dame?«, fragte ich und hielt Carola eine Tasse hin.

Die nickte und lachte. Werner gesellte sich zu uns.

»Sie lieben deine Figuren«, sagte er und strahlte über

das Gesicht, als wären es seine. Wir blickten uns tief in die Augen. Seine gute Laune war ansteckend. Ja, ich mochte ihn.

Als ich mich wieder von ihm abwandte, wechselten Julius und Carola einen vielsagenden Blick.

»Du flirtest schon wieder«, raunte Carola mir zu. »Obacht.«

Sie hatte recht, denn in diesem Augenblick betrat Gisela den Raum. Sie schaute sich um und kam dann in schnellen Schritten auf uns zugelaufen.

»Was will die denn hier?«, raunte ich Carola zu und drückte meinen Rücken durch. »Welch überraschender Besuch«, sagte ich. »Bist du neuerdings an Kunst interessiert oder beschattest du mich wieder?«

Giselas Lippen zuckten wütend, doch sie hatte sich offenbar im Griff. Unsanft packte sie mich am Arm und zog mich ein Stück auf die Seite, weg von Julius und Carola, die mit fragenden Gesichtern zurückblieben.

»Aua, was soll das?«, knurrte ich.

»Angeblich haben sie nicht weit von hier eine Leiche aus der Mur gezogen. Wehe dir, wenn es Ludwig ist«, zischte sie.

»Ich habe Ludwig nicht ermordet. Wie oft muss ich dir das noch sagen?«, antwortete ich gereizt.

»Ich glaube dir kein Wort. Wenn du es nicht warst, war es jemand anderes. Ludwig ist tot – das spüre ich. Und du bist schuld daran! Du hast ihn mir genommen.« Gisela kämpfte jetzt mit den Tränen.

»Du hast ihn nie besessen«, knurrte ich, doch Gisela schien mich nicht zu hören.

»Ich habe ihn geliebt. Ich wäre ihm eine gute Ehefrau gewesen, aber du ... du ...« Sie rang um Worte.

»Du musstest dich immer in den Vordergrund spielen und wenn es dir nicht passte, dann, dann ...«

Ich schüttelte ihre Hand ab. »Ich habe Ludwig nicht getötet. Und jetzt verlass bitte augenblicklich dieses Haus«, sagte ich leise, aber bestimmt.

In mir kochte es. Ich war es leid, mich ständig rechtfertigen zu müssen. Sie starrte mich an.

»Ich hasse dich«, flüsterte Gisela. »Sollte es sich bei der Leiche um Ludwig handeln, wirst du im Gefängnis verrecken. Ich werde dir keine Träne nachweinen. Und von dem Geld aus Vaters Erbe siehst du auch nichts mehr.«

»Verschwinde«, sagte ich nun lauter, doch Gisela machte keine Anstalten zu gehen.

»Und nur damit du es weißt: Ich werde nicht aufhören, dich im Auge zu behalten, auch wenn der Kommissar den Fall irgendwann zu den Akten legen wird.«

»Tu, was du nicht lassen kannst«, sagte ich und zeigte auf die Tür.

Gisela rang um Beherrschung. »Gott wird dich strafen für deine Taten«, sagte sie, drehte sich um und rauschte aus der Tür.

Ich atmete tief durch. Carola trat nahe zu mir.

»Was war denn das?«, fragte sie.

»Sie haben eine Leiche in der Mur gefunden und jetzt glaubt sie, dass es Ludwig ist.«

Carola schaute mich entsetzt an.

»Reg dich nicht auf«, sagte ich. »Alles wird gut.«

Dann wandte ich mich wieder den Besuchern zu.

Als am Abend der letzte Besucher gegangen war, stand ich nur noch mit Carola da. Julius und Werner hatten begonnen, das Buffet abzubauen und ein paar Stühle in die hinteren Räume zu tragen.

Wir betrachteten eine meiner Figuren, die zusammengekauert auf einer Art Sockel hockte, die Beine angewinkelt und ihr Gesicht hinter ihren Knien versteckt. Eingeschüchtert, ängstlich, abgekehrt.

Ich spürte, dass Carola auf etwas wartete. Unruhig trat sie von einem Fuß auf den anderen. Wir musterten die Statue.

»So ging es mir in jener Nacht, als Ludwig nach Hause kam und mich grün und blau schlug, weil er glaubte, dass ich ihn für Heinrich verlassen würde«, sagte ich leise und legte meinen Arm um Carola. »Hättest du ihm nicht die Vase auf den Kopf gehauen, hätte er mich wohl zu Tode geprügelt«, sagte ich.

Ich schloss die Augen. Plötzlich war es wieder da, mein Schlafzimmer, Ludwigs unbändige Wut, der Schmerz, meine blutverschmierte Nase, meine Hilflosigkeit. Ich unter Ludwigs Gewicht, wie er sich auf mich gelegt hatte, seine hasserfüllte Fratze über mir. Dann der dumpfe Ton und meine schwangere Schwester Carola, die plötzlich im Raum stand mit einer Vase in der Hand, an der Blut klebte. Ludwigs schwerer, lebloser Körper, das viele Blut, das aus der Wunde an seinem Kopf lief, die toten Augen.

»Ich kann seitdem nicht mehr richtig schlafen«, flüsterte Carola neben mir.

Ich öffnete meine Augen und drehte den Kopf zu ihr. Sie schaute immer noch auf die Skulptur, Tränen liefen ihr übers Gesicht.

»Du hast mir das Leben gerettet«, sagte ich sanft, dann umarmte ich sie, so gut das mit dem dicken Bauch ging. »Wieder einmal.«

Eine Pause entstand. Als wir uns voneinander lösten, sah sie mich fragend an. »Wie ging es weiter?«

»Wäre Julius nicht gekommen, ich weiß nicht, wie ich alleine die Leiche hätte wegschaffen können«, seufzte ich. »Aber es war gut, dass er dich nach Hause geschickt hat. Du hättest uns nicht weiterhelfen können.«

Julius hatte damals keine Sekunde gezögert. Als er den toten Ludwig und seine Frau mit einer blutverschmierten Vase gesehen hatte, hatte er sofort gehandelt. Zunächst rief er auf der Straße eine Kutsche für seine Frau und befahl dem Kutscher, die am ganzen Körper zitternde Carola nach Hause zu bringen. Danach war er sofort zurückgekommen und hatte sorgsam die Eingangstür hinter sich geschlossen. Er hatte mich angeschaut und genickt, als wartete er auf eine Anweisung. Ich wusste, dass ich mich voll und ganz auf ihn würde verlassen können.

»In die Mur können wir ihn nicht werfen, auf den Straßen sind zu viele Patrouillen unterwegs. Schade, sie hat gerade viel Wasser und ist ein rauschender Bach, der alles mit sich reißt«, hatte Julius kurz die Situation analysiert. »Aber die Leiche muss raus aus diesem Haus – nur wie?«

Er war im Zimmer auf und ab gelaufen. Dann hatte er plötzlich innegehalten. Es dauerte ein paar Minuten, dann ging ein Leuchten über sein Gesicht. Offenbar war ihm eine Eingebung gekommen.

»Doch, sie kann dieses Haus verlassen, aber nur, wenn sie unsichtbar wird«, sagte Julius. Er schaute mich herausfordernd an. Ich verstand nichts. »Mizzi, du bist doch Künstlerin. Kannst du da nichts machen? Lass Ludwig unsichtbar werden.«

Ich hatte nicht sofort begriffen, doch dann war mir plötzlich klar geworden, was er meinte. Natürlich konnte ich Dinge erschaffen und auch Dinge verschwinden lassen.

Gemeinsam hatten wir Ludwig aufgehoben und in mein Atelier getragen. Der schlaffe Leichnam wog allerdings so schwer wie zehn Säcke Kartoffeln, und ich geriet auf der Treppe ins Taumeln. Mehrmals musste ich ihn absetzen, auch wenn ich nur die Füße trug. Auch Julius hatte unter der Last geächzt. Schweiß war ihm übers Gesicht geronnen.

Doch kaum hatten wir das Atelier erreicht, fiel die Müdigkeit von mir ab. Ich wusste plötzlich, was ich zu tun hatte.

Mit knappen Worten erklärte ich Julius, was ich vorhatte, und er begann, den Körper in Binden einzuwickeln. Erst die Beine, dann den Körper, schließlich die Arme bis hin zum Kopf. Ich rührte währenddessen einen riesigen Bottich Gips an. Damit der nicht eintrocknete, mussten wir schnell arbeiten. Ich arrangierte Ludwigs Arme und Beine – solange die Totenstarre noch nicht eingesetzt hatte und sodass es aussah, als würde er laufen und einen Arm nach oben recken. Dann hatten wir begonnen, die Gipsmasse aufzutragen, Schicht um Schicht. So hatten wir stillschweigend Stunde um Stunde gearbeitet. Konzentriert, geschäftig, einvernehmlich.

Am Ende kümmerte ich mich allein um den Kopf der Skulptur, auch Hände und Füße formte ich. Ich bat

Julius, mithilfe eines kräftigen Drahtes einen Flügel zu formen. Es war das einzige Mal, dass er laut schimpfte, denn er tat sich sehr schwer damit, einen Flügel zu entwerfen. Am Ende schaffte er es dann doch und ich montierte die Drahtbügel geschickt an den bereits angetrockneten Gips.

»Als der Morgen graute, waren wir fertig.«

Carola schaute nachdenklich. »Und die Spuren?«

»Die hat Alma weggemacht. Sie kam am Vormittag – ich hatte noch keine Minute geschlafen. Julius war gerade erst gegangen. Sie sah mich an, schickte mich dann auf das Sofa in der Stube und verschwand oben im Schlafzimmer. Sie hat keine Fragen gestellt. Nie. Ich denke, sie hat sich ihre eigenen Antworten gegeben.«

Carola nickte. »Aber warum ausgerechnet ein Engel? Und dann auch noch einer mit nur einem Flügel? Du konntest dir doch denken, dass dieser Aufsehen erregen würde – vor allem auf einer Beerdigung.«

Ich überlegte kurz und betrachtete dabei wieder die kauernde Gipsfigur vor uns.

»Vermutlich war es meine Art, Rache zu nehmen an Vater. Ich ließ seinen Wunschschwiegersohn in etwas verschwinden, das er verachtete.« Ich lächelte.

»Hast du mit der Leiche noch einen ganzen Tag im Haus verbracht?«, fragte Carola plötzlich. »Vaters Beerdigung war doch erst am übernächsten Tag.«

»Ja. Der Gips musste ohnehin noch trocknen. Vorher hätte ich ihn nicht brennen können.«

Ausgerechnet in der Nacht, in der Julius und ich Ludwig in Gips verschwinden ließen, war Vater von uns gegangen. Was mich zunächst etwas schockiert hatte, entpuppte sich schon bald als günstige Fügung. Bis dahin hatte ich nämlich noch keine Idee gehabt, wohin ich mit der Skulptur sollte. Als wir uns in Mutters Haus trafen, bat ich Julius, mir noch einmal zur Hand zu gehen und die Skulptur, die mittlerweile Tonnen wog, in den Brennofen zu schaffen. Keiner hatte an diesem Tag bemerkt, dass wir zusammen weggegangen waren.

»Selbst Gisela nicht«, sagte ich.

Carola schwieg.

»Ob sie was geahnt hat, unsere Schwester?«, fragte sie dann.

»Dass Ludwig nicht auf Vaters Beerdigung war, muss sie alarmiert haben, dass etwas nicht stimmte. Sie muss ihm kurz zuvor ja verraten haben, dass sie mich mit Heinrich gesehen hatte«, sagte ich. »Aber dass sie geahnt hat, dass Ludwig in der Skulptur auf dem Friedhof steckte, glaube ich nicht.«

Carola lachte plötzlich auf. »»Entferne augenblicklich dieses abscheuliche Monstrum von diesem heiligen Ort‹, hat Gisela gebrüllt. Sie war entsetzt über dein Verhalten.« Sie kicherte. »Aber du Trotzkopf wolltest wie immer nicht hören. ›Nein‹, hast du gesagt. ›Es ist mein letztes Geschenk an Vater.‹ Geschenk!«

Carola gluckste. Ihr Lachen war ansteckend. Jetzt kicherte auch ich.

»Ich dachte nicht, dass es klappen würde. Als Mutter die Skulptur in die Gruft hat bringen lassen, war ich sprachlos«, sagte ich. »Und als der Alte von Rittersberg dann auch noch genau diese Skulptur für seine Ausstellung haben wollte, bin ich fast gestorben.«

Wir lachten, und ich war froh, dass dieses Thema nun endlich aus der Welt war.

Julius und Werner kamen wieder in den Saal. Wir drehten uns zu ihnen um und lächelten.

»Gleich haben wir es geschafft«, sagte Julius und zwinkerte uns zu.

Werner griff sich noch einmal vier Stühle.

»Ja, bald ist es geschafft«, sagte ich zustimmend, als die Männer hinausliefen. »Ludwig ist verschwunden und ich bin wieder frei.« Ich wandte mich wieder Carola zu und nahm sie in den Arm. »Danke«, flüsterte ich.

Sie erwiderte meine Umarmung. »Und wie geht es jetzt weiter?«, fragte sie.

»Ich werde mit Werner nach Wien gehen«, sagte ich. Carola schaute mich überrascht an. »Keine Angst, natürlich warte ich, bis mein Patenkind auf der Welt ist. Bis dahin dürfen gerne auch noch ein paar Wochen vergehen.« Ich lächelte. »Dann erlischt hoffentlich auch das Interesse des Kommissars an mir.«

Carola sah traurig aus.

»Nun schau nicht so. Ich muss raus aus dieser Stadt, zurück in die Großstadt. Graz hat mir kein Glück gebracht, ich gehöre hier nicht her«, sagte ich.

Carola nickte stumm. Ich wusste, dass sie mich verstand.

Werner und Julius kamen mit August von Rittersberg zurück.

»Was für eine großartige Premiere«, frohlockte von Rittersberg. »Ihre Skulpturen sind einfach umwerfend.«

Ich lächelte und bedankte mich dafür, dass er diese Ausstellung für mich arrangiert hatte. Langsam liefen wir zum Ausgang der Galerie. Beim Abschied verneigte er sich noch einmal vor mir und zwinkerte mir zu.

»Sie sind ein Teufelsweib. Ich bin ein großer Bewunderer Ihrer Skulpturen, das wissen Sie«, sagte er zwinkernd.

Ich lachte und zuckte mit den Schultern.

»Aber welche ist die schönste Skulptur von allen?«, fragte er, und in seinen Augen blitzte es. »Der Engel auf dem Friedhof. Ich habe ihn nicht vergessen. Ihn umgibt so etwas Geheimnisvolles.«

Mein Herz setzte für einen kleinen Moment aus, doch von Rittersberg redete einfach weiter.

»Sollten Sie doch mal Ihren Engel ausstellen wollen, wissen Sie ja, wo Sie mich finden. Es ist einfach zu schade, ihn zu verstecken, meinen Sie nicht?«, sagte er und lachte laut.

Und ich lachte mit.

DANKSAGUNG

Es ist meiner Urgroßmutter Carola Theresia Thekla von Axster zu verdanken, dass dieses Buch überhaupt entstanden ist. Mit sehr viel Humor und Liebe hat sie in einem Tagebuch ihren Alltag mit ihrem leiblichen Sohn Wolfgang (meinem Großvater) und ihren Stiefkindern festgehalten. Meine Mutter Hannelore Hardam (geborene Jessen) hat die altdeutsche Schrift übersetzt und ein paar Anmerkungen aus ihrer Erinnerung hinzugefügt, sodass ein sehr persönliches Zeitdokument für unsere Familie entstanden ist. Eine unschätzbare Quelle für mich.

Darin kommt auch Carolas jüngere Schwester Maria (Mizzi) vor. Über sie sind lediglich ein paar Details bekannt – auch dass sie mehrfach verheiratet war. Mit ihrem letzten Ehemann Werner Heudtlass, der deutlich jünger war als sie, lebte sie zuerst in Berlin, später in Hannover. Gemeinsam machten sie sich als Künstlerpaar einen Namen. Es existieren noch Werbeplakate und

Briefmarken, die von ihnen entworfen wurden. Über Mizzis andere Ehemänner weiß ich nicht viel, nur dass der erste ein ungarischer Graf war. Die Figuren und Namen sind - bis auf die Mitglieder der Familie von Axster - alle frei erfunden, etwaige Ähnlichkeiten mit lebendigen oder toten Personen sind reiner Zufall.

Meine Mutter hatte noch das Glück, Tante Mizzi kennenzulernen. Sie beschrieb sie als eine »schräge Type«, lebenslustig und humorvoll.

Insbesondere möchte ich an dieser Stelle noch meinem Mann Jens Katemann danken, der mich nicht nur motiviert hat, mich endlich an ein eigenes Buch zu wagen, sondern der mich mit seinem klaren Blick und analytischen Verstand auf die eine oder andere Unstimmigkeit im Roman aufmerksam gemacht hat. Er machte es mir außerdem möglich, mich in Graz, Wien und Berlin auf die Spuren meiner Familie zu begeben, während er als Löwenbändiger unsere beiden Kinder belustigte.

Wäre hier meine Freundin Andrea Kögel nicht an meiner Seite gewesen, die mit mir alle Orte in kilometerlangen Märschen abgelaufen ist, wäre mir an der einen oder anderen Stelle bestimmt die Puste ausgegangen. Bei Kaffee und Kuchen in diversen Kaffeehäusern konnte ich mit ihr Mizzis Begegnungen und Pläne »durchkauen«.

Dafür, dass ich nicht den roten Faden verliere, hat mein Mentor und Schreibtrainer Rainer Wekwerth gesorgt, dem ich für seine Geduld und seine fachliche Kritik danken möchte. In Momenten, wo ich alles löschen wollte, hat er mich wieder auf den richtigen Weg gebracht.